幼き子らよ、我がもとへ 上

ピーター・トレメイン

疫病が国土に蔓延するなか，王の後継者である兄に呼ばれ故郷の城に戻ったフィデルマは，驚くべき事件を耳にする。モアン王国内の修道院で，隣国の尊者《ヴェネラブル》ダカーンが殺されたというのだ。このままでは隣国が責任を追及してくることは必定。二国間の戦争にも発展しかねない。フィデルマは，兄の要請で現地へ調査に向かう。途中，村が襲撃される現場に行きあい，助かった修道女と数人の孤児を連れ修道院に向かうのだが……。裁判官，弁護士でもある美貌の修道女フィデルマが，もつれた事件の謎を解き明かす！

登場人物

キャシェル城の人々
フィデルマ……修道女。七世紀アイルランドの法廷弁護士《ドーリイー》でもある
カース……モアン国王（キャシェル王）の護衛戦士団の戦士の一人
カハル……臨終の床にあるモアン国王
コルグー……モアン王国の王位継承予定者で、フィデルマの兄。のちに、モアン国王となる

レイ・ナ・シュクリーニャに関わる人々
エシュタン修道女……この地で孤児院経営を担当している修道女
ケータッハとコスラッハ……孤児院の幼い兄弟
キアルとケラ……孤児院の幼い姉妹
トラサッハ……孤児院の幼い男の子

ロス・アラハーの修道院の人々
ブロック修道院長……フィデルマとコルグーの従兄《いとこ》
コンハス修道士……御門詰めの修道士
ルーマン修道士……修道院執事

ミダッハ修道士……修道院の主席医師
トーラ修道士……修道院の次席医師
マルタン修道士……修道院の薬剤師
グレラ修道女……修道院付属図書館の司書
シェーガーン修道士……修道院付属学問所の主席教授
ネクト修道女……見習い修道女。ルーマンの助手。来客棟担当

コルコ・ロイグダに関わる人々
サルバッハ……コルコ・ロイグダの大族長
インタット……サルバッハの領内の族長の一人。彼の地方代官の一人でもある
スカンドラーン……オスリガ小王国の王。サルバッハの従兄
ロス……沿岸航行の小型帆船の船長

ラーハン王国の人々
尊者《ヴェネラブル》ダカーン……聖職者。高名な学者
フィーナマル……ラーハン王国の王
ファルバサッハ……ラーハン王の法官《ブレホン》
ノエー修道院長……ラーハンの首都ファールナの修道院長。ダカーンの兄で、フ

イーナマル王の顧問官
モグローン……ラーハン王国の戦艦の艦長
アシード……ラーハンの交易商人

スケリッグ・ヴィハル島の人々
メル修道院長……スケリッグ・ヴィハルの修道院の院長
フェバル修道士……スケリッグ・ヴィハルの修道院の修道士

マルアの孤児院の人々
マルア修道士……孤児院を運営している元農夫
アーブナット修道女……マルアの妻

法廷の出席者たち
シャハナサッハ……アイルランド五王国を統《す》べる大王《ハイ・キング》
ボラーン……アイルランド全土のブレホンの長《おさ》の中の最高位者
オルトーン……アーマーの大司教。アイルランドにおけるキリスト教の全聖職者の長

幼き子らよ、我がもとへ 上

ピーター・トレメイン

甲斐萬里江 訳

創元推理文庫

SUFFER LITTLE CHILDREN

by

Peter Tremayne

幼児《をさなご》らを許せ、我に来たるを止《とど》むな。

『新約聖書』「マタイ伝」第十九章十四節

この故に、彼らを懼《おそ》るな。蔽《おほ》はれたるものに露《あらは》れぬはなく、隠れたるものに知られぬはなければなり。

『新約聖書』「マタイ伝」第十章二十六節

歴史的背景

《修道女フィデルマ・シリーズ》の第一作と第二作は、紀元六六四年の物語になっている。前者はノーサンブリアのウィトビアにおける宗教会議（宗教公会議）が、後者はローマの町が舞台である。したがって、この第三作（邦訳では、第二作）が、フィデルマの生れ育った環境、アイルランドを舞台とする最初の物語となる。

ほとんどの読者にとって、紀元七世紀のアイルランドは、ごくなじみの薄い世界に違いない。五つの大国（古代アイルランド五王国）、その下のいくつもの小王国やクラン（氏族）の領土、といった古代アイルランドの国土の構成にせよ、地名にせよ、それどころか人名でさえも、あまり耳にされたことのないものばかりであろう。また古代アイルランド社会の制度や法律も、ほとんど知られていないのではないかと思う。

法律は〈フェナハスの法律〉といい、今日では、よく〈ブレホンの法律〉と呼ばれているものである。この〈ブレホン〉は、法官（裁判官や弁護士）を意味する〈ブレハヴ〉という言葉から来ており、フィデルマは、この世界で活躍するのである。読者がこのような世界に難なく入っていってくださるようにと、私は願っている。

地理的関係も読者に把握していただきたいので、私は本書に簡単な地図を添えておいた。また、主な登場人物の表も、用意した。

原則的に、私は時代錯誤的な地名を用いることを拒否しているが、時には、タヴァルの代わりにタラ、カシル・モアンの代わりにキャシェル、アルド・マハの代わりにアーマー、というように、読者によりなじみのある地名を用いている。

しかし、マンスターの場合は、この近代的な地名は避けて、モアンという古名を使っている。マンスターという言い方は、九世紀になってから、古名の〝モアン〟に北欧系の言葉で〝場所〟を意味する〝スタドル〟を付け、さらにそれが英語化されて生れた単語だからである。レンスターの場合も同様に、古い地名ラーハンに、この〝スタドル〟を付け、それが英語化されてできた時代的におかしなこの地名は使わず、古名の〝ラーハン〟でとおしている。

私は、第一作と第二作の中で、アイルランド教会（今日では、これはケルト教会と呼ばれている）とローマ教会との違いを描いた。また、すでによく知られていることだが、聖職者の独身制は、この時代、さほど支持されてはいなかった。フィデルマの時代、修道院はしばしば男女いずれの聖職者をも受け入れており、彼らが結婚することも珍しいことではなかった。この時代には、修道院長や司教たちでさえ結婚できたし、現に結婚していた。この事実を把握していただくことが、《フィデルマ・ワールド》の理解に、不可欠である。

本書の物語は、紀元六六五年に時代をとっている。

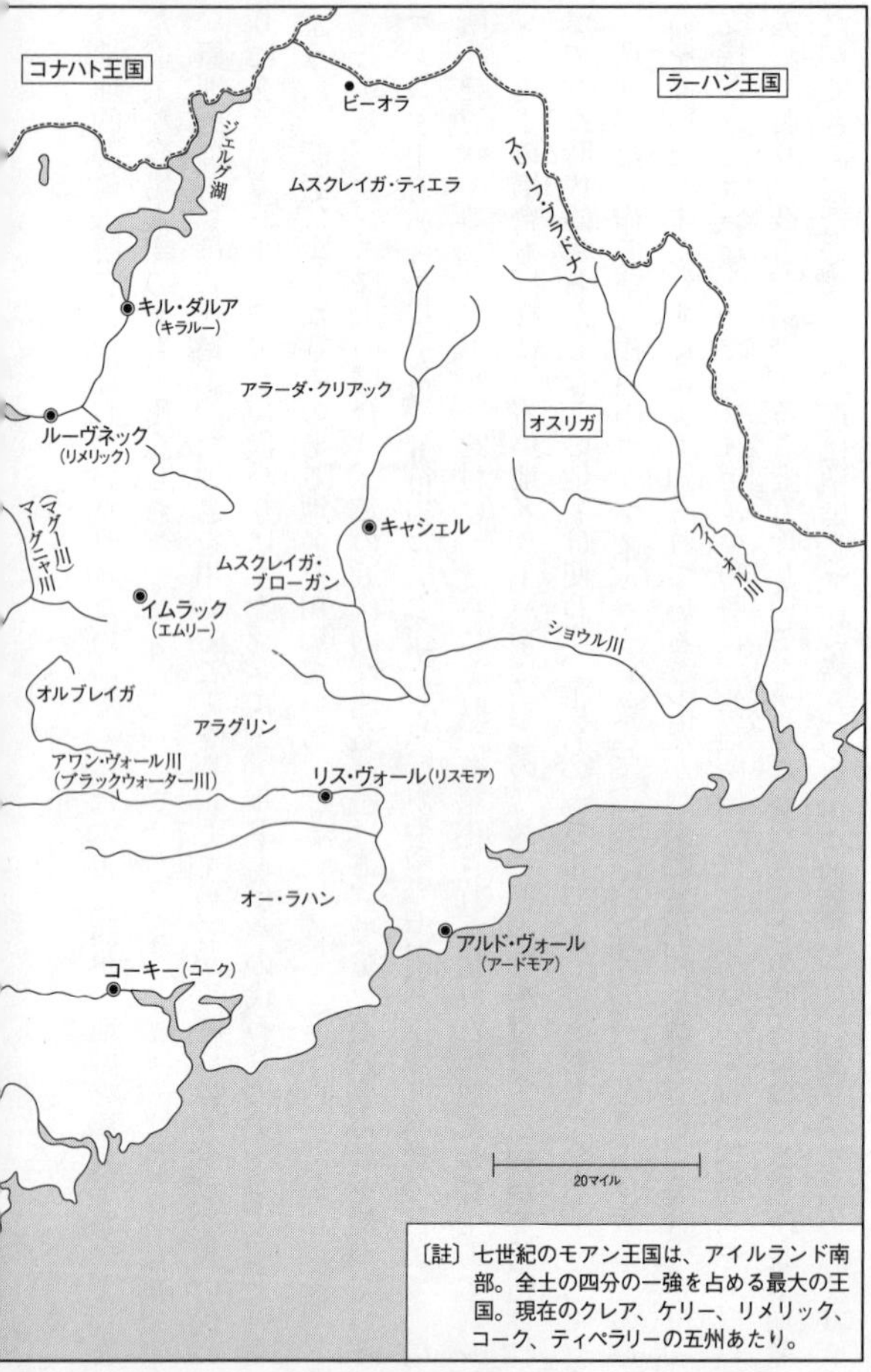

〔註〕七世紀のモアン王国は、アイルランド南部。全土の四分の一強を占める最大の王国。現在のクレア、ケリー、リメリック、コーク、ティペラリーの五州あたり。

〈フィデルマ・ワールド〉
――七世紀のモアン王国――
アラン三島
コルコ・ムラド
マグ・ネイダー
コルコ・バスキン
キエルガ・ルアクラ
クノック・アイニャ
オー・フィジェンティ
キエルガ・ルアクラ
スリーブ・ルアクラ
ムスクレイガ・ルアクラ
コルコ・ドゥイヴニャ
コルコ・ドゥイヴニャ
レイン湖
ムスクレイガ・ミィティーニャ
ルイ川（リー川）
ゲラーン
ガルバンズ・フォート
スケリッグ・ヴィハル
バーラ
ブラノーン川
レイ・ナ・シュクリーニャ
マルアの住居
コルコ・ロイグダ
ドールサ
"三つの泉の鮭"修道院
クーン・ドーア
ロス・アラハー

ゴシック文字はアイルランド（ゲール）語を、
行間の（ ）内の数字は巻末訳註番号を示す。

幼き子らよ、我がもとへ　上

長年の親友　クリストファー・ロウダーに　捧ぐ

アーノルド・ベネットと
『シックス・タウンズ・マガジン』誌にも
心よりの感謝を

第一章

突然、激しい嵐が襲いかかってきた。猛々しい雷鳴の炸裂を先触れて、稲妻の蒼白い閃光が、空をはしった。一瞬後には、氷の礫《つぶて》のような雨が猛然と叩きつけてきた。

騎乗の人物は、これまで風除けとなってくれていた森の茂みから抜け出して、いま尾根道に出たところであった。乗り手はそこで馬の歩みを止めると、眼下に緩《ゆる》やかなうねりを見せて広がる平野を見下ろした。女性であった。厚手羊毛の温かそうな長い褐色のマントと頭巾《フード》でもって、晩秋の寒気から身を守っている。狂おしい嵐に怯《おび》える様子もなく、彼女は視線を空へ転じた。暗い灰色の雲が低く流れ、かなたに連なる峰々の頂《いただき》を帷《とばり》のように覆っている。そのおぼろな山なみを背景として、さらに濃い不吉な黒雲が、威嚇的な雷鳴をともなって、次々と空を疾走しつづける。

冷たい雨が、顔に吹きつける。女性は、目を瞬《しばた》いた。痛いばかりに冷たい雨である。だが、その顔は若々しかった。愛らしいというのとは違うが、魅力的な美貌だ。頭巾《フード》の下から、言うことを聞かない赤い髪の毛が一房こぼれ出て、広い額にかかっている。蒼白い肌は、かすかにそばかすを散らしているようだ。瞳の色は、不機嫌な空の色を映していまは灰色に見えるが、稲妻が閃くとそこに緑の炎がきらりと輝く。すらりとした長身の姿は、きびきびとした若さにあふれ、神経質になっている馬の御し方もみごとだ。さらによく観察の目を向けるなら、首から掛けた銀の十字架と聖職者の法衣が、ずっしりと厚い乗馬用のフード付きマントの下からのぞいているのに気がつこう。

この若い尼僧、キルデアの(1)〝聖ブリジッド(2)修道院の修道女フィデルマ〟は、すでに数時間前から、嵐が近づきつつあることを予期していたので、一見突如とみえる風雨の襲来にも、さして驚いてはいなかった。馬を進めながら、頭上の松笠が身をすぼめ、雛菊《デイジー》や蒲公英《タンポポ》は花弁を閉じ、シャムローグ（シャムロック、シロツメグサ）の茎もふくらんできていることに、しばらく前から気づいていたのだ。彼女の鋭い観察眼は、それらがいずれも雨の先触れであると見てとっていた。すでに燕《つばめ》たちのほとんどは、エール（アイルランドの古名の一つ。太古の女神エリューに由来する国名）の冬の数ヶ月を避けようと、この国の空から姿を消していた。まだ旅立っていない最後の一群れが、地面近くを低く飛び交っているだけだ。これまた、悪天候が近づきつつあることを告げる確かな兆《きざ》し。それでも足りず、さらにほかの予兆が必要とあらば、いま通り過ぎてきた森の中で見たではないか、樵夫《きこり》小屋の煙突の煙が空に立ちのぼろうとはせず、逆に地面近くに下りてきていたのを。建物のまわりで渦を巻きながらしばらくたゆたい、やがて冷たい大気の中に消えていく煙の流れ方は、間違いなく雨が近いことを告げるものだと、彼女は経験から知っていた。

嵐には十分心構えができてはいたが、それにしてもこれほど荒々しい暴風雨になろうとは。ここから引きかえし、この叩きつけるような豪雨が少しおさまるまで、森の木陰に避難場所を求めたほうがいいだろうか。彼女は馬を止めたまま、一、二分思案した。しかし、目的地まで、あとほんの二、三マイルだ。それに、受けとった伝言は、一刻も早くという緊急の指示であった。フィデルマは馬の脇腹を踵《かかと》で軽く蹴って広やかな平地へと下りてゆき、暗い空と降りしきる雨脚にかすみながらもその姿を見せているかなたの岩山へと、ふたたび馬を進め始めた。

いかめしく聳《そび》えたつこの岩山こそ、彼女の目的地であった。優に、二百フィートの高さはあろうか。平原の全方位を睥睨《へいげい》する石灰岩の巨大な岩塊だ。険しい山容が、時おり稲妻閃く空に、その輪郭を鮮やかに浮かびあがらせる。懐かしい山の姿だ。思わず、フィデルマは胸をつまらせた。この自然の大要塞の上には、周囲に防塁をめぐらせた幾棟もの堂々たる建物が威容を誇り、あたりに君臨している。キャシェル城(3)である。アイルランド五王国(4)中で最大のモアン王国(5)における、歴代の王たちの王城だ。彼女が生れ、子供時代を過ごした城でもある。

吹きつける激しい雨に濡れそぼちつつ、荒れ狂う疾風を避けるために顔を伏せるようにして、彼女はひたすら馬を進めた。だが胸のうちには、あれこれと落ち着かぬ思いが渦巻いていた。

数年ぶりとなる兄コルグーとの再会を思うと、喜びがこみあげてくる。だがその一方、不安が胸を騒がせていた。どうして兄は、キルデアの修道院にいる自分に使者をよこし、急ぎキャシエルに帰ってくるようにと求めたのだろう？　緊急の事態とは、いったいなんだろう？

道中ずっと、こうした難問に頭を悩ませつづけていた。だが、この段階では、答えは見出しようもない。思いわずらったとて、時間の浪費であり、精神的に疲れるだけだ。そう考えて、幾度自分を叱りつけたことか。彼女は、古くからの伝統の教育[6]を受けて育った。いまも、ふと気がつくと、その折の恩師であったブレホン[7]〔法律家〕、〝ダラのモラン[8]〟の教えを思い出していた。「牝鶏を見に行く前に、その卵を食卓に載せるわけにはゆかぬぞ」と、よく言っておられたではないか。何を質問していいかもわからないというのに、その答えがどうなるかと気をもんで、なんになろう？

フィデルマは、〈デルカッド〉の行《ぎょう》によって、憂慮を心から払いのけようとした。おぼろにかすむはるかな昔より、アイルランドの幾世代もの神秘家《ミスティック》たちは、外の世界から入りこむ無用な雑念や立ち騒ぐ心をしずめつつ、アイルランド語で〝心の静謐《せいひつ》[9]〟を意味するシーハーンの境地を求めて、この瞑想法をきわめてきたのであった。アーマー[10]の大司教オルトーンを始めとするキリスト教の聖職者の中には、〈デルカッド〉をドゥルイドによって行なわれてきた異教の術であるとして非難する人々もいたが、フィデルマは過度の緊張を覚えるときなどに、この古代の瞑想法をしばしば実践していた。二世紀前にアイルランド五王国にキリスト教という新しい信仰を確立された聖なるパトリック(11)は、アイルランドにとってきわめて重要な人物であるが、実は彼はブリトン人であり、ブレホンでもあった。しかし聖パトリックは、瞑想という自己啓発の術《すべ》のいくつかについては厳しく否定された。したがってアイルランドのキリスト教徒は〈デルカッド〉を苦々しくみなしてきたが、それにもかかわらず、今もなお禁止されるには至っていない。〈デルカッド〉とは、思い悩む胸の内に立ち騒ぐさまざまな思いを和らげ、しずめようとする手段なのだから。

絶え間なく炸裂する雷鳴と稲妻の白い閃光と豪雨の中を、このような思いを胸に、フィデルマはモアン歴代の王たちの城砦へと馬を進めた。いつのまにか、彼女はキャシェルの町はずれに到着していた。

聳えたつ城砦の麓《ふもと》には、石灰岩の巨大な岩塊の裾をとり巻くようにして、大きな町が広がっている。数世紀の間に次第に発展し、いまでは賑やかな市《いち》が立つまでになっているキャシェルの城下町だ。いっこうしずまらない嵐のせいで、あたりはかなり暗くなっていた。町への入り口でもある城門の一つへやってきたフィデルマは、馬を狭い街路へ進めようとした。泥炭(12)の火の少し刺激的な香りがただよってきた。突然、暗闇の中から、片手にランターンを高くかざし、もう一方の〝楯の手〟(左手)には槍をゆったりと、だが訓練を受けた人間であることを物語る手付きで構えた長身の戦士が現れ、町へ入ろうとするフィデルマに誰何《すいか》の声をかけてきた。

「何者だ？　キャシェルの町に、なんの用がある？」

フィデルマは馬の手綱を引きしめた。

「〝キルデアのフィデルマ〟です」と彼女は、嵐の咆哮《ほうこう》にかき消されないように、声を張り上げて答えた。だがすぐに、もう少し補うことにした。「コルグーの妹のフィデルマです」

戦士はそっと口笛を吹き、少しばかり姿勢を正した。

「どうか、お通りを、尼僧殿。おいでになると、前もって知らされておりました」

戦士は陰の中に引き下がり、夜の危険に備えての歩哨という、あまり楽とはいえぬ任務へと戻っていった。

フィデルマは町の暗く狭い道へ、馬を進めた。道沿いの民家から、時おり笑い声や軽快な音楽が聞えてくる。広場を横切ると、岩山の頂へとうねりながら続く坂道にさしかかった。記憶もおぼろなはるかなる昔から、人が住まってきた岩山だ。フィデルマの先祖たち、オーン⒀の子孫たるオーガナハト王家の始祖たちは、三百年以上の昔にモアン王国の覇権を掌中におさめたとき、この岩山を彼らの政治的な中心と定め、さらに後の時代になると、王国におけるキリスト教の宗教的な中核ともしてきたのであった。

フィデルマは、キャシェルのことなら、隅から隅まで熟知している。父のファルバ・フラン⒁が、かつてはキャシェルの王⒂、すなわちモアン王国の王であったから。

「それ以上、近づくでない！」突然、笛のような細い喚《わめ》き声をあびせられて、フィデルマははっと物思いから覚めた。とっさに馬を止め、道をはばもうと目の前に飛び出してきた、何やらはっきりとは見定めがたい人影を、驚いて見下ろした。声からすると、この毛皮と襤褸《ぼろ》のかたまりは、女のようだ。雨に濡れそぼち、すがるように杖に身をもたせながら、背を丸めて立っている。いくら目をこらしても、顔立ちまでは見てとれない。老婆であることだけは確かだが、雨に濡れた白髪がはりついている顔のみ稲妻に照らし出されてちらっと見えただけで、あとはただ闇にまぎれている。

「何者です?」と、フィデルマは返答を求めた。

「そんなこと、どうでもいい。命が惜しけりゃ、これ以上先へは進みなさるな!」

この返答に、フィデルマは驚いて、眉を吊り上げた。

「老婆よ、なぜ人をおどすのか、わけを言いなさい」フィデルマは厳しい声で命じた。

「何も、おどしちゃおりませんわい」と、老婆はしのび笑いをもらした。「ただ、ご用心、と言うとるだけじゃ。向こうの気味悪い宮殿には、死が居座っとりますでな。死は、あそこに近づく者を皆、捕まえちまおうよ。命が大事なら、この惨《みじ》めな土地から、今すぐ立ち去りなされ!」

突然の雷鳴と閃光に驚いた神経質な馬をしずめようとして、一瞬フィデルマの注意が老婆からそれた。ふたたび視線を戻したときには、もう老婆の姿は消え失せていた。フィデルマは唇をきゅっと結ぶと、胸のうちで肩をすくめ、歴代のモアン王の宮殿の門をめざして、また馬を進め始めた。その上り坂の途中で、さらに二度、誰何を受けたが、彼女の返答を聞くや、戦士たちはうやうやしく通してくれた。

フィデルマは、とうとう石畳の中庭にたどりついた。彼女が馬からひらりと下りたつと、馬の面倒をみるために、厩番《うまやばん》の若者がすぐさま駆け寄ってきた。随所に吊るされているランターンが風に揺れて、幻想的な光を中庭に踊らせている。フィデルマは馬の鼻づらを軽く愛撫し、皮の鞍　鞄《サドル・バッグ》をとり外すために少し足を止めただけで、すぐさま城の正門へと急いだ。扉は、案内を乞うまでもなく、彼女を迎え入れようと、即座に開かれた。

扉の中は大きな広間となっている。中央に設けられている小部屋ほどもある炉で音をたてて燃え上がっている豪勢な薪の火が、広間を暖めていた。そこには、数人の男たちの姿があった。彼らはいっせいに振り向くと、何事かをささやきあった。召使いがやって来て、フィデルマから濡れた靴を受けとり、旅行用マントを脱ぐのに手を貸してくれた。彼女はじっとりと雨を吸ったマントをするりと肩からすべらせて召使いの手に委《ゆだ》ねると、体を温めようと、炉の火に近寄った。この召使いによると、すでに別の召使いが、彼女の到着をコルグーに知らせに行ってくれたとのことだった。

大広間の一方に立って、男たちが濡れ鼠のフィデルマを好奇の目でじろじろと眺めていた。顔見知りの好意的な顔は、一つも見当たらない。広間は、故意に厳《いか》めしく身構えているような空気に包まれていた。すでにフィデルマは、宮殿中が重苦しい憂いの色に塗りつぶされていることに気づいていた。それのみではない。敵意の気配にも。炉のかたわらには、聖職者が一人、立っていた。祈っているかのように、これ見よがしに手を胸の前で組んでいる。

「主が、よき日をあなたに授けたまわんことを、修道士殿」フィデルマは会話のきっかけを求めて、微笑みながら、彼に挨拶の言葉をかけた。「それにしても、ここにおいでの皆さまがた、どうしてこうも難しいお顔をなさっておいでなのでしょう？」

聖職者は振り向いて、きびしい視線で彼女を見据えた。表情がさらに暗くなったようだ。

「むろん、このようなときに陽気な戯《たわむ》れなど、期待してはおられますまい、修道女殿？」彼は非難がましく鼻を鳴らしながらそう言うと、フィデルマが説明を求める前に、もう顔を背けていた。

フィデルマは一瞬啞然としたものの、もう少し話しかけやすい相手がいないものかと、彼らを見まわした。

その中の一人の、痩せた顔をした人物が、傲慢な眼差《まなざ》しで自分を見つめていた。その尊大な視線と目が合ったとき、何かが記憶の底から浮かび上がりかけた。それをはっきり見きわめるより先に、その人物が部屋を横切って近づいてきた。

「なるほど、〝キルデアのフィデルマ〟殿か」彼の声には、棘があった。まったく温かみを欠く声だ。「どうやら兄君コルグーは、あなたを迎えに使者を出されたとみえる」

フィデルマはそのよそよそしい口調に戸惑いをおぼえはしたものの、彼が誰であるかに気づくと、微笑を浮かべて挨拶を返した。

「ラーハン[16]王のブレホン、ファルバサッハ殿でいらっしゃいますね？　ファールナ[17]からこのように遠く離れた地に、何ゆえお越しになられたのです？」

それに対する答えは、返ってこなかった。

「優れた記憶力をお持ちですな、フィデルマ修道女殿。あなたがノーサンブリア王オスウィーの王宮で手がけられた事件[18]やローマにおけるご活躍ぶり[19]については、聞き及んでおりますぞ。だが今回、このモアン王国においては、その才能も役には立ちますまい。判決は、〝賢明なるブレホン〟というあなたの名声に妨げられることなく、くだされるはずじゃ」

フィデルマは、挨拶として浮かべた自分の微笑が、一瞬にして凍りつくのを覚えた。まるで知らない外国語で話しかけられたかのようだ。だが彼女は、面《おもて》に浮かびかけた戸惑いの表情を辛うじて抑えた。かつて恩師〝タラのモラン〟は、よき弁護士は自分が何を考えているかを対立者に悟らせてはならぬ、と教えてくださった。そして今、ファルバサッハは、どういうわけか、対立者という態度をあからさまに打ち出している。それがなんについてなのか、想像もつかないが。

「〝ファールナのファルバサッハ〟殿、意味深いお言葉のようですが、私にはなんのことやら、まったく理解できませんわ」緊迫した空気を和らげようと微笑を浮かべながら、彼女はゆっくりとそう答えた。

ファルバサッハの面に、朱が散った。

「儂《わし》を侮辱なさるおつもりか、修道女殿？　あなたは、コルグーの妹御だ。だのに、あたかも何も……」

「失礼の段、お許しを、ファルバサッハ殿……」

怒りの響きを強めつつあるラーハン王国のブレホン、ファルバサッハの次の言葉が発せられる前に、静かな男性的な声が割ってはいった。

フィデルマはちらっと上を見上げた。彼女とほぼ同じ年齢の若い男性が、すぐかたわらに立っていた。長身の男だ。六フィートもあろうか。服装は、戦士のものだ。髭はきれいに剃ってあり、髪は暗褐色の巻き毛。さっと見てとった限りでは、やや骨ばった面立ちの美丈夫《びじょうふ》である。感じのいい魅力的な容貌といえよう。それ以上詳しく見てとる時間はなかったが、それでもフィデルマは、彼が装飾をほどこし、さらに捻《ひね》りをかけた黄金の首飾りを掛けていることを、見逃してはいなかった。これは、モアン王国の歴代の国王直属の精鋭護衛隊〈黄金の首飾り戦士団《ゴールデン・カラー》〉(20)の一員であることを示すものだ。彼は感じのよい微笑を浮かべた顔を、フィデルマへ向けた。

「失礼いたします、フィデルマ修道女殿。兄君より、キャシェルへようこそとのご挨拶を申し上げ、ただちにお連れするようにと、申しつかってまいりました。よろしければ、これよりご案内申し上げたいのですが……？」

フィデルマはややためらったが、ファルバサッハは苦々しげな顔付きのまま彼女へ一瞥を投げかけると、囁きあっている数人の男たちのほうへ向かって、すでに歩きだしていた。フィデルマは戸惑いを覚えた。だがすぐにその不審を胸から払いのけると、彼の案内にしたがうことにして、石畳みの広間を横切って先導してくれる若い戦士のゆったりとした、だが歩幅の広い足どりに遅れまいと、自分も歩調をやや速めつつ、そのあとに続いた。

「よくわからないのですけれど、戦士殿」彼に遅れまいとして、少し息をはずませながら、フィデルマは問いかけた。「〝ファールナのファルバサッハ〟は、いったいここで何をしているのです？　どうして、あのように不機嫌なのかしら？」

戦士は、答える前に、ふっと鼻を鳴らした。不信と軽侮の響きが聞きとれた。

「ファルバサッハは、最近即位したラーハン王国のフィーナマル王の使節です」

「でもそれは、あの人の不愉快な挨拶や、ほかの人たちの顔に浮かんでいた陰気な表情の説明には、なりませんわ。キャシエルはいつも、笑いに溢《あふ》れたお城でしたのに」

戦士の態度は、困惑気味になった。

「兄君が事態をご説明になると思います、修道女殿」

彼は扉の前に立ち止まり、手をあげて戸を叩こうとしたが、それより早く、扉はさっと開かれた。

「フィデルマ！」

若い男性が、さっと姿を現した。じっくり見定めるまでもなく、彼とフィデルマとの血のつながりは明らかだ。同じように長身で、同じように赤みをおびた髪の色。ときとして色が変わって見える緑の瞳も、二人に共通だ。顔立ちも、ふとした仕草も、よく似ている。

兄と妹は、温かく抱擁しあった。次いで、少し息をはずませながら、抱擁の腕を伸ばして相手の顔をしげしげと見つめあった。

「この数年の年月は、お前にとって実りの月日だったようだな、フィデルマ」コルグーは満足と安堵を、そう表現した。

「お兄様も、ご同様ね。使者を迎えましたとき、気がかりでした。私がキャシェルを発ってから、もう何年にもなりますもの。お兄様に何かあったのではと、心配でした。でも、お健《すこ》やかなご様子。それにしても、大広間にいたあの人たち、どうしてあのように重苦しく陰気な態度を見せているのでしょう？」

コルグー・マク・ファルバ・フランは妹を部屋にとおすと、長身の戦士を振りかえり、「カース、のちほど、お前を呼ぶことになろう」と告げてから、妹のあとを追った。そこは接客の間で、壁際に設けられた暖炉には、穏やかに薪の火が燃えていた。すぐに召使いが、マルド・ワイン（甘みや香料を加えて温めたワイン）を満たした高杯《ゴブレット》が二つ載っている盆を運んできた。温かな飲み物から、うっすらと湯気が立ちのぼっている。コルグーがフィデルマに炉の前の椅子をすすめている間に、召使いはテーブルの上にゴブレットを置いて、邪魔にならないようにそっと引き下がっていった。

「キルデアからは、かなりの長旅だ。まずは、温まりなさい。まだ荒れ模様のようだな」コルグーは空に轟きつづける雷鳴に耳を傾けながらそう言うと、マルド・ワインのゴブレットをとりあげて、それをフィデルマに渡した。

フィデルマは飲み物を受けとって、ちょっとそれを掲げると、いたずらっぽく微笑んだ。

「本当に、ひどい空模様。これからは、もっとよいお日和《ひより》になることを祈って、乾杯」

「そうなることを祈ろう、愛する妹よ」と、コルグーがそれに和した。

フィデルマは、ワインを楽しむようにそっと味わいつつ、話しかけた。「お話しすることが、いっぱいあります、お兄様。最後にお目にかかってから、いろんなことがありました。そう、私、さまざまな土地を訪れました。コロムキル[21]の島だの、サクソン人の国、それにローマにまで」だがフィデルマは、兄の目に浮かぶ悲哀と心痛の色に気づいて、言葉をきった。「でも、私の質問に、まだお答えいただいていませんわね？　どうして宮殿に憂いの気配が漂っているのでしょう？」

彼女は兄の面が翳《かげ》るのを見てとり、言葉をきった。

「お前の観察力は、あいかわらず鋭いな、妹よ」と、彼は溜め息をついた。

「どういうことですの、コルグー？」

コルグーは、ややためらった。その顔に、苦い表情が浮かんでいた。

「ここでお前を待っていたのは、和やかな家族再会の場面ではなさそうだよ」彼の口調は、静かだった。

フィデルマは兄がもう少し話を続けるかと、その顔を見守りながら待った。だがコルグーが黙《もだ》したままなので、静かに話しかけた。「そのことは、予想がついておりました。いったい、どういうことでしょう？」

コルグーは、あたりにちらっと視線をめぐらせた。立ち聞きをしている者がいないことを確かめるかのような、警戒の気配がうかがえる動作であった。

「王が……」と、コルグーが口を開いた。「カハル王が、〈黄色疫病《イエロー・プレイグ》〉(22)に、お倒れになったのだ。今、死の扉を目前に、自室で臥《ふ》せっておいでだ。医師たちは、もはや時間の問題だと考えている」

フィデルマは、目を瞬いた。でも胸の内では、この知らせにさして驚いてはいなかった。この二年ほどの間、この疫病はヨーロッパ全土で猛威を振るい、人口を激減させていた。何万という命が、猖獗《しょうけつ》する疫病によって奪われていた。病魔は、貧しい農夫にも安逸をむさぼる司教にも、高貴な王者たちにさえも、襲いかかった。これがアイルランドに侵入したのはわずか十八ヶ月前であったが、そのとき大王《ハイ・キング》(23)の玉座に連王として共に就いていたブラーマッハ王とデイアルムィッド王は、タラの大王宮において、数日をへだてるのみで、相次いで亡くなっていた。二、三ヶ月前には、ラーハン王国の先王フェーラーンも、この凄まじい勢いで蔓延を続けている疫病の犠牲となった。疫病は今も広がりつづけ、衰える気配もない。病魔によって両親を奪われた無数の孤児たちが巷《ちまた》にあふれ、なす術《すべ》も持たず、餓えに苛《さいな》まれるままに打ち捨てられていた。聖職者の中には、アルドブラッカンの修道院長オルトーン㉔のように、孤児院の建設や疫病治療に必死にとり組む人々もいたが、その一方、疫禍を避けようと、五十人の弟子をつれて立ち去ったコークの聖フィンバル修道院付属学問所の学頭コルマーン㉕のような者もいた。

フィデルマも、〈黄色疫病〉の惨状については、よく承知していた。

「私を呼び戻されたのは、そのせいでしょうか？」と、フィデルマは兄に訊ねた。「私どもの叔父上がご危篤だからですか？」

コルグーは、すぐに頭を振った。

「カハル王は、高熱に襲われる前に、お前を呼び寄せるよう、私に命じられたのだ。もはや王は、お前に直接指示なさることはご無理。それを伝えるのは、私の役目になってしまった」

彼は妹に近寄って、その肘に手を添えた。「だが、お前はまず休んで、旅の疲れをとらねば。このことは、あとでゆっくり話せばいい。お出《い》で。以前お前が使っていた部屋を、整えさせておいた」

フィデルマは、もどかしい吐息《といき》を抑えようと努めた。

「お兄様は、私のこと、よくご存じのはず。謎の説明を伺うまでは私の気持ちが落ち着かないことを、よくご承知でしょ。先ほどから、私の想像力を刺激してばかりおいでです。さあ、説明してくださいまし。この謎めいた事態は、どういうことなのかを。それを伺った上でしたら、休むこともできましょう」


コルグーが話し始めようとしたそのとき、扉の向こうから声高《こわだか》な話し声が聞えてきた。揉みあっている気配もする。いったい何事か訊ねようと、コルグーが扉に歩み寄りかけたとき、戸がさっと開いて、その戸口を額縁に、〝ファールナのファルバサッハ〟の姿が現れた。顔を朱に染めている。その激しい息づかいが、人を押しのけてやってきたことを物語っている。その後ろに、端正な顔を怒りに歪めて立っているのは、若い戦士カースだった。

「お許しください。押しとどめることができませんでした」

コルグーは、不快の表情もあらわに、ラーハン王の使節の前に立った。

「この無礼なる振る舞い、いったいどういうつもりだ、ファルバサッハ？　我を忘れた、とでもいうのか?」

ファルバサッハは顎をぐいっと突き出した。傲慢な態度を改めようという気配は、まったく見られない。

「私は、返事を携えて、ラーハン王フィーナマルの許へ戻らねばならないのです。コルグー殿、あなたがたの国王は、死の床に臥せっておられる。したがって、ラーハン国王の告発に応える責任は、貴殿におありのはずですぞ」

この激しい対決がどういうことなのか理解できない苛立ちを押し隠すため、フィデルマは故意に感情を面《おもて》に表すまいと努めながら、様子を見守った。

コルグーの顔も、怒りに赤く染まった。

「モアン王国のカハル王は、まだ逝去されてはおられぬぞ、ファルバサッハ。我らが王のご存命の限り、この訴えに応えるのは、王ご自身のお言葉だ。そのほうは、今、我が宮廷がさし伸べている〈迎賓の儀礼〉を踏みにじった。私は、モアン王のターニシュタ〔タニスト。継承予定者〕として、そのほうに命じる、即刻、この場より退去せよ。キャシェルの宮廷が、ラーハン国の言い分を聞くため、そのほうに会う必要を認めたとき、改めて、そのほうを呼びにやる」

ファルバサッハは薄い唇をゆがめて、見くだすような冷笑を浮かべた。

「即答しかねて、ただ時を稼いでおられることは、わかっておりますぞ、コルグー殿。妹御、〝キルデアのフィデルマ〟殿の到着を見て、貴殿が即答を避け言い逃れる算段をなさるおつもりだと、すぐさま見てとりましたわい。そのようなことは、まったく無益。ラーハンは、あくまでもモアンの返答を要求しますぞ。ラーハンは、正義を求めておるのです！」

怒りを必死に抑えようとして、コルグーの顔が引きつった。

「フィデルマ、私に律法の知識を授けてくれ」コルグーは視線をファルバサッハに据えたまま、妹に話しかけた。「ラーハン王国からのこの使節は、犯すべからざる礼節の掟《おきて》を踏みにじったと、私は確信している。この男は、許されていない場へ乱入した。私は、こやつをこの宮廷から力ずくで引きずり出してもよいであろうな？」

フィデルマは、傲慢なファールルナのブレホンへ、視線を向けた。

「立ち入りを許されていない私室へ押し入った振る舞いについて、謝罪されますか、ファルバサッハ？」と、フィデルマはまず彼に訊ねた。「また、キャシェルの王位継承者に対する無礼に関しても、許しを乞われますか？」

ファルバサッハはいっそう顔をしかめながら、顎をぐいっと突き出した。

「答えは、否《いな》だ！」

「あなたもブレホンであるからには、法律をよくご存じのはず。あなたは、この宮廷から放り出されることになります」

コルグーは戦士カースへ視線を向けて、それとは気づかれぬほどわずかに、うなずいた。

長身の戦士が、ファルバサッハの肩に手をかけた。

ラーハン王国の使節は、肩を摑んでいる手から身を振りほどこうともがきながら、顔をふたたび朱に染めた。

「ラーハンの国王フィーナマルに、このことは報告しますぞ、コルグー殿。今回の事態がタラの大王の御前で裁かれるとき、このことも、そちらの罪状につけ加えられますからな！」

戦士は、さして力を入れたふうもなく易々とラーハンの使節にくるりと向きを変えさせて部屋から押し出しながら、申しわけなげにコルグーに会釈をすると、扉を閉め、立ち去った。

フィデルマは、戸惑いの色を面《おもて》に浮かべて、硬い姿勢をほっと緩めたコルグーへ視線を向けた。

彼女は、物静かな威厳のうかがえる声で、兄に返事を求めた。「ここで何が起こっているのかを、もうお聞かせくださってよいときですわ。いったい、どういうことなのです？」

コルグーは、話をふたたび先に延ばしたそうな気配を見せたが、妹の目のきらめきに気づいて、思いなおしたようだ。

「よかろう」と、コルグーは答えた。「これ以上の邪魔が入ることのない、ゆっくりと話ができる場所へ移ろう。ここでは、モアン歴代の王へ害意を抱く者たちが、すぐそばで耳をそばだてている」

フィデルマは、驚いて眉を吊り上げたものの、何も言おうとはしなかった。コルグーが大袈裟な物言いをする人間でないことは、よく知っている。これ以上、促す必要はない。兄上は、しかるべきときに、きちんと話してくださるだろう。

彼女は、モアン王国のオーガナハト王朝代々の王たちの居城の、豪華な壁掛《タペストリー》けやみごとな武具の数々に飾られた石の回廊を、兄にしたがって無言で進んだ。次いで、二人は大きな部屋にさしかかった。確か、チャッハ・スクレプトゥラと呼ばれていた。宮廷内の大図書室である。ごく幼い少女時代に、フィデルマはここで初めて読み書きを学び始めたのであった。城のチャッハ・スクレプトゥラには、目を見張るばかりに華麗な装飾がほどこされた上質皮紙《ヴェラム》（仔牛や仔山羊の皮をなめした上質の皮紙）製の写本の数々の蒐集のほか、モアン王国の古代の書物も数多く所蔵されていた。その中には、〈詩人の木簡〉(1)もあった。古《いにしえ》の筆録者たちが、モアン王国の一部では今なお使われているオガム文字(2)で神話や詩や歴史を刻みこんだハコヤナギや榛《はしばみ》の木の棒《ロッド》のことだ。この大図書室で、幼い少女の想像力や知識欲が育まれたのであった。

圧倒されんばかりの郷愁がこみ上げ、思い出に笑みが浮かぶ。フィデルマは、思わず足を止めていた。その同じ書物を、今、数人の修道士たちが煙るような獣脂蠟燭《タロー・キャンドル》の明かりのもとで、夢中になって読みふけっている。

フィデルマは、コルグーがもどかしげに待っていることに、はっと気づいた。

「今もやはり、教会の学者がたを、城の図書室に迎えいれておいでなのですね」兄に近寄り、ふたたび並んで歩き始めながら、彼女は好ましげに、そう話しかけた。キャシェル城の大図書室は、本来はモアン王家の私的財産なのである。

「我々がキリスト教の教えにしたがう限り、これが変更されることはないとも」と、コルグーはきっぱりと答えた。

「それにしても、キリスト教のかたくなな信奉者たちが、古代の文書〈詩人の木簡〉を偶像崇拝時代の異教徒たちによって書かれたものだという理由で火に投じていると、幾度か噂を耳にしましたわ。キャシェルは、そうした文書を数多く所蔵してきました。お兄様は、今も、古い文献をそのような狭量な振る舞いから守っておいでですのね？」

「狭量は、もちろん、イエスの教えに反するものだ、妹よ」と応じるコルグーの声は、苦々しげであった。

「そのとおりだと思いますわ。でも、そうは考えない者たちもおりましょう。コークのコルマーンが、異教の本はことごとく廃棄すべきだと示唆している、と聞きました。でも私は、我が民族の宝が、今はびこっている狷介な考えのせいで焚書《ふんしょ》に処され消滅してしまうことのないよう努めることが、私どもの義務だと思っています」

コルグーは苦い笑いをくすっともらした。

「その点は、まあ、学術面での問題だ。コークのコルマーンは疫病に恐れをなして、すでにこのモアン王国から立ち去ってしまったから、もはや彼の意見を憂慮する必要はなくなったよ」

コルグーは大図書室を通り抜け、さらに王家の私的な小礼拝堂も横切って、フィデルマを奥へと導いた。フィデルマの一族には、聖パトリックがキャシェルを訪れられたとき、彼女たちの祖先のコナル・コルク王をどのようにして新しい信仰へと導かれたかについて、いくつもの物語が語り伝えられてきた。その一つが、聖パトリックはコナル王に三位一体《ホリー・トリニティー》の教義を、シャムローグを例に使って説かれた(3)、という伝説である。だがこれは、古代アイルランド人にとっては、別に理解しにくい観念というわけではなかったはずだ。古代アイルランドの異教の神神は全て、三つの神格を一体としていた(4)のだから。このように、何が、いつ、どこで起こったかという時空の問題を常に明確に把握しているのが、フィデルマの特性であった。

二人は礼拝堂を通り抜けると、家族やごく身近に仕える者たちの私室のある区画へと向かった。いろんな人々の出入りが多い城の中心部よりさらに奥まったところにある、内輪な居住部分である。

そこに、フィデルマの部屋が用意されていた。暖炉には、召使いが彼女の到着を待って火をつけてくれたらしい薪が、今めらめらと燃え上がっている。彼女はまさにこの部屋で生れ、幼い日々や少女時代を、ここで過ごしたのであった。ほとんど、当時のままだ。

暖炉の前に据えられたテーブルの上には、料理とワインが載っている。

コルグーは、妹に椅子をすすめた。

「まずは、食べようではないか。食事をしながら、なぜカハル王がお前をここへ呼び寄せられたのか、私の口から説明しよう」

フィデルマは、兄の言葉に従った。旅路は長く難儀なものであった。自分がひどく空腹であることに、フィデルマは今になって気づいた。

それでもフィデルマは、食事にとりかかる前に、「叔父上は私にお会いになれないほどお悪いと、本当にお考えなのですか?」と訊ねずにはいられなかった。「〈黄色疫病《イエロー・プレイグ》〉のことでしたら、私、恐れてはおりませんわ。この二年間、猖獗《しょうけつ》する疫病の中を、幾度となく無事に通り抜けてきましたもの。もし私がこの病《やまい》に斃《たお》れるとしても、それは、むろん、主の御心《みこころ》です」

コルグーは、沈んだ面持ちで首を横に振った。

「カハル王は、もはや私の顔さえ、おわかりにならぬご容態だ。王の侍医は、今夜のうちにも、と言っている。まったく、あのラーハン王国の傲慢なファルバサッハの言うとおりだ。今や、あの男の要求にこたえる責任は、私の肩にかかっているのだからな」

フィデルマは、口許をすぼめた。兄の言う意味は、すぐにわかった。

「もしカハルが今夜息をお引きとりになると、お兄様は……？」

自分の年長の縁者がまだ存命中に、このような思いを口にするとは不謹慎、と気づいて、フィデルマは言葉をきった。

しかしコルグーは、妹が言いよどんだ言葉を、苦笑しながら引きとった。

「私がモアンの国王になるのか、と？　いかにも。そういうことになる」

オーガナハト王統の歴代の王たちは、アイルランドのほかの王たち、族長たちも皆そうであるが、自分たちのデルフィニャ[5]によって、つまり曾祖父を共にする一族の生存している成人男子全員によって、選出されてきた。王の逝去に際して、デルフィニャは集会を開き、自分たちの中から、王位を次に継ぐべき者を選出するのだ。次代の王は、故王の子供であるとは限らない。王位は、世襲ではない。コルグーとフィデルマの父ファルバ・フランも、かつてキャシェルの王、つまりモアン王国の国王であった。ファルバは、コルグーとフィデルマがまだごく幼かった二十六年前に亡くなった。この国のいかなる役職であれ、被選出者は〈選択の年齢[6]〉に、すなわち女子は十四歳、男子は十七歳に達していなければならない。ファルバ・フランの王位は、その没後、彼の数人の縁者たちに次々と継承されてきた。現王カハル・マク・カヒルが選出されてモアンの国王になったのは、三年前であった。

また、多くの場合、王の存命中に次のターニシュタ〔継承予定者〕を選出しておくのが、古代アイルランドの習慣であり、法律もそのように定めている。カハルがキャシェルの王、すなわちモアン王となったとき、フィデルマの兄のコルグーも、カハルの王位の継承予定者に選出されていた。

したがって、もし今カハルが逝去なさると、兄上はアイルランド五王国の中の最大の王国、モアンの国王となられるのだ――フィデルマは、突然そのことに気づいた。

「大変重い責任となりますわね、お兄様」フィデルマは片手を伸ばして、兄の腕にそっと置いた。

コルグーは深い吐息《といき》をもらし、ゆっくりと頷いた。

「そうなのだ。平穏な時世にあっても、この立場には数々の重い責任がともなう。だが今は、きわめて難しい時期だ、フィデルマ。我が国は、多くの難問に直面している。だが、それらにも増して困難な事態が、数日前に出来《しゅったい》した。ご容態がこれほど悪化なさる直前に、カハル王がお前を呼び寄せようと決心なされたのも、そのためだった」彼は言葉をきり、小さく肩をすくめた。「ここから旅立ってからのお前のブレホンとしての名声は、きわめて高い。妹よ、お前の法廷に立つ弁護士としての活躍ぶりも、事件の謎を解く解決者としての手腕も、広く知れわたっているよ。お前が大王《ハイ・キング》やノーサンブリア王のために事件を解決し、ローマの教皇のお役にさえ立ったことは、我々の耳にも届いている」

フィデルマは、身振りでそれを退けた。

「私の能力が求められましたときに、たしかにそうした土地へ出向きました」と、フィデルマは答えた。「でも、論理的な考察をする人間でしたら、私でなくとも、誰にでも解決できた問題でした。それだけのことです」

コルグーは、妹にちらっと微笑を向けた。

「フィデルマ、まったくお前には、自惚《うぬぼ》れというものがないのだな」

「自惚れ屋さんを、私の前にお連れくださいな。すぐさま、その人物が凡庸な才能しか持ちあわせていないことを、証明してご覧に入れますよ。でも、私たち、なぜ私がお呼びを受けたのかという本題に、いっこう近づいておりませんわ。その難問に、〝ファールナのファルバサッハ〟が、どう関わっているのでしょう?」

「私なりのやり方で、説明しよう。カハル王は、我が王国の安寧《あんねい》をおびやかしている事件を、お前なら解明できると確信なさったのだ。我が国どころか、アイルランド五王国の平和さえも危うくしかねない事件だ」

「その事件とは?」フィデルマはテーブルに並べられている料理を味わい始めながら、話を促した。

「もちろん、尊者《ヴェネラブル》(7)ダカーンのことは、知っているだろうね？」

その名前を聞いて、フィデルマは軽く眉を上げた。

「知らぬ者はいませんわ」と、彼女は即座に答えた。「一部ではすでに、聖者《セイント》に、という声さえ出ています。教育者としても神学者としても、並々ならぬ方ですもの。もちろん、ダカーンのお兄様は、ファールナの修道院長で、ラーハン国王の個人的な助言者でもあるノエーですわね。弟御に劣らず、聖者らしい方だとか。ご兄弟共に、多くの人々に敬われ愛されておいでです。お二人の叡智と慈悲深いご気質についての逸話は、アイルランド全土で、いろいろと語られています」

フィデルマが語る讃辞に、コルグーはゆっくりと頷いた。その面《おもて》には、それを聞きたくはないかのように、気の重たげな表情が浮かんだ。でも、フィデルマの言葉は、予期していた反応でもあった。

「むろん、モアンとラーハン両国の間に、最近対立が生じていることも、承知していような？」

「ラーハンの先王フェーラーンが疫病のため数ヶ月前に亡くなられると、新王フィーナマルはモアン王国に何かにつけて難癖をつけ、それによって国内における自分の威信を高めようとしている、と聞いています」と、フィデルマは頷いた。

「では、オスリガ小王国の返還をモアンに要求する口実を見つけることこそ、彼にとっては、自分の威光を誇示する最善の策となるであろうな？」コルグーの声には、苦々しさが響いた。

　フィデルマは驚きに口許をすぼめ、音をたてぬ口笛を吹いた。

　オスリガ小王国は、長年にわたって二大強国、モアン王国とラーハン王国の間の確執の原因となってきた小国で、南北に流れるフィーオル川沿岸に位置する。数百年前、アイルランド五王国の大王位を数代にわたって占めていたのは、モアンの国王たちであったが、そのころのオスリガ小王国はラーハンの属国であった。ところが、モアンのエダーシュケール王が大王であった時代に、数人のラーハン人が自分たちのヌアダ・ネクト王を大王位に就けようとして、エダーシュケールの殺害を目論《もくろ》んだ。暗殺は成功したが、暗殺者たちは捕らえられた。結局、大王位はエダーシュケールの王子コナール・モールに継承され、新大王と彼のブレホンたちは、ラーハン王国はその卑劣なる犯罪の償いに、いかなる〈名誉の代価《オナー・プライス》〉(8)をモアン王国に対して支払うべきかを検討した。その結果、代償として、オスリガ小王国がモアンに引きわたされることになったのである。それ以来、オスリガはモアン王国の一部となり、属国としての貢物を、ラーハンの都ファールナではなく、モアンの都キャシェルへ納めることになった。

　ラーハンの歴代の王たちは、幾度か、時の大王に抗議を申し立て、オスリガの返還を求めてきた。しかし、オスリガがモアンに帰属したコナール王の御代《みよ》から、すでに六世紀という歳月が経過している。ラーハンの抗議は、タラの大王宮廷で三年に一度開催される〈タラの大集会〉と呼ばれる、全アイルランドのブレホンがたも集われる大会において、その度に却下されてきた。この処罰と代償は正当なものであると、毎回、確認されてきたのだ。

フィデルマは視線を、兄の憂わしげな顔へ戻した。

「もちろん、フィーナマルとて、いかに若く、王としての経験も浅いとはいえ、武力でオスリガを強引にとり戻そうとは考えておりませんでしょ？」

コルグーは身振りで、いかにも、と応えた。

「武力だけではな」と、彼は同意した。「だが、お前は、オスリガ国内の政治事情を、いくらかは知っているかな？」

フィデルマは、この小王国について、ほとんど何も知らない。彼女は、そう答えた。

「いま説明するには、あまりにも複雑で長くなりすぎるのだが、二百年ほど前に、いくつかの理由でオスリガ人の王は退位させられ、代わって王位はモアン国の南西部に位置するコルコ・ロイグダ(9)族長領の族長一族の者が占めることになった。それ以来、オスリガには、絶えず軋轢《あつれき》が持ち上がっている。コルコ・ロイグダ人は、オスリガでは人気がないのだ。オスリガ人は、彼らを除こうと、しばしば叛乱を起こしてきた。一年ほど前になるが、オスリガの本来の王の末裔《まつえい》であるイランが、王位回復を求めて法的な訴えを起こしたのだが、今の王スカンドラーンによって殺害されてしまった。言うまでもなく、スカンドラーンは、コルコ・ロイグダの族長一族の人間だ」

コルグーは、先を続けるためにに考えをまとめようと、ちょっと言葉をきった。

「実は、イランの跡継ぎについて、いろいろと噂があるのだ。風評によると、もしラーハン王国がオスリガ小王国の王位からコルコ・ロイグダ系の王家を放逐するのに手を貸すと約束するなら、このイランの嫡男《ちゃくなん》は喜んでラーハンの傘下にはいるであろう、というのだ――もし本当にイランに嗣子《しし》がいたならの話だが」

「たとえそのような事情があろうと、ラーハンが力ずくでオスリガを奪回すれば、ラーハンとモアンの両国間に戦争が勃発することは必定でしょうに、どうして？」と、フィデルマは指摘した。

コルグーは憂鬱な表情を面《おもて》に浮かべて、身を乗り出した。

「しかし、オスリガがラーハンから奪われることになったそもそもの事件と同様のことが、万一起こったとしたら？」

フィデルマは、はっと背筋を伸ばした。突然、全身の筋肉が強《こわ》ばった。コルグーの表情は、厳しかった。

「お前は、今はっきりと語っていたね、ラーハンの尊者ダカーンが人々にどう見られていたかを。彼は聖人のような人物で、人々から敬われていたとも。さらに、その兄〝ファールナのノエー〟も、ラーハン王のみならず、アイルランド全土の人々の目に、同様に眺められていると」

フィデルマは兄がダカーンについて過去形を使ったことに気づいたが、黙っていた。事実、彼女はたった今、彼らがアイルランド全土の人々から深く崇敬されていると、語ったばかりである。

「二ヶ月前のことだ」と、コルグーは苦しげな声で、先を続けた。「尊者ダカーンがキャシェルを訪ねてきて、このモアン王国で研究させていただきたいので、キャシェルの王の祝福をたまわりたいと、求めてきた。ダカーンは、聖ファハトナ[10]設立によるロス・アラハーの修道院[11]で行なわれている研究や教育のことを聞き及んで、この修道院に滞在したいと考えたのだ。むろんカハル王は、学識深く神学者として高名なるこの人物を、喜んで王国に迎えられた」

「そこで、ダカーンは、ロス・アラハーへ赴《おもむ》かされたのですね？」コルグーが言葉をきったので、フィデルマが口をはさんだ。

「八日前、我々は、尊者ダカーンが修道院の自分用の部屋で殺害された、との知らせを受けとった」

猖獗する〈黄色疫病〉のせいで、いまや死はごくありふれた出来事になっているとはいえ、尊者ダカーンの死はアイルランド五王国全ての人々に恐るべき衝撃となるであろうことは、フィデルマにも容易に想像がつく。その死が暴力によるものであれば、なおさらのことだ。

「ラーハンの新王フィーナマルが、ダカーンの死の代償として、オスリガ小王国の支配権の返還を要求するだろうと、お考えなのですか？」

コルグーが、一瞬、肩を落とした。

「考えているだけではない、そうなるであろうと、わかっているのだ。〝ファールナのファルバサッハ〟がラーハン王フィーナマルの使節として当地へやってきたのは、ほんの昨日のことだった」

ファールナは歴代のラーハン国王の王都であり、またノエーの修道院の所在地でもある。

「どうしてその知らせが、それほど迅速にファールナへ届いたのでしょう？」

フィデルマの質問に、コルグーは両手を広げた。

「おそらく、ダカーンの兄〝ファールナのノエー〟に知らせるために、何者かがただちにロス・アラハーから馬を走らせたのであろうよ」

「理屈にかなっています」と、フィデルマも、それに同意した。「それにしても、あの傲慢なファルバサッハは、この件について何を言いに来たのです？」

「あのフィーナマルの使節は、きわめて明確な要求を突きつけてきた。エーリック〈血の代償金〉のみならず、オスリガに対する宗主国としてのあらゆる権限の引きわたしを含む〈名誉の代価〉をも、ラーハン王国に支払えというものだった。もしそれが行なわれない場合には、ラーハンの王フィーナマルは、血をもってそれを求めるであろうと。フィデルマ、お前は私より法律に明るい。彼らには、そのような要求をする権利があるのだろうか？　おそらく、あるのだろうな。ファルバサッハは決して愚か者ではないのだから」

フィデルマは、口許をすぼめるようにして考えこんだ。

「アイルランドの法は、殺人犯に、弁償金(12)を支払うことによる罪の弁済を許しております。罰金、すなわちエーリック〔血の代償金〕の額も、定められています。今お兄様がおっしゃった〝流血への償い〟で、その額は七カマル(13)、つまり二十一頭の乳牛の値《あたい》です。でも、犠牲者が身分の高い、あるいは影響力を持つ人物である場合、しばしば遺族たちは、〈名誉の代価〉をも、請求する権利を持っています。これこそ、モアン国王コナール・モールがラーハン国にオスリガ小王国を要求し、オスリガにはモアン王国への臣従を誓わせる根拠とした法律でした。もし犯人にその支払い能力がない場合には、一族の者たちがそれを払うことになります。もしこれも果たされない場合には、犠牲者の一族は、〈名誉の代価〉を求めて、ディーガル、つまり〈血の報復〉を始めてよいことになっております。だからといって、ラーハン王にそのようにことを運ぶ権利がただちに与えられるわけではありませんわ。そのためには、まず解明されねばならない問題点が、いくつかありますので」

「助言を頼む、フィデルマ」コルグーは熱心に身を乗り出して、妹を促した。

「今回の事件に、フィーナマルはどのような権利を持っているのでしょう？ 〈名誉の代価〉を要求することは、ただ血縁の者にのみ許されていますのに？」

「フィーナマルはダカーンの従弟《いとこ》だから、彼は血縁者として発言しているのだ。つまりは、ダカーンの兄弟であるノエーがそれを承諾していることになる」

フィデルマは思わず深い溜め息をもらした。

「では、たしかにフィーナマルには、要求をつきつけてくる権利がありましょう。でも本当に聖職者であるノエー修道院長は、フィーナマルの請求に同調しておいでなのでしょうか？　このような要求は、かならずおびただしい流血へと向かうものです。ノエーは、キリスト教の信仰の指導的な代弁者であり、包容性に富む教えの説き方や許しの精神にみちた行動ゆえに、深く敬愛され尊敬されておいでの方です。そのようなノエーが、どうしてこの報復的な要求をお出しになれるのでしょう？」

コルグーは顔をしかめつつ、冷静に指摘した。

「なんといっても、ダカーンはノエーの弟だからな」

「たとえそうであっても、ノエーがそのような動きをなさるとは、私には信じがたいのですけれど」

「だが、彼は現にそうしているのだ。しかしお前は、今、ラーハンにはモアンに対してただちに〈名誉の代価〉を請求できない理由がほかにも何点かある、と言ったな。ほかの理由とは？」

「もっとも重要な疑問が、ここで出てきます。〈名誉の代価〉という科料は、ダカーンの死に責任を持つ者にのみ、科せられます。私が申しましたのは、それに関わってくる疑問です。いったい、何者がダカーンを殺害したのか？　もしモアンの王権の代表者である我々オーガナハト一族の誰かが罪を犯したということであれば、そのときには、ラーハンはモアン王に対して

〈名誉の代価〉を請求できます」

コルグーは、どうしようもないという身振りをしてみせた。

「我々には、誰がダカーンを殺害したのかは、わかっていない。しかし、ロス・アラハー修道院の責任者は私たちの従兄《いとこ》のブロックなのだよ。ブロックが、ダカーンの死について、修道院長として責任がある、と訴えられているのだ」

フィデルマは、驚きを隠そうと、目を瞬《しばたた》いた。この年長の縁者については、おぼろげな記憶しかない。彼ら兄妹にとって、彼はなじみのない、遠い存在であった。

「なぜ、ラーハンの王は、ダカーンの死についての責任が私どもの縁者のブロックにある、と訴えているのでしょう？　ただ単に、修道院に滞在している者の安全は修道院長の責任である、というのでしょうか？　それとも、これには、もっと不穏な何かがひそんでいるのでしょうか？」

「私には、わからない」と、コルグーは白状した。「しかし、ラーハンのフィーナマルといえど、そう軽々しく告発などしないだろうと思うな」

「それを見つけ出す手立ては、何か打たれました？」

「フィーナマルの使節は、今はまだ、〈タラの大集会〉において大王と大王の主席ブレホンの前に全ての証拠を提出し、その場においてこの件を論じることになろう、と言っているだけだ。ラーハン側は、自分たちの要求を正当と認めてもらい、フィーナマルにオスリガ小王国をとり戻させてくれるよう、〈大集会〉で訴えるつもりなのだろう」

フィデルマは、唇をかんで、しばし考えこんだ。

「どうしてフィーナマルは、ダカーンの死の責任はモアンが負うべきだと、確信できるのでしょう？　彼の使節のファルバサッハは、自惚れの強い傲慢な男ではありますけれど、ラーハンの宮廷に仕えるブレホンのオラヴ〔長《おさ》〕ですわ。ですから、いくらラーハン王と親密であろうと、ラーハンの民としての誇りがいかに高かろうと、法律に盲目となる人間ではないはずです。彼は大王の宮廷に訴えを持ちこむことができるほど自分たちの証拠は確かだと、承知しているに違いありません。その証拠とは、なんでしょう？」

コルグーから答えは返ってこなかった。代わりに、彼は静かにこう告げた。「フィデルマ、〈タラの大集会〉は、三週間後に開催されようとしている。つまり、我々には、この問題を解明するための時間があまりない、ということだ」

「穏やかにオスリガが譲渡されずフィーナマルが武力をもって奪回しようとする場合、法律はその前に一ヶ月の猶予期間を定めています」と、フィデルマは指摘した。

「では、国土が戦火と流血の場となるまでには七週間ある、ということか？」

フィデルマは、眉根を寄せた。

「もしもラーハンに有利な裁定がくだされたならば、と仮定しての話ですけれど。でも、これには、いろいろと不可解な点がありますね、コルグー。フィーナマルが私どもの知らない何らかの情報を握っていない限り、大王とその〈大集会〉がモアンに不利な結論を出すと、どうして確信できるのでしょう？　私には、そこが納得ゆかないのですけれど」

コルグーは二つのゴブレットにワインをついで、一つを妹に手わたしながら、疲れたような微笑を浮かべた。

「叔父上のカハル王が高熱に倒れられる前に口にされたのが、まさにその言葉だったよ。だからこそ王は、お前を呼び寄せるよう、私にお命じになったのだ。キルデアへ使者を走らせた日の朝、叔父上は〈黄色疫病〉の犠牲となって、床に臥《ふ》せられた。もし侍医たちの見立てが正しければ、この週のうちに、私は王となっていよう。戦《いくさ》が始まるとなると、その全てが私の肩にかかってくることになる」

「ご統治の第一歩としては、ありがたくない幕開けですわね、お兄様」そう同情の思いを述べながら、フィデルマはそっとワインに口をつけ、事態を注意深く考えてみた。やがて視線を上げると、フィデルマは、兄の苦悩にやつれた顔をじっと探《さぐ》った。「ダカーンの死について調査し、証拠を見つけ、それをお兄様に提出するという任務を、私に与えようとお考えなのですね？」

「大王にも、だ」コルグーは、すばやく付け加えた。「この調査を遂行するためのモアン王国の全権を、お前に与えよう。お願いだ、大王の〈大集会〉の場で、どうか我々の弁護人となってくれ」

フィデルマの沈黙は、かなり長く続いた。

「お聞かせください、お兄様。もし私の発見が、ラーハン王を利するものであったら？　もし、ダカーンの死が、我々オーガナハト王家の責任であったら？　〈名誉の代価〉としてオスリガをモアン王国に要求する権利がラーハン王にあるとわかったときには？　我々にとっては苦い結果となるこうした事実を、もし私が発見しましたら？　その場合、お兄様は法に則《のっと》った判決を受け入れ、ラーハンの要求に応じられますか？」

なんとか決断をくだそうとしつつ、コルグーの面《おもて》には、相反する思いが苦悩を刻んだ。

「私自身の意見を言えというのであれば、フィデルマ、私は〝応じる〟と答えるだろう。王は、制定されている法律を拠りどころとして統治を行なわねばならないのだから。しかし王は、自分が統《す》べる国民《くにたみ》のための王士を目指さねばならない、という義務も持っている。古い諺があるだろう？――〝民が王より偉いのは、なぜか？　王は民を選べないが、民は王を選べるからだ〟と。王は、民の意思に従わねばならないのだ。私の見解をもって、モアン国内の、オスリガ小王国をも含めた全ての小王国の王たち、族長たちの意思、とするわけにはゆかないのだ。おそらく彼らは、このような〈名誉の代価〉を支払う義務はないと、拒絶するだろうな」

フィデルマは、コルグーを平静な視線でじっと見つめ、静かに告げた。

「となると、悲惨な戦乱ということになります」

コルグーは、なんとか苦い笑みを浮かべようとした。

「だが、〈大集会〉までに、我々にはまだ三週間という時間があるのだ、フィデルマ。そして、万一、判決が我々に不利であったとしても、お前の言うように、法の実行までには七週間ある。ロス・アラハーへ出向いて、ダカーンの死に関して調査してもらえまいか？」

「そのようなこと、お訊ねになる必要はありませんわ、コルグー。私は、何よりもまず、あなたの妹なのですもの」

コルグーはほっとして肩の力を抜き、長い溜め息をそっとついた。

フィデルマは片手を兄へさし伸べ、その腕を軽く叩いた。

「でも、あまり多くを期待なさらないで、お兄様。ロス・アラハーは、ここから少なくとも三日はかかる土地ですし、旅路は困難なものでしょう。私に、その地へ赴《おもむ》き、事件を解明し、タラの〈大集会〉において告訴を受けて立つべく、その準備に間にあうように帰ってこい、とお求めなのですか？　もしそうでしたら、まったく、奇跡を望んでおいでです」

コルグーは、いかにもと、頷いた。

「確かに、カハル王も私も、お前に奇跡を求めているのだよ、フィデルマ。なぜなら、男であれ女であれ、その勇気と知力と学識の全てをもってすれば、本当の奇跡を呼び起こせるものだ」

「それにしても、重大な責任を私にお委《ゆだ》ねになったものです」とフィデルマは、重い心でそれを受け入れた。そうする以外にないと、悟ったのだ。「できるだけのことをいたしましょう。

今夜は、キャシェルで休みます。この嵐が明日までに少しおさまってくれるといいのですが。明日、日の出とともに出発して、ロス・アラハーへ向かいますわ」

コルグーは温かく妹へ微笑みかけた。

「ただ、出発するのは、お前一人ではないのだ、小さな妹よ。南西部への旅は、お前の言うとおり、困難な道中だ。それに、ロス・アラハーで、どのような危険が待ち受けているか、誰に予想がつこう？ そこで私は、戦士の一人を、お前に付けることにした」

フィデルマは、無関心に肩をすくめた。

「自分の身は、自分で守れます。私がトゥリッド・スキアギッド、〝防衛による護身術〟[14]を学んでいたことを、お忘れ？」

「どうして忘れられよう？」とコルグーは、軽い笑い声をあげた。「幼いころ、この武器を使わぬ格闘の技倆で、幾度お前は私を負かしたことか。しかし、あれは仲良し同士の格闘だったよ、フィデルマ。真剣な戦いは、まったく別物だ」

「その点、ご指摘までもありませんわ、お兄様。私どもキリスト教の布教者の多くは、サクソンやフランクのさまざまな異教の王国へも旅をするために、自分の身を守るこの護身術を教えられています。この訓練は、これまでにも、私のためによく役立ってくれました」

「そうではあっても、やはり私は、お前が私の信頼する戦士を一人連れて行くようにと、言い張るよ」

フィデルマは、これに関しては、たいして気にとめなかった。

「お兄様のご命令のままに。あなたは、ターニシュタ、次期の王位にお就きになる方。私はお兄様のご意向に沿って行動しているのですから」

「では、それで決まりだ」と、コルグーは答えた。「すでに、戦士の一人にこの任務を命じてあるのだ」

「お選びになった戦士、私の知っている人物ですか？」

「もう会っているよ」と、コルグーは答えた。「先ほど、ファルバサッハを追い出した、あの若い戦士だ。国王直属の護衛隊員で、カースという男だ」

「ああ、あの若い巻毛の戦士？」

「あの男さ。彼になら、私の命のみならず、お前の命さえ、托すことができる」

フィデルマは、いたずらっぽい笑みを浮かべた。

「今、そうしようとしていらっしゃるわけですね。この度の問題を、カースはどの程度知っているのでしょう？」

「お前に話したのと同じくらいには」

「とても信頼しておいでなのですね？」と、フィデルマは見てとった。

「この問題について、彼と話してみたいかな？」とコルグーは、妹に訊ねた。

彼女は首を振り、急にこみ上げてきた欠伸《あくび》をかみころした。

「ロス・アラハーへの三日間の旅の途中、話す機会は十分ありましょう。今は、熱いお風呂に入って眠るほうがよさそうです」

第三章

　高山地帯を横切り、大きな谷《グレン》をいくつも通り抜けねばらない旅路は、決して快適なものとはいえなかった。嵐も二日目とあって、少しはおさまりかけていた。しかし絶え間なく降り続ける雨は、地面を気のめいるような泥濘《ぬかるみ》へと変え、まるで無数の手を伸ばして執拗に行程を遅らせてやろうと決意をかためているかのように、馬の脚を蹄《ひづめ》や球節（蹄のすぐ上の、ひづめ〔毛の生えている関節〕）まで泥の中へ引きずりこんで、その歩みをはばむのだった。すでに谷底や草原《くさはら》は湿地へと、いや、それどころか洪水さながらの水面の広がりへと、変貌していた。そのような箇所を横切ることなど、ほとんど不可能に近い。むろん、速度など、出しようもない。空はあいかわらず不機嫌で、威嚇的だ。明るい陽ざしが雲間から射しこむといった秋らしい気配など、どこにもみあたらない。陰鬱な雨雲は、暗い谷間《たにあい》の霧のように、低く垂れこめたままだ。ほとんど葉を落としつくした木々の梢の間を時おり悲しげな調べを奏でつつ吹き過ぎる風も、屍衣のように地表をおおう雲を吹き払ってはくれない。

　フィデルマは、すっかり冷えきり、惨《みじ》めだった。旅日和とは、とてもいえない。実際、事態がこれほど切迫していなければ、このような日に旅に出るなど、そもそも考えもしなかったろう。彼女は身をかたく縮めるようにして馬の背にまたがっていた。いつもなら、冷酷な寒気の氷のような指先からしっかり身を守ってくれるはずの厚地羊毛のマントと頭巾《フード》なのだが、それをまとっていても、今は骨の髄まで凍えあがっている。皮の手袋をはめているのに、手綱を握っている手は、すでに感覚を失っていた。

昼食をとった道端の宿屋兼居酒屋をあとにして、すでに一時間かそれ以上はたっているが、その間、フィデルマは自分の連れと一度も言葉を交わしていなかった。ただただ前屈みの姿勢で、寒気の中を突き進んでいた。愛馬が険しくなってきた山腹の狭い道を踏みはずすことのないようにと、ひたすらそのことにのみ神経を集中していた。

前を行く若い戦士カースも、彼女と同じように毛皮の襟のついた厚地羊毛のマントに身を包んでいるが、その騎乗の姿勢には、少々意識した様子がうかがえる。フィデルマは、ひっそりと微笑んだ。彼女の視線に評価されているとの自意識の中で、みごとな乗馬姿を示そうと、かなり無理をしているのでは？　モアン国王の護衛隊の戦士という精鋭《エリート》としては、王位継承予定者の妹君の前では、いかなる弱点もさらしたくはないのであろう。この若者に、少し同情してやらなければ。時おり、ふと気が緩《ゆる》むのだろう、冷たい雨をたっぷりとはらんだ寒風に、我知らず身震いをしている。その様子を目にすれば、気の毒な、という気がしてくるではないか。

やがて、大小の岩が散らばる斜面を抜けて、山の背に出た。道は、尾根伝いにさらにうねうねと延びている。これまでは、地面から突出していた無数の大岩が少しは風除けとなってくれていたのだが、今その地帯を抜けた途端、南西のほうから吹きつけてくる氷のような疾風が、いきなり二人の顔にまともに襲いかかってきた。フィデルマは、その風にかすかな塩辛さを感じた。あたりの空気は、まぎれもなく海が近いことを示し始めていた。

カースは手綱を引き、フィデルマが自分の横に馬を寄せるのを待って、南のほうを指差した。まばらに木が生えている丘陵は、緩やかに起伏する平原に連なり、その先はおぼろな地平線へとかすんでいる。だが、厚く垂れこめている雲のせいで、どこまでが平原でどこから空が始まっているのか、フィデルマには定かには見きわめることができなかった。

「日が暮れるまでに、ロス・アラハーの修道院に着けるはずです」と、カースが告げた。「いま、目前にしておいでになるのが、コルコ・ロイグダの大族長領です」

フィデルマは吹きつける冷たい風に目を細めながら、前方を見つめた。兄コルグーからオスリガ小王国の代々の王はコルコ・ロイグダの出身者だと聞かされたときには、両者の関連をさして気にとめずに聞き流していた。ロス・アラハーの修道院の所在地は、コルコ・ロイグダ一族の領土内だったのか。これは、単なる偶然なのだろうか？　フィデルマは、コルコ・ロイグダに関して、それがモアン王国を構成するいくつかの強力な部族の一つであることと、きわめて誇り高い一族であること以外、ほとんどなんの知識も持っていなかった。

「この丘は、なんという名前なのかしら？」と彼女は、身震いを抑えながら訊ねた。

「ロング・ロック、長い岩と呼ばれています。ここが、海岸へ出るまでの、一番高い地点となります。この修道院を、前にお訪ねになったことは？」

フィデルマは、首を振った。「モアン王国の中で、この地方は今回が初めてです。でも、ロス・アラハーの修道院は入り江の一番奥の岸辺に建っているとは、聞いています」

戦士は頷いた。

「そのとおりです。ロス・アラハーは、この真南になります」と彼は、その方角をさし示した。そのとき、突然寒風が顔にまともに吹きつけたもので、戦士は思わずたじろいだ。「尼僧殿、ともかく、下りて行きましょう。この吹きさらしの場所から、できるだけ早く抜け出すほうがいいです」

そう言うと、戦士は馬を進め始めた。フィデルマも、一馬身ほど間隔をとるために一呼吸おいて、そのあとに従った。

荒天をついての旅は、それだけでもはなはだありがたくない道中であるのに、フィデルマは、カースが決して望ましい旅の道づれとはいえないことにも、気づかされた。話題が、ごく限られるのだ。つい、ウィトビアやローマで行を共にしていた友、〝サックスムンド・ハムのエイダルフ〟修道士(1)を思い出してしまう。その度にフィデルマは、そうした自分を咎《とが》めた。だが、自分でも当惑を覚えるのだが、エイダルフがそばにいないことに、なぜか奇妙な淋しさを感じないではいられないのだった。ローマでの事件が解決したあと、そのままローマに残ることになったエイダルフと別れて、フィデルマは一人故国アイルランドへと帰ってきた。あのときに味わったのと同じ感情だ。あのサクソン人修道士と一緒でないことを自分は淋しがっている、とは認めたくはない。それに、カースをエイダルフと較べようとするべきではない。そうは思うものの、やはり……

　フィデルマは、カースが〈選択の年齢〉に達するやすぐ、父親のもとを離れてキャシェルのカハル王に仕え、それ以来ずっと軍務についてきたのだと、どうにか聞き出していた。ごく普通の知識をある程度身につけている、といったところのようだ。彼は、モアン王国の軍事専門学院の一つで教育を受けて、トレンナー、すなわち職業軍人の資格を得て戦士となり、さらにその後二度の戦役で目覚しい軍功を立てて、戦時に国王の軍隊でカーハを、これは三千人の歩兵大隊を意味する用語だが、その戦士団を指揮する地位に就いた。だが、決して戦場における武勇を誇る男ではない。少なくともこの点は、ほかを補うに足る美徳だ。フィデルマは、キャシェルを出発する前に、カースについて若干調べておいた。彼はモアン王国のために七度の一騎打ちを戦ってみごとに勝利をおさめ、その武勲を認められて、ついには〈黄金の首飾り《ゴールデン・カラー》戦士団〉の一員に任じられ、今では国王の〈代闘士〉ともなっているのであった。

　フィデルマは彼のあとについて用心しながら馬を進め、急な坂道を下り始めた。曲がりくねった道であるため、一瞬まともに突風に捉えられてしまうこともあるが、また時には風を防いでくれる岩の陰にまわって、ほっとすることもあった。山岳が緩やかな起伏の丘へと変わるあたりに二人がさしかかったころには、吹きつける強風も、ややおさまりかけていた。フィデルマは西のほうの地平線にそって、明るい空がわずかに見えてきたのに気がついた。

　その視線を追ってそちらを見やったカースの顔に、笑みが浮かんだ。

「明日には、雲は晴れておりましょう」彼は確信ありげに、そう予言した。「南西の風が嵐をともなってやってきていたのです。今度は、晴天をもたらしてくれますよ」

　フィデルマは、それに答えなかった。南東の山麓に連なっている丘のあたりの何かに、気をとられていたのだ。初めは、厚い雲の隙間からもれる陽ざしが、何かに反射しているだけだと思った。でも、いったい何に反射するというのだろう？　だがすぐに、それがなんであるかに気づいた。

「向こうを、カース！　あれは、火事では？」指さしながら、フィデルマは叫んだ。「かなり大きな火災のようです」

　カースはフィデルマのさし示すほうへと、鋭い視線を向けた。

「確かに、大きな火災です、尼僧殿。あの方角には、村があります。ごく小さな僧院と民家が十軒かそこらあるだけの、貧しい土地です。六ヶ月ほど前にこの地方へ来たとき、そこに泊りました。地名をとってレイ・ナ・シュクリーニャ(2)と呼ばれている施設があり、ちょっと平地になっているところには、礼拝堂も建っています。でも、どうして火事になったのかな？　調べてみたほうがいいのでは？」

　フィデルマは、返事をする前に、口許をすぼめて考えこんだ。自分の任務は、できるだけ早くロス・アラハーへ赴《おもむ》くことではないのか？

彼女の躊躇《ちゅうちょ》に、カースは眉をひそめた。

「ロス・アラハーへ向かう我々の道筋です、尼僧殿。それに、あそこには、エシュタンという若い修道女が一人住んでいるだけです。きっと難儀しているはずです」その声には、非難の気配がひそんでいた。

フィデルマは頰を赤らめた。むろん、自分が果たすべき義務は、心得ていた。ただ、モアン王国に対する、より大いなる義務が、彼女を一瞬ためらわせただけだ。

フィデルマは、自分の決断の遅れに対するカースのそれとない非難の響きをやや気にしながらも、それには言葉を返さず、ただ馬の脇腹を靴の踵《かかと》で軽く蹴って、レイ・ナ・シュクリーニャに向かう小道へと前進を促した。樹木にこんもり覆われた小さな丘の頂《いただき》に到達すると、眼下に小さなレイ・ナ・シュクリーニャの村が見えた。ここまでやって来るのに若干時間がかかったが、今やはっきりと、炎に包まれている村の家屋が見える。大きな火柱が幾筋も空高く燃え上がり、木材などの破片を巻きこんだ煙が、黒く渦巻く煙の円柱となって空へ立ちのぼっている。フィデルマが急に手綱を引いて馬を止めたので、カースは危うく彼女に追突するところだった。彼女が急停止したのは、抜き身の剣と火のついた松明《たいまつ》を手にして炎上する家々の間を駆けまわっている十数人の男たちの姿に気づいたからだった。疑いもなく、この連中が火を放ったのだ。だがフィデルマが次の行動にでる前に、男どもが荒々しい叫び声をあげた。見つかってしまったらしい。

フィデルマはカースを振り向いて警告を与え、この連中が自分たちに敵意を抱いている場合にそなえて引き下がったほうがいいと、提案しようとした。だがそのとき、背後で、小道の両側を縁どる木立が、ざわざわと揺れるのに気づいた。

すぐに、武装して弦を張った弓も抱えた男が二人、林から現れた。二人とも、無言である。だが、言葉は不要、一目瞭然だ。カースはフィデルマと目を見交わし、ただ肩をすくめてみせた。男たちは後ろを振り向くと、さらに二、三人の仲間がやってくるのをじっと待ち受けた。彼らは丘を駆け上がってくると、先の二人の前に立った。明らかに、彼らも村の民家を松明の火で炎上させてまわっていた連中だ。

「お前ら、何者だ?」と、指揮者が誰何《すいか》の声をかけてきた。煤《すす》と泥に汚れた赤ら顔の大柄な男である。剣を手にしてはいるが、もう一方の手には、今は松明はなかった。鋼《はがね》製の戦闘用の兜《かぶと》をかぶり、毛皮の縁どりをほどこした羊毛のマントの下からは、公職についている者であることを示す黄金の鎖がのぞいている。淡い色をした瞳は、まるで〈猛り立つ闘争心《バトル・フュアリー》〉(3)にかられているかのように、ぎらぎらと燃えていた。

「何者なんだ?」彼はふたたび喚《わめ》いた。「ここに、何をしに来た?」

フィデルマは動ずる様子を微塵《みじん》も見せずに、威嚇しようとする相手を見下ろした。恐怖は、侮蔑の仮面の下に押しこめた。

「〝キルデアのフィデルマ〟です」と答えて、彼女はさらにつけ加えた。「キャシェルのオーガナハト王家のフィデルマです。公道を行く旅人をさしとめるとは、お前こそ何者です？」

大男の目が、わずかに見開かれた。男は一歩踏み出すと、答えようともせず、彼女を見据えた。次いでカースに視線を転じると、同じようにじっくりと彼を凝視した。

「それで、お前のほうは？　お前は何者だ？」その素っ気ない口調は、フィデルマがキャシェルの王家につながる人間であると知っても、なんの感銘も受けていないことを告げていた。

若い戦士は、胸の黄金の首飾りが相手に見えるようにと、マントの襟元をくつろげた。

「私の名は、カース。キャシェル国王の〈代闘士〉だ」カースは、できる限り冷ややかで尊大な響きをその声にこめて、そう応じた。

赤ら顔の男は一歩退くと、身振りでほかの者たちに武器を下ろすようにと指示した。

「では、人のことに首を突っこみなさるな。さっさと馬を進めるんですな。後ろを振り向かぬこと。そうすれば、痛い目にあわずにすむ」

「ここで、何が行なわれているのです？」フィデルマは、燃えている村のほうへ顔を向け、そちらへ頷きながら、そう訊ねた。

「〈黄色疫病《イエロー・プレイグ》〉という疫病神が、ここへやってきた」と彼は、ぴしりと答えた。「だから、我々は村を焼き払おうとした。それだけのことですわ。さあ、立ち去っていただこう」

「でも、村人はどうなりました？」と、フィデルマは逆らった。「誰の命令で、このようなことを行なっているのです？　私は、ブレホン法廷のドーリィー〔法廷弁護士〕であり、モアン王国の王位継承者の妹です。答えなさい。さもなくば、お前はキャシェルのブレホンがたによる法廷に立たされることになりましょう」

赤ら顔の男は、若い女性の口調の鋭さに、耳を疑うかのように目を瞬《しばたた》いた。だがすぐに憤然と言いかえした。

「このコルコ・ロイグダ領土内では、キャシェルの王といえど、命令をくだす権利などありはせぬ。その権利があるのは、我らの大族長サルバッハだけですわ」

「しかしそのサルバッハは、モアン国王には従わねばならないのだぞ」と、カースは指摘した。

「ここは、キャシェルから遙か離れた土地ですぜ」と、男は頑固に答えた。「〈黄色疫病〉が流行《は》っている土地だとも、警告しましたぜ。さあ、立ち去ることですな。気が変わって、部下に矢《や》を射かけよと命じるかもしれませんぞ」

彼が片手で合図をすると、射手たちはふたたび弓を構え、弦を引きしぼった。矢をしっかりと頬に押し当て、狙いを定めている。

カースの面《おもて》が、緊張した。

「彼らの指示に従いましょう、フィデルマ」と、彼は囁いた。彼らの指がわずかでも滑ろうものなら、矢は確実に命中することだろう。「この男には、理屈は通じない。ただ力だけの男です」

カースは馬首をめぐらせて今来た小道を引きかえし、道路へもどって行き始めた。フィデルマも、ほかにはどうしようもなく、彼に続いた。しかし丘の陰へとまわりこむや、すぐに片手を伸ばして彼の腕を摑み、馬をとめさせた。

「何が行なわれているのかを調べに、戻ってゆかなければ」フィデルマはきっぱりとカースに告げた。「疫病に襲われた村への対応に、火と剣《つるぎ》ですって？　そのようなことを認めるとは、いったいどのような族長なのでしょう？　引きかえして、村人がどういうことになっているのか、確かめねばなりません」

カースは、危ぶむように彼女を見つめた。

「危険です、尼僧殿。もし部下を二人ほど連れているなら、あるいは自分一人であるなら……」

フィデルマは、不機嫌に鼻を鳴らした。

「私が女であること、聖職者であることに、斟酌《しんしゃく》はご無用。喜んで、危険を共にしますよ、カース。それとも、疫病に恐れをなしておいでなの？」

カースは目をせわしく瞬いた。雄々しい戦士の誇りが傷ついたのだ。

「自分も、喜んで戻ります」彼の返事は、少々よそよそしかった。「自分はただ、尼僧殿の安全と任務のことを考慮しただけです。しかし、戻るとおっしゃるなら、そうしましょう。ただし、まっすぐ戻るのは、得策ではありません。あの戦士ども、我々がそうすると見越して、待ち受けているかもしれませんから。自分が気にしているのは、疫病ではなく、あの連中のことです。丘陵を少しまわりこんで馬を隠し、眺望のきく地点を見つけて、じっくり観察してから、村へ引きかえすがよいでしょう」

フィデルマは、気がすすまないながらも、それに同意した。確かに、遠回りをするというのは、理にかなっている。

今はまだ燃えているが、本来は灌木の茂みに囲まれた村だったのだろう。その茂みの陰にたどりつき身をひそめることができたのは、それから半時間ほどもたってからだった。燃えさかる炎の中で、木造の家屋が音を立ててはじけている。降りそそぐ火花と渦巻く黒煙にのまれて、崩れ落ちつつある家も見える。炭となった木材が所どころで燻《くす》ぶっているだけの黒い焼け野が原となってしまうのも、時間の問題だろう。赤ら顔の男とその手下たちは、すでに立ち去ったようだ。人のいるらしい物音は全くしない。聞えるのは、時おり燃え上がる炎の音のみだった。

フィデルマはゆっくりと立ち上がり、頭にかぶっているヴェールを少しずらせて、まだ渦巻いている煙を肺に吸いこまないようにと口許を覆った。

「住民たちはどこなのでしょう?」別にカースの返事を期待せずに、彼女はそう問いかけた。かつては十数軒の小集落であったのに、今は、まだ炎を上げている残骸へと変わり果てている。カースはそれを見わたし、わけがわからないといった面持ちで、その惨状を凝視しつづけていた。だが彼女の問いへの答えは、すぐに見つかった。なおも燃えつづけている家々の間に、数体の屍体が転がっていた。男たち、女たち、それに子供の屍体までも。ほとんどは、家屋が燃え上がる前に、すでに切り殺されていたようだ。いずれも、いない。疫病の犠牲者のはずはない。

「エシュタン修道女の小屋《キャビン》は、あそこにありました」と、暗い顔でカースが指差した。「旅人や孤児のために、小さな施設を営んでいたのです。六ヶ月前にこのあたりを通ったときに泊ったのも、そこでした」

彼は煙と燻ぶりつづけている残骸の間を縫って、村の一画へフィデルマを案内した。大きな岩の上に、泉から湧き出る水が勢いよく流れ落ちている。そのかたわらに、宿泊所は建っていたのだ。建物の大部分は、石塊を積み上げただけの素朴なものではあっても、石造りであるから、完全に崩壊はしていない。しかし、板葺きの屋根や扉、屋内にあったはずの木製の家財類は、何一つ残ってはいなかった。あるのは、ただ、燻ぶっている熱い灰の山だけだ。

「破壊されつくしている」両手を腰に当てて、カースはつぶやいた。「村人も、殺害されている。疫病の痕跡など、ありはしない。いったい、どういうことなんだ？」

「怨恨による襲撃かしら？」と、フィデルマは言ってみた。「この村人たちがした何かに対する報復なのでしょうか？」

カースは、雄弁に肩をすくめてみせた。

「ロス・アラハーについたら、この地方の族長に使いを出して、事件を知らせ、キャシェルの名をもって、釈明を求めなければなりませんね」

フィデルマも頷いて、それに同意しつつ、残念そうに東の空を見やった。程なく、暮れ始めよう。ロス・アラハーの修道院へ向かわなければ。さもないと、目的地のはるか手前で、夜を迎えることになる。

そのとき、まったく思いがけない音が聞えてきた。このような状況の中で、甲高い赤ん坊の泣き声を耳にするとは！

フィデルマはさっと周囲に視線をはしらせ、どこから聞えてくるのか見定めようとした。村をとり巻いていた森林は焼失した宿泊所の背後にまで、広がっていたが、カースはすでにそれを目指して斜面を這いのぼっている。

ほかに道はない。フィデルマも、急いで彼のあとを追ってよじのぼり始めた。茂みの中で、何か動いている。カースは手を伸ばし、それを捕らえた。その何かが、彼に捕まれて身をよじり、金切り声をあげた。

「まあ、なんということ！」フィデルマは、囁くような驚きの声をもらした。

八つになるかどうかといった子供だった。ひどい形《なり》をした、汚れた子が、驚いて悲鳴をあげつづけている。林の中から、さらに別のざわめきが聞えてきた。

すぐに、茂みの陰から、若い女が姿を現した。煤や泥で汚れてはいるものの、色白のふっくらとした顔の娘だった。その表情には、不安が濃く浮かんでいる。腕には赤ん坊を抱いていたが、スカートの襞《ひだ》にも女の子が二人しがみついている。赤銅色《コパー》の髪をしたその子たちは、どうやら姉妹のようだ。さらにその後ろには、黒褐色の髪をした少年も、二人いる。いずれも、見るからに疲れはてた様子であった。

フィデルマは、この女性が尼僧の服装をまとってはいるものの、齢《とし》は二十歳《はたち》になったばかりであろうと見てとった。抱いている幼な子の陰になって見にくくはあるが、大ぶりの珍しい磔刑像十字架《ルシフィックス》を胸に掛けていることにも、気づいた。アイルランドふう十字架(4)ではなく、ローマ型のものだが、幾種類もの貴石をちりばめた、入念な細工だ。まだごく若い娘ではあるが、いつもなら、このふくよかな丸い顔は、人を抱きとめる母性的な愛情を漂わせているのであろう。ところが今は、抑えようもなく震えつづけている。

「シスター・エシュタン！」カースが驚きの叫びをあげた。「怖がらなくていい。私だよ、〝キャシェルのカース〟だ。六ヶ月前、この村を通ったときに、この宿泊所に泊ったのだが。覚えていないかな？」

若い尼僧はじっと彼を見つめてから、首を横に振った。だが確かめるように褐色の目をフィデルマに向けた彼女の顔には、ようやく安堵の色が浮かび始めた。

「お二人とも、インタットと一緒ではないのですね？　あの一味ではないのですね？」そう問いかける声には、まだ恐怖が残っていた。

「インタットが何者であれ、私どもはあの連中の仲間ではありませんよ」と、フィデルマは物静かに答えた。「私は〝キルデアのフィデルマ〟です。この連れと一緒に、ロス・アラハーの修道院へ向かうところです」

かたく引きつっていた若い修道女の顔の緊張が、やっとゆるんだ。溢《あふ》れ出そうなショックと安堵の涙を、彼女は懸命にこらえようとした。

そのあと、やっとしぼり出すように、言葉が出てきた。「もう……もう、連中……いないんですね？」その声は、まだ恐怖に震えていた。

「もう立ち去ったようですよ、シスター」フィデルマはできる限り安心させようと努めながら、近寄って赤ん坊を抱きとろうと、両手をさしのべた。「さあ、あなたは疲れきっているようです。その子を私にお渡しなさい。そのほうが楽でしょう。その上で、何が起こったのか、聞かせてください。彼らは、何者なのです？」

エシュタン修道女は、触れられるのを怖れるかのように、よろめきつつ後ろにしさった。どういうことなのだろう？　胸の子供をいっそう強く抱きしめている。

「駄目です！　私たちの誰にも、触れないで！」

フィデルマは驚いて、動作を止めた。

「どういうことかしら？　ここで何が起こったのかを教えてもらわないことには、あなたたちを助けることができないのよ」

エシュタン修道女は、胸の思いを深くたたえた目を大きく見開いて、フィデルマをじっと見つめた。

「疫病なんです、シスター」と、エシュタンは囁くように答えた。「この村は、疫病に見舞われたのです」

カースは暴れている少年をまだなんとなく捕まえたままだったが、その手が思わずゆるんだようだ。彼は一瞬、体を強《こわ》ばらせた。その隙に、少年は身をよじって彼の手からすり抜けた。

「疫病？」我知らず一歩後ずさりながら、カースは抑えた声をもらした。それまでの態度に反して、いざ現実の疫病に直面して、カースははっきりと動揺していた。

「ではやはり、この村は疫病に襲われていたのですね？」と、フィデルマは尼僧にただした。

「この二、三週間で、何人かの村人がなくなりました。主のご加護で、私は生き残りましたけれど、ほかの人たちは死んでいきました」

「今、この中にも、疫病にかかっている者がいるのかね？」とカースは不安げに、子供たちを見まわした。

エシュタン修道女は、首を横に振った。

「インタットと彼の部下たちには、そんなこと、どうでもよかったんです。私たち、みんな、いずれにせよ死んでいましたでしょうけど、たとえ……」

いっそう強く戦慄を覚えつつ、フィデルマは若い尼僧を見つめた。

「疫病にかかっていようが、いまいが、あなたたちは殺されていただろうというのですか？さあ、説明を聞かせて！インタットとは、何者です？」

エシュタンは、またこみ上げてきた嗚咽《おえつ》をなんとかのみこんだ。すでに、張りつめていた気力は限界に達している。だが、穏やかに促されて、彼女は説明し始めた。

「三週間前に、この村にまで疫病が広がってきました。最初に一人が、続いてもう一人と、感染していきました。男であれ女であれ、老いていようが若かろうが、区別なく。以前ここに暮らしていた三十人の中で、この子たちと私が生き残りました」

フィデルマは、生後わずか数ヶ月と見える赤ん坊へ向けていた視線を、ほかの子供たちへと移した。赤銅色の髪をした二人の少女は、やっと九歳といったところか。カースの手から身を振りほどいてエシュタン修道女の後ろに救いを求めた金髪の男の子も、八つか九つぐらいだろう。後ろに立っている二人の少年は、もっと背が高く、齢《とし》も上のようだ。二人とも、黒い髪と灰色の目で、反抗的な顔をしている。一人は、せいぜい十歳。もう一人は十四、五歳らしい。兄弟のようだ。フィデルマは、まだ震えているふっくらとした若い尼僧へ、視線を戻した。

「もう少し説明してもらえないかしら、シスター?」エシュタンが今にも激しく泣きだしそうだと見て、フィデルマは宥《なだ》めるような口調で問いかけた。「そのインタットという男は、やってくるや村人たちを殺害し、健康な人たちもまだ大勢残っていたにもかかわらず、村に火をかけた、というのですね?」

エシュタンは、大きく音をたてて鼻をすすった。考えをまとめようと努めているらしい。

「ここには、私どもを守ってくれる戦士など、おりません。農民たちの社会ですから。初めは、襲撃者たちは疫病が近くの村にまで広がるのを恐れて、私どもを山奥に追いやり感染を防ごうとしているのだ、と思いました。ところが、連中は、みんなを殺し始めました。とりわけ、幼い子供たちの殺害を、楽しんでいるみたいでした」

若い尼僧は、その情景を思い出して、低い呻《うめ》きをもらした。

「村の男たちは、どうしたのだ？　皆すでに疫病で亡くなっていたのかね？」と、カースが質問をはさんだ。「襲撃を受けたとき、お前たちを守る人間は一人もいなかったというのか？」

「男たち、何人かは、いました。そして、殺人を止めようとしました。でも、十数人の武装した戦士に対して、二、三人の農夫に何ができましょう？　男たちは、インタットとその部下たちの刃《やいば》にかかって、死んでいきました……」

「インタット？　またもやインタット。あなたは絶えずその名を口にしていますが、いったい何者なのです？」

「このあたりの、小さな族長の一人なんです」

「この地方の族長が？」フィデルマの言葉は、憤《いきどお》りにみちていた。「族長が、領内の村を火と剣《つるぎ》で滅ぼしたというのですか？」

「私は、やっと何人かの子供を、森の中の安全な場所に連れ出すことができました」大虐殺の有様を思い出してすすり泣きながら、エシュタン修道女は言葉を続けた。「インタットが邪悪な行為を行なっている間、私たちは隠れていました。あの男は村に火をかけて、それから……」言葉がとぎれた。続けることができなくなったのだ。

フィデルマは、鋭く怒りの吐息《といき》をついた。

「カース、なんという恐るべき残虐行為でしょう！」フィデルマは、まだ燃えている幾棟もの人家をじっと見下ろしながら、彼にそっと話しかけた。

「誰か、ボー・アーラ〔地方代官〕のところへ駆けつけて、庇護を求めようとはしなかったのかね？」エシュタンの話にひどく衝撃を受けたカースは、そう問いかけた。

ふっくらとした体つきの若い娘は、苦々しげに顔をしかめた。

「その代官が、インタットなんです！」怒りを叩きつけるような声が返ってきた。「インタットは、コルコ・ロイグダの大族長サルバッハのもとで開かれる族長会議の一員なのです」彼女は疲労に耐えかねて、くずおれそうになった。が、気力をとり戻して、顎をぐっと突き出した。「これで、最悪の物語をお聞きになったわけです。私たちが疫病に見舞われてきたことも、もうお聞きになりました。さあ、山の中で死んでゆく私たちに構わないで、もうお発ちなさいませ」

深い同情を胸に、フィデルマは頭を横に振った。

「私どもの旅は、今やあなたたちの旅です」と彼女は、決然と若い尼僧に告げた。「あなたたちも、ロス・アラハーへおいでなさい。おそらく、この子たちには、育ててくれる家族はいないのでしょう？」

「おりません、尼僧様」若い尼僧は、驚きの目でフィデルマを見つめた。「私は、疫病によって親を亡くした孤児たちのために、小さな施設を営んでいました。この子たちは皆、私が面倒をみている子供たちです」

「それなら、行くべき場所は、ロス・アラハーです」

カースは、いささか気遣わしげであった。

「ロス・アラハーの修道院まで、まだかなりありますよ」と、彼は囁いた。そのあとに、さらに小声でつけ加えた。「それに、修道院へ疫病との接触という事態を持ちこむわけですから、修道院長はありがたがられないでしょうな」

フィデルマは、頭を振った。

「私どもは皆、疫病にさらされています。それから身を隠すことなどできはしませんし、それを焼き捨てて、そのようなものは存在していなかった、という振りもできません。疫病を無事やり過ごすことができるかどうかは、主の御心です。我々は、それを受け入れるほかありません。でも、日が暮れかけています。ここで夜を過ごすほうがいいかしら？　少なくとも、ここは暖かですものね」

この提案には、すぐにエシュタンから抗議が出た。

「もし、インタットと彼の部下たちが戻ってきましたら……？」と、エシュタンは泣き声で問いかけた。

カースも、同意見だった。「エシュタンの言うとおりです、フィデルマ。大いにその可能性があります。インタットは、この近くにいるかもしれませんから、ここを立ち去るのが最善策です。もし生存者がいるとわかれば、インタットはこの非道を完全にやりとげようとするでしょう」

気がすすまないものの、フィデルマも二人の反対を受け入れた。

「一刻でも早く出発すれば、それだけ早く到着できます。ロス・アラハーへ向かって、できるだけ進んでいくとしましょう」

「でも、インタットは、私たちの家畜を全部、追い立てて行ったのです」と、ふたたびエシュタンが異議をとなえた。「馬は飼っていませんでしたけど、ロバは何頭か、いましたのに……」

「私どもには、二頭の馬がありますよ。子供たちは、二人か三人ずつ、それに乗れます」と、フィデルマはエシュタンを安心させた。「私ども大人は、歩くことにしましょう。赤ちゃんは、交代で抱いてゆくことにして。可哀そうな子。母親はどうなったのです?」

「母親は、先ほど、インタットに殺された者たちの一人です」

フィデルマの目が、冷やりとする鋼へと変わった。

「この行為に関して、あの男を法の場へ引きずり出さねば。ボー・アーラであるからには、このような行為を犯せばどういう結末を迎えるかは、わかっているはず。かならず、法の前で答えさせてやります」空威張りではなかった。事実を冷厳に述べる言葉であった。

フィデルマは、沈着に指揮をとり始めた。子供たちを集めて馬に乗せ、疲れきっている若いエシュタン修道女をできる限り回復させるために、赤ん坊は自分が抱きとってやっている。その様を見守るカースの目には、彼女への敬意がはっきりと浮かんでいた。黒い髪をした兄弟の弟のほうだけは、森の隠れ処《が》から出るのが、嫌そうだった。目撃した惨劇に、今もまだ怯《おび》えているに違いない。静かに何か話しかけて幼い少年を説きつけたのは、年上の少年だった。彼は、自分はすぐに〈選択の年齢〉に達するのだから一人前の男として扱われるべきだと言い張って、馬には乗らず、徒歩の旅を選んだ。フィデルマも、生真面目な顔をしたこの少年の言い分をとおすことにした。こうして一行は、ロス・アラハーへ向けて出発した。そうしながらも、実はカースは、インタットや彼の率いる殺人集団に出くわさねばいいがと、秘かに案じつづけていた。

もっともカースは、隣人たちに襲いかかるという行為に駆り立てられるこのあたりの人間の恐怖については、ある程度は理解できた。〈黄色疫病〉が村を全滅させたという話を、ずいぶん耳にしている。アイルランド五王国だけのことではなかった。海の向こうにおいても、疫病の猖獗《しょうけつ》ははなはだしかった。いや、この危険な流行病は、もともと異国で発生した病《やまい》らしい。だが、疫病蔓延の恐怖がいかに強かろうと、インタットとその配下たちの所業が法のもとで決して許されるものでないと、カースもよく承知している。感染を恐れるあまり村を完全に焼きつくすという心情は、わからないわけではないが、それは悪だ。代官であるインタットは、もしこの蛮行の知らせがキャシェルの王宮に届けば、自分がどういう事態に直面するか、はっきり知っているはずだ。そのことを、カースは確信しているし、フィデルマもそうだろう。インタットは、フィデルマと自分が事態を何も把握していないと信じたからこそ、旅を続けてよいと、あっさり許可したにすぎない。もしフィデルマと自分が引きかえして、彼の残虐行為の生き残りの者たちと出会ったと知れば、全員、命はない。この地から、そしてインタットから、できる限り遠ざかるのが最善の策だと、カースは考えていた。

カースはまた、王のターニシュタ〔継承予定者〕であるコルグーの妹が疫病をいっこう恐れていないことにも、驚嘆していた。フィデルマの前で恥ずかしい振る舞いをしたくないと思わなければ、カースはこの子供たちとこのように平然と接することはできなかったろう。この思いがあるからこそ、彼も恐怖心を抑えて、フィデルマの命《めい》にしたがっているのだった。

フィデルマは、衝撃を受け怯えきっている子供たちをなんとか元気づけようと、明るい声であれこれとおしゃべりを続けていた。思いつくままにあれこれと話題を見つけては、話しかけている。若い修道女エシュタンには、胸に下げている、そのすばらしい細工の磔刑像十字架はどこで手に入れたのかと、訊ねてみた。少しばかり促してみると、若い尼僧もやっと口を開いて、三年にわたる聖地巡礼の旅をしたことがあると、打ち明けてくれた。フィデルマは思わず、そのような経験をした年齢とは、とても見えなかったと、口をはさんでしまった。でもエシュタンは、容姿はごく若く見えるが、二十二歳になっているとのことだった。かつて、修道女の巡礼団に参加して聖地に旅したことがあり、ベツレヘムの街では、救世主の生誕の地も訪れたという。装飾を美しくほどこしたこの十字架を土地の工芸職人から買い求めたのも、そこでだったとか。フィデルマがこのようにエシュタンから彼女の冒険譚を聞き出しているのも、子供たちの注意をひきつけて、それで少しでも気を紛らせてやりたいからであった。

だが、胸のうちは、明るいどころではなかった。疫病にかかっているかもしれない者たちと接触していることを気にして、暗い思いを抱いているのではない。先ほどまで、風雨と寒気と泥濘《ぬかるみ》に辟易《へきえき》としていたが、彼らの旅路が今や、それよりはるかに難儀なものとなったことを、憂えているのであった。これまでは、少なくとも、馬の背に乗っての旅だった。ところが今は、泥濘《でいねい》と化した山道を、幼な子を両腕に抱き、体の均衡を崩すまいと細心の注意を払いながら、進んでゆかねばならない。赤ん坊は、絶えずぐずったり、もがいたりしているので、いっそう厄介だ。フィデルマは、皆の恐怖をかき立てることは避けたいので黙っていたが、暮れかけた薄明かりの中でさえ、赤ん坊の肌がこの病の兆候の黄色みを帯び始めたことに気づいていた。小さな額も、熱っぽい。暴れるもので手からとり落としそうになる赤ん坊を抱きとめようとして、フィデルマは幾度足首まで沈む泥濘《ぬかるみ》の中で転びそうになったことか。

二時間ほど歩きつづけただろうか。フィデルマは訊ねてみることにした。「ロス・アラハーまで、あとどの位でしょうね?」

はっきりした答えは、エシュタンから返ってきた。

「ここから、七マイルです。でも、道がこんなですから、それ以上に大変だと思います」

フィデルマはそれには答えず、一瞬、歯を食いしばった。


東のほうから、みるみる迫ってきた夕闇は、低く垂れこめる陰気な雲までともなってきたようだ。それに気づいたときには、道路はすでに夜の濃霧に閉ざされていた。まだ天候は、カースの予報のようには晴れてくれないようだ。

フィデルマは、せんかたなく、皆の足を止めさせた。

「この分では、修道院までは、とても無理なようですね」と、フィデルマはカースに声をかけた。「朝まで野宿できる場所を探しましょう」

夜間の旅路の危険を強調するかのように、狼の群れの鳴き声や咆哮《ほうこう》が、丘陵のほうから聞えてきた。女の子の一人が、泣きだした。悲しみと苦痛にすすり泣くその声に、フィデルマの胸は締めつけられた。赤銅色の髪をした姉妹の名は、キアルとケラ。金髪の小さな男の子は、トラサッハ。あとの二人は、フィデルマの推察どおり兄弟で、ケータッハとコスラッハだ。彼女は、これだけの知識を、冷えびえとした森を歩きつづけている間に、聞き出していた。

「まず必要なのは、松明を灯すことです」と、カースが告げた。「そうすれば、野宿する場所を見つけられます」

カースは手綱を年上の少年ケータッハに預けると、道を縁どる森へ入って行った。フィデルマが耳を澄ませていると、枝の折れる音と小声でののしるカースの声が聞えてきた。松明にする乾いた枝が、なかなか見つからないようだ。

「この辺に、一晩過ごせるような場所がないか、知らないかしら？」フィデルマはエシュタンに訊ねてみた。

だが、若い尼僧は首を振った。

「ただ、森が広がっているだけです」

カースは、小枝を束ねて、なんとか灯をともすことに成功した。だが、それではすぐに燃え尽きてしまうだろう。

フィデルマのもとへ戻ってきたカースは、「焚き火をするのが、一番よいでしょう」と囁いた。「ほかに何はなくとも、少なくとも木立が風雨を防ぐ足しにはなります。身を寄せることのできそうな灌木の茂みを探しましょう。しかし、子供らには、寒い夜になりましょうね」

フィデルマは、溜め息をつきながら、頷いた。ほかにどうしようもあるまい。すでに数フィート先も見えないほど、暮れてきた。村に残って夜を明かそうと、言い張るべきだったろうか？　少なくとも、余燼の燻ぶっている焼け跡は、温かであったろうから。だが、今になって自分を責めても、どうにもならない。

「では、森の中へ入っていって、どこかに乾いた場所がないか、探してみましょう。そこで、眠れるものなら、眠っておきましょう」

「子供たち、朝から何も食べていないのです」と、エシュタン修道女が、勇気を出して、二人に訴えた。

フィデルマは、胸のうちで呻《うめ》き声をあげた。

「でも、明るくなるまで、何もできないのです、シスター。今はただ、体を温め、これ以上濡れないようにすることを考えないと。食べ物は、そのあとで考えましょう」

高い木々の根方に、ちょうどマントのように茂っている灌木を見つけたのは、カースの鋭い目だった。その内側の小枝や木の葉は、かなり乾燥していた。

「まあこれで、難題が一つは片付きましたね」カースの声は、朗らかだった。彼の顔には、笑みが浮かんでいるのだろう。闇の中で、フィデルマには、その様子が想像できた。「自分は、馬をこの先につないでから、火をおこします。クロッカーン〔薬缶〕を携行していますので、熱い飲み物が飲めます。フィデルマ、どうかシスター・エシュタンと二人で、子供たちを茂みの下へ入れてやってください」彼はちょっと言葉をきったが、すぐ肩をすくめた。「ま、これが、今夜我々にできる最善の支度でしょうな」

フィデルマは「そうでしょうね」と、相槌を打った。つけ加えることなど、何もなさそうだ。

三十分後、カースはある程度の炎を燃え上がらせることに成功し、水を入れた薬缶を吊るして、湯を沸かし始めていた。フィデルマは、夜の寒気から守ってくれるからと称して、湯の中へ薬草《ハーブ》を混ぜようと提案した。カースとエシュタンに、真意を気どられただろうか？　この薬草、ドゥレーマア・ブーイ（リンドウ科の植物。シマセンブリなど）の葉や花の煎じ汁は、恐るべき〈黄色疫病〉の予防に用いられるものなのだ。飲み物が順ぐりに手わたされたとき、子供たちはその苦さに顔をしかめたが、二人の大人たちは、一言もそれに触れようとはしなかった。その後間もなく、ほとんどの者は、ぐっすりと眠りこんでいた——とにかく、疲れきっていたのだ。

狼の叫び声が、森の夜の不気味な静寂《しじま》を、絶えず乱す。

カースは火の前に坐りこんで、貪欲な炎に、なんとか集めてきた小枝をくべつづけた。薪には適さない生乾きの枝は、絶えず低くつぶやきつつ、樹液を滲《にじ》ませている。だが、それでも燃えつづけ、仄かな熱を放ってくれていた。

「日の出と同時に、出発しましょう」とフィデルマは彼に告げた。「もしある程度の速さで歩けたら、午前中、割に早くに、修道院に着けましょう」

「今夜は、不寝番《ねずのばん》が必要です」と、カースが意見を述べた。「インタットやその配下たちが火に気づいて近づいてくるかもしれません、それでも薪をくべつづける必要がありますから。自分が最初の不寝番につきます」

「では、私は二番手を務めましょう」とフィデルマも、応じた。それに備えてフィデルマは、マントを固く体に巻きつけた。濡れた衣服で暖をとろうとしても無駄な努力ではあったが。

寒さの厳しい長い夜であった。だが、遠くの狼の咆哮やその他の夜行性動物の鳴き声以外に、不安にみちた彼らの小休止を妨げるものはなかった。

灰色のもの憂い光が現れると、氷のように冷えびえとした新しい朝が始まり、皆も起きだした。エシュタン修道女が、夜の間に赤ん坊が死亡していたことに気づいたのは、そのときであった。赤ん坊の蠟のような肌は、黄色みを帯びていた。そのことについては、誰も口にしなかった。

驚いて、すすり泣いている子供たちが見守る中、カースが剣でもって、浅い墓を掘った。小さな亡骸《なきがら》を皆で埋葬しながら、エシュタン修道女とフィデルマが、静かな祈りを捧げた。エシュタンは、その幼な子の名前を思い出すことができなかった。

やがて、雲がすべるように流れ始め、貧血を起こしているような秋の太陽が、蒼白い空の端に姿を現した。明るくはあっても、温かみのない太陽だ。ともかく、天候は変わると言っていたカースは、正しかったようだ。

第四章

フィデルマの一行がロス・アラハーの修道院を望む地点にたどり着いたのは、昼のアンジェラス（朝、昼、夕べの三回捧げられる〝お告げの祈り〟）の鐘の音が響いているときだった。旅路は、彼女の予想よりはるかに時間がかかった。雲は晴れ上がり、温かな天気となってはいたが、道がまだぬかるんでいて、ひどく歩きにくかったのだ。

修道院は、フィデルマが想像していたよりも大きかった。深く切れこんだ入り江の奥が高台となっていて、聞かされていたとおり、その中腹に修道院は建っていた。幾棟もの灰色の石造建物からなる大規模な修道院である。入り江のほうは、幅がごく狭く、かなり長く延びているので、湾と呼ぶには似つかわしくない趣《おもむき》であるが、それでも海面には数隻の船が錨を下ろして浮かんでいることを、修道院のほうへ視線を戻す前にフィデルマは見てとった。僧院の建築物は、いずれも暗灰色の花崗岩の高い防壁の内側に建っていた。大きな楕円形を描く防塁壁が修道院全体をぐるりととり囲んでいるのである。それらの中央のひときわ印象的な建物が修道院聖堂であると、フィデルマは気づいた。珍しい変わった形態の建築だった。古代アイルランド五王国内のほとんどの教会は、円形をしている。だがこれは、十文字形だ。長い身廊《ネイヴ》（教会堂の中央の長方形の部分）と、それと直角に交わる袖廊《トランセプト》（身廊の左右に延びる翼部）からなる十字架の形をした建物だ。最近、この様式が、新しい教会建築師の間で次第に流行《はや》りつつあることを、フィデルマも承知していた。その横に立っている高い建物は、クロックチャハ〔鐘楼〕で、ここから鳴らされる厳《おごそ》かな鐘の音が、海へとくだってゆく小さな谷間《たにあい》に、今こだましている。

　子供たちの一人が抑えた呻《うめ》き声をもらし、震え始めた。今回もまた、黒い髪をした幼いほうの男の子だった。兄のほうが、静かな口調で弟を叱りつけた。

「この子は、何に怯《おび》えているのかね？」と、カースが訊ねた。その子はカースの馬に乗っていたので、この兄弟の一番近くにいたのは、彼だったのだ。

「弟は、大人たちのところへ行けば酷《ひど》い目にあわされる、と思っているのです」と、年上の少年が物静かにそれに答えた。「昨日の事件のせいで、怯えていますから」

　カースは、年下の少年に穏やかに微笑みかけた。「心配することはないぞ、坊主。あそこの人たちは、誰もお前を苛めはしないとも。あれは、尊《たっと》い修道院なのだ。みんな、お前たちを助けてくださるさ」

　年上の少年は、またすすり泣き始めた弟に、強い口調で何か囁いた。それから、カースを振りかえって、彼に答えた。「もう、大丈夫です」

　子供たちは皆、見るからに疲れきっていた。それだけでなく、恐怖にみちた体験の衝撃もあって、心身ともに疲労の極に達していた。寒さに震えながらの落ち着かぬ不安な野宿は、子供たちの元気を回復させてはくれなかった。森から海岸への午前中の旅も、辛い道のりだった。いずれの顔も、そのことを物語っていた。

「ここの修道院が、これほど大きいとは知りませんでした」とフィデルマは、明るい声でカースに話しかけた。疲労困憊している一行に、いくらかなりと平穏な日常の空気を吹きこもうとしての言葉だったが、多くの建物からなる広大な修道院が入り江の上に威容を見せているこの光景に、実際に驚かされてもいた。

「何百人ものキリスト教への改宗者《プロサライト》がここで学んでいると、聞いています」と、カースは無造作に答えた。

響きわたっていた鐘の音が、ふっと消えた。

フィデルマはふたたび歩きだそうと、皆に合図をした。だが一瞬、気が咎《とが》めた。あの鐘の音は、祈りを捧げよとの促しであったのに。しかし、面倒をみてやらねばならないこの疲れきった者たちや彼女自身が修道院の門をくぐり無事その庇護のもとに入ってからでも、ゆっくり祈りを捧げる時間は見つかるはず。フィデルマは、気遣わしげな視線をちらりとエシュタン修道女のほうへ向けた。ふっくらした体付きの若い尼僧は、憂鬱な物思いの中にすっかり浸りきっているらしい。今朝の赤ん坊の死が大きな打撃となっているのだと、フィデルマには察しがついていた。野営地から出発してすぐに、情緒不安定となり、自分の悲しみに浸りきって、まわりのことがまったくわからなくなっている様子を示していた。うなだれ、目を足許に落としたまま、話しかけられても答えもしないで、ただ機械的に歩いている。ロス・アラハーが視野に入り、その鐘の音が聞える地点にやって来たときでさえ、彼女が視線を上げようともしなかったことに、フィデルマは気づいていた。そう、今、道端で儀式の定める祈りをのんびり捧げるよりも、一行を修道院に連れてゆくことこそ、先決問題だ。

修道院に近づくと、外壁の外に広がる畑で、二、三人の修道士たちが働いているのが見えてきた。野菜のケールを収穫しているらしい。おそらく、家畜の飼料なのだろう。彼女たちのほうへ好奇の視線を投げかける者もいたが、ほかの者たちは屈んだまま、秋の冷気の中で黙々と作業を続けていた。

修道院の門は、広く開いていた。門の脇に、コリヤナギやハコヤナギの枝を花束ふうに束ねたものが吊るされているのに目をとめて、フィデルマは眉をひそめた。何か記憶にひっかかる。はっきりとは思い出せないのだが。彼女たちを迎えようと、門のところに、がっしりした体格の中年の修道士が待っていた。そちらへ注意を向ける段になっても、フィデルマはまだ、捻《ひね》って束ねたヤナギの枝飾りが何を象徴するものであったかを、記憶の底から掬《すく》い上げようとしていた。中年の修道士は、頭頂を剃髪し、あとの髪は伸ばしていたが、それには銀髪がまじっていた。いかにも筋骨たくましそうな男で、そのいかつい顔は、自分は人に小馬鹿にされる男ではないぞ、と告げていた。

彼は、よく響く深い声で「ベネ・ウォービス」と、儀礼にしたがってラテン語で挨拶の言葉をかけてきた。

フィデルマも、それにならってラテン語で応えたが、それに続く儀礼的な挨拶は省くことに決めた。そこで前置きの言葉なしに、「この子たちには食事と暖かな場所と休息が必要なのです」といきなり切り出して、相手の男が目を丸くして驚くにまかせた。「それに、この修道女も同様です。大変な目にあった者たちです。前もって申し上げておきますが、皆、疫病の危険にさらされておりました。ただちに、修道院の医師に調べていただく必要があります。その間に、この連れと私をブロック修道院長のもとへ、ご案内願います」

修道士は、修道院のもてなしが作法に則《のっと》って差し出されもせぬうちから、この若い修道女が矢継ぎ早に要求を出すのに驚いて、言葉もろくに出てこないようだ。彼は眉根をぐっと寄せ、抗議しようと口を開きかけた。

だがフィデルマは、彼が何か言いだす前に、それを押しとどめてしまった。

「私は、キャシエルから来たフィデルマです。院長様は、私を待ちうけておいでのはずです」

と、彼女はきっぱりとつけ加えた。

修道士は、呆然として、口を魚のように喘がせた。だがフィデルマは、自分が保護している者たちを従えて門をくぐり、彼のかたわらを通り抜け、さっさと中へ入っていった。修道士は気を引きしめて、そちらへ向きなおり、急いでそのあとを追った。一行が門の奥に広がる石畳の大きな中庭へ入ろうとするところで、彼はやっと追いついてきた。

「フィデルマ修道女殿……私どもは、つまり……」彼は、フィデルマの突然の侵入ぶりに、すっかり度を失っていた。「私どもは、一日、二日前から、警告されて、いえ、知らされとりまして……その、ここへ到着なさると……私はアシュトロールの、つまり修道院の出入りの監督者である御門詰め修道士の、コンハスであります。いったい何が起こりましたんで？　この子らは、なんなのです？」

フィデルマはコンハスを振り向き、簡潔な返事を与えた。「襲撃者どもに焼き打ちにされたレイ・ナ・シュクリーニャの生き残りの者たちです」

視線を哀れな子供たちから、ふっくらとした若い修道女へと移した修道士は、それが誰であるかに気づくと、驚きに目を見張った。

「シスター・エシュタン！　どうしたのかね？」

若い尼僧は、彼に気づきさえしないらしく、暗い目つきで宙を見つめたままだった。

修道士は、ひどく戸惑った顔で、フィデルマを振りかえった。

「我々この修道院の人間は、エシュタン修道女をよく知っとります。レイ・ナ・シュクリーニャで伝道をしとりました。襲撃者たちに襲われた、と申されましたな？」

フィデルマは、短い肯定の言葉の代わりに、頷いた。

「村は、インタットと称する男とその配下の者たちによって、襲撃されました。ただエシュタン修道女とこの子供たちだけが生きのびたのです。この者たちに、避難所を与えてやってください」

「それに、疫病とか、おっしゃっとったようですが?」コンハス修道士は、見るからに戸惑っていた。

「この非道きわまりない襲撃の理由は、村が疫病に汚染されたからだ、と聞かされました。修道院の医師を呼んで欲しいと私が求めたのも、そのためです。この修道院は、疫病を恐れておいでですか?」

コンハス修道士は、頭を振った。

「主のご加護により、この修道院で、ほとんどの者たちが疫病に耐え抜く力を授かりました。ここは、この一年で四度《たび》、疫病の大流行に見舞われましたが、若い学生が数名、命を失っただけですみました。もう誰も、疫病を恐れてはおりませんよ。誰か人を呼んで、この気の毒なエシュタン修道女と、彼女が面倒をみている者たちを、施療所へ連れてゆかせますわ。みんな、そこで十分な手当てを受けられましょう」

コンハスは振り向いて、通りかかった若い見習い修道女を手招きした。背の高い、肩幅がやや広めの娘で、動作がなんとなくぎごちない感じだ。

「シスター・ネクト、この修道女と子供らを、宿泊所へ連れてゆくんだ。そして、ルーマン修道士に伝えなさい。ミダッハ修道士を呼んで、この人たちを診察するようにとな。それがすんだら、食事の世話をしてやって、休ませておやり。ミダッハには、あとで私が説明しておくから」

指示は、彼の口から早口で立てつづけに飛びだした。だが若い見習い修道女は、ひどく驚いて、口を半ば開けたままエシュタンを見つめ、立ちつくしている。彼らを見知っているのでは、とフィデルマが感じたような反応だった。しかし、見習い修道女はすぐに気を引き締めなければと気づいたらしく、急いで子供たちや沈みこんでいるエシュタンを引き連れて去っていった。コンハス修道士は自分の指示がうまく実行されるよう手配がついたことに安堵しながら、フィデルマに向きなおった。

「ミダッハ修道士は我々の主席医師で、ルーマンのほうは修道院執事でしてな。二人がエシュタン修道女や子供らの面倒をみてくれましょう」いささか不必要な説明をつけ加えながら、彼はフィデルマたちに中庭の奥のほうをさし示した。「では、僧院長様のところへ、ご案内します。お二人はキャシェルからまっすぐお出でになったのですかな?」

彼のあとに従いながら、カースが「そのとおり」と答えた。さらに、戦士である彼は、フィデルマが気づかなかった点に相手の注意を向けさせることを、忘れなかった。「我々の馬は、ブラシをかけ餌を与えてやる必要があるのだが、修道士殿?」

「院長様のところへご案内したら、そのあとすぐに、私が自分で世話をしてやりますわ」

修道院の御門詰め修道士は、目には見えない何かに追い立てられているかのような急ぎ足で、二人を案内し始めた。中庭を通り抜け、さまざまな建物の間を縫い、できる限り足ばやについてくることを促すかのように時どき足を止めては二人が追いつくのを待つという、いささかせっかちな案内人だった。だが、疲れきっているフィデルマたちは、ゆっくりとした足どりで、そのあとを追った。果てしなく歩きつづけるかに思えたが、やっと、ほかの建物からやや離れて建っている広壮な建物に着いた。中に入って、さらに階段をのぼってゆき、暗褐色の樫の扉の前までやってきた。修道士はここで待つようにと二人に言い置いて、自分だけ扉を叩いて部屋の中へ姿を消した。だがすぐに出てきて、扉を広く開け、身振りで彼らを招じ入れた。

扉の奥は、丸天井の大きな部屋だった。冷ややかな灰色の石壁には、イエスの生涯のさまざまな場面を織り出した色彩豊かな壁掛け《タペストリー》がかけられ、その厳めしさを和らげていた。大きな炉には薪が静かに燃えており、薫香《インセンス》からたちのぼる香りが部屋中にたちこめている。床のそこここには、やわらかな毛織の敷物が敷かれているし、家具も豪華だ。部屋の装飾は、この修道院の豊かさを物語っていた。ロス・アラハーの修道院長は、質素倹約の信奉者ではないらしい。

「フィデルマ！」

濃い褐色のつややかな樫のデスクを前にして坐っていた長身の人物が、そう言いながら立ち上がった。鉤鼻で鋭く見通すような青い瞳をした、痩せた男性だった。彼の剃髪は、頭頂と両耳を結ぶ線から前方の頭髪を剃り落とし、後ろの髪は長く伸ばした、アイルランド教会式ものだった(1)。鋭い観察眼の持ち主であれば、その面立ちにどこかしらフィデルマとの血のつながりを思わせるものを見出すことだろう。

「ブロックですよ、あなたの縁者のな」と、その痩身の人物は名宣《なの》った。深い低音が響く声だった。「あなたが小さな子供のころ、お会いして以来だ」

温かな挨拶ではあったが、その声には、何かしら無理に努めている気配があった。なんとか歓迎の気持ちを掻きたてようとはしているものの、ほかのことに気をとられている、といった感じである。

フィデルマの両手をとって挨拶しようと、彼は手をさしのべた。その手は冷たく頼りなげで、無理をしてのものであれ、彼が口にした歓迎の言葉を裏切っていた。フィデルマは、子供のころの幸せにみちた日々の思い出の中から、この血縁者についての記憶を呼びおこそうとしてみたものの、何も浮かんでこなかった。それも当然かもしれない。ブロック修道院長は、彼女より少なくとも十五歳は年上なのだから。

フィデルマは、この場にふさわしい丁重さで院長の挨拶に応え、その上でカースを紹介した。

「カースは、この件に関して、私の手助けをするようにと、兄コルグーによって任命された人物です」

カースは、自分の公的地位を示す黄金の首飾りがのぞいて見えるようにと、心もちマントの前をくつろげた。ブロックは彼の胸元へ視線をやりながら、なおも不安げな目でカースをじっと見つめていたが、カースのほうはさっと院長の手をとると、それを固く握りしめた。フィデルマには、その握手の強さに、ブロックの顔の筋肉がびくっと引きつるのが見えた。

「まずは、おかけなさい、フィデルマ。君もだ、カース。御門詰め修道士のコンハスから聞いたところによると、レイ・ナ・シュクリーニャのエシュタン修道女や子供たちを連れて到着されたそうな。エシュタン修道女のあの施設は、今はこの修道院の管轄のもとにおかれているので、あそこで起こった事件は、我々には非常に気になります。どういうことがあったのか、聞かせてくださらぬか？」

フィデルマはカースに視線を投げかけながら、腰をおろした。この二十四時間で初めて、快適といえる状況で腰をおろせるのだ。このくつろぎを、ありがたく味わうことにしよう。若い戦士のほうは、フィデルマの視線に自分への促しを読みとって、すぐさまレイ・ナ・シュクリーニャでエシュタン修道女と子供たちに出会った次第を語り始めた。

ブロックの顔は、怒りの仮面へと変貌した。片手を伸ばして、無意識に眉間《みけん》を軽く叩きながら、彼はこの報告に応えた。

「なんという恐ろしい所業か。ただちにコルコ・ロイグダの族長サルバッハに使者をおくろう。この忌《い》まわしい行為に関して、彼がインタットなる男とその配下たちを処罰してくれるでしょう。この件は、私に任せてくだされ。このことが直ちにサルバッハの耳に届くよう、しっかりと手を打ちます」

「エシュタン修道女と子供たちのほうは？」と、フィデルマは訊ねた。

「そちらも、心配はご無用。ここで面倒をみてやりましょう。この修道院には、よく整った施療所があるし、我々の医師ミダッハ修道士は、この一年間に〈黄色疫病《イエロー・プレイグ》〉の患者を十件、扱っていますからな。主は、我々にご慈悲をたれたもうた。ミダッハは、そのうちの七人を治すことができました。ここでは、いまや誰も疫病を恐れてはおりませんよ。第一、我々は信仰を持ち、神の大いなる御手に全てをお委《ゆだ》ねしておるのですからな。恐れを持っていないということは、良いことではありませんかな？」

「この事態を、そのような視点でご覧になっておいでだと伺って、嬉しうございます」とフィデルマは、修道院長の言葉に、真剣な表情で答えた。「私がお伺いしたかったのは、まさにそのようなご対応でした」

一瞬、カースは、ブロックのいかにも敬虔そうな態度をフィデルマが皮肉っているのだろうかと、訝《いぶか》った。

「さて」とブロックは、静かな視線を彼女に向けて、続けた。「あなたが当地へおいでになった本来の問題に、とり掛かりましょうかな」

フィデルマは、胸のうちで、秘《ひそ》かに呻き声をあげた。本当のところ、事件にとり組む前に休息をとり、頭をすっきりとさせておきたかったのだが。いま、一番したいのは、深い眠りをたっぷりとることだった。まず食事をして、マルド・ワインで冷えきった体を温め、どんなに固くてもいい、とにかく乾いた寝台に横になることだった。しかし、ブロックの言うほうが正しいようだ。まずは、予備的な事情の聴きとりをすませておくほうがいい。

　フィデルマがこうしたことを思い巡らせているうちに、ブロックは立ちあがり、窓辺へ歩み寄っていた。坐っているフィデルマにも、その窓から入り江が見わたせていることは、わかる。

　修道院長は、両手を背中で固く握りしめ、入り江を見下ろしながら、じっと立ちつくしている。

　やがて院長は、ゆっくりとした口調で、彼女に話しかけた。「この件で、時間がきわめて重要であることは、よく承知しています。また、尊者《ヴェネラブル》ダカーンの死の責任を、修道院長として、私が問われるであろうことも。私がそのことを忘れないようにと、ラーハンの国王は、それを思い出さずにはいられないものを、すでにここに送りつけてきておりますからな」

　フィデルマは、一瞬、修道院長をじっと見つめた。

「どういう意味です？」彼女が口にしようとした質問を問いかけたのは、カースだった。

　ブロックは、顎で窓の外をさし示した。

「見下ろしてみなされ、入り江の入り口のあたりを」

　フィデルマとカースは立ちあがり、好奇心にかられて、院長の肩越しに、言われた方角に視線を向けた。入り江には、数隻の船が錨を下ろしていたが、その中の二隻は、外洋を航海する大型船だった。ブロックが話題としているのは、ほかの船より大きなこの二隻のうちの一つだった。外海《そとうみ》から入りこんだ静かな入り江の入り口近くに投錨して、波に揺られている。

「あなたは戦士だ、カース」ブロックが、低い声で、憂鬱そうに話しかけた。「あの船を見分けられるかな？　私がどれを指しているかは、おわかりだろうな？　フランク王国の商船ではない。むろん、もう一隻の船のことだ」

カースはその船に目を凝《こ》らし、船体をじっと観察した。

だがすぐに、いささか驚いた様子で、ブロックに答えた。「あの船は、ラーハン国王フィーナマルの軍旗を掲げています。ラーハンの戦艦ですな！」

「まさに、そのとおり」ブロックは溜め息をつきながら、二人に椅子に戻るようにと身振りで告げ、自分もふたたび席についた。「あれは、一週間前に、現れた。私に、ダカーンの死の責任はお前にあるとラーハン王国は考えているぞと絶えず思い出させる目的で、戦艦をさし向けてきたというわけですわい。明けても暮れても、入り江に錨を下ろしたままだ。あの戦艦が初めて姿を現したその日のうちに、その点を印象付けておこうということでしょうな、艦長が上陸して、ラーハン王の考えを告げようと、私のところへやってきたのです。その日以来、あの船の人間は誰も修道院には来ていない。ただ、入り江の入り口に停泊し、待っているだけだ——鼠を狙っている猫のように。もしそれが私の平和を打ち砕こうという意図であるのなら、彼らは成功しつつあるようだ。疑いもなく彼らは、大王《ハイ・キング》の〈大集会〉によってこの件に結論が出されるまで、待ちつづける気ですわ」

カースの顔が、怒りに赤く染まった。

「これは、正義の蹂躙《じゅうりん》です」と彼は、激しい口調でそれに応えた。「威嚇《いかく》です。有形の脅迫だ」

「先ほど言ったように、ラーハンは〝目には目を、歯には歯を〟⑵が行なわれることを要求するぞ、忘れるな、と私に突きつけているのです。聖書には、なんと書かれていましたかな？〝もし、人、他人の目を害《そこな》えば彼の目も害われるべし〟でしたな？」

「それは、イスラエルの民の掟《おきて》です」と、フィデルマは指摘した。「アイルランド五王国の法律ではありませんわ」

「議論の余地ある問題でしょうな、フィデルマ。我々がイスラエルの民を神に選ばれし者、〈選民〉であると認めるのであれば、彼らの宗教と同様、彼らの掟も受け入れねばなりますまい」

「神学上の議論は、のちほど、お二人でどうぞ」と、カースがさっとさえぎった。「それより、どうして彼らは、あなたに責任ありと見ているのです、院長殿？　あなたは、尊者ダカーンを殺害なさったのですか？」

「いいや、もちろん、していない」

「では、ラーハンには、あなたをおどす根拠など、ないではありませんか？」カースにとっては、事態は簡単明瞭であった。

フィデルマが、カースをたしなめた。

「ラーハンは、法に則っているのです。ブロックはこの修道院の院長、したがって修道院に所属する人々全ての上に立つ方です。また、法によると、修道院を訪れた客人に何か生じれば、それについても責任がある、とされる立場におありです。もし責任者に科料や弁償金を払う力がない場合には、その血縁者たちがそれを支払わなければならない。つまりブロックは、モアン王国を治めるオーガナハト王家の一員ですから、弁償金はモアン王家に求められるわけです。モアン王国自体が、この事件に関して支払われる弁償金の担保《かた》とみなされている、ということになります。この理屈、わかるでしょ、カース？」

「しかし、そのようなことは正義とはいえません」

「でも、これが法律です」と、フィデルマの返事はきっぱりとしていた。

「しばしば、法と正義は、別物。決して同義ではありませんでな」ブロックは、苦々しげに、そう言葉をはさんだ。「だが、フィデルマ、ラーハンの視点をみごとに説明されましたな。タラで大王が主催される〈大集会〉において、我々はそれに対して抗弁せねばならないわけです。もう、日が迫ってる」

「でしたら、大事な事実をお聞かせいただくことが、まず何より肝要です」フィデルマは欠伸《あくび》をこらえながら、彼に答えた。「そうすれば、私も方策をたて、それにしたがって調査を行なうことができましょうから」

ブロック修道院長はフィデルマの疲労に気づく余裕はないと見える。ただ両手を広げて、自分の困惑を雄弁に身振りで表現しただけであった。

「お話しすることは、あまりありませんでな、フィデルマ。とにかく、こういうことでした。

まず、我々の所蔵している古代の書物の研究を許可するというキャシェル王の文書を携えて、尊者ダカーンが見えられた。我々は、おびただしい数の〈詩人の木簡〉を持っています。榛《はしばみ》やアスペン（ハコヤナギ類）の棒《ロッド》にオガム文字で古代の歴史や叙事詩《サガ》を刻みこんだ、こうした古代の書物を所蔵していることを、我々は非常に誇りに思っていましてな。アイルランド五王国における、もっともみごとな蒐集です。タラの大王宮でさえも、系譜図に関するこうした古文書の蒐集にかけては、我々にはかないませんぞ」

フィデルマも、ブロックの自慢はもっともであると認めた。彼女も、知識としては、この古代文字について学んでいた。オガム文字は、伝説によると、異教神話の文芸の神オグマによってアイルランド人に授けられたとされている。この文字は、長い基本線と短い線や点をさまざまに組みあわせたもので、棒にこれを刻んで文書を綴ってゆく。これが〈詩人の木簡〉と呼ばれる古代の書物である。しかしこの表記法は、キリスト教信仰とともに伝わったラテン語アルファベットの導入によって、目下急速に衰微しつつあった。

ブロックは、説明を続けた。

「我々は、とりわけこの修道院の図書館に、誇りを持っています。修道院の学者たちは、アイルランド五王国の民にオガムの技法が伝えられたのはこのモアン王国が最初であった、ということを明らかにしておりますよ。ご承知でしょうが、この修道院は、およそ百年前にイータ[3]の弟子であった福者《ブレッシド》[4]ファハトナ・マク・モネッグが創設なされたもので、福者ファハトナは、この地に信仰の家を建立されたのみでなく、学問の場として、知識の源である書物の宝庫もお建てになった。ここを、全世界の人々が学べる教育機関ともなさった。そのとき以来、人々はここに集まってきたし、今もなお、集まりつづけています。知識を求める巡礼者たちの、絶えることのない流れだ。我々のロス・アラハーの僧院は、アイルランド五王国だけでなく、海の向こうの異国にも、よく知られておるのですよ」

フィデルマは、院長が突如自分の修道院について、このように夢中になって熱弁を揮いだしたことに、興味をそそられた。謙譲の美徳の化身ともみなされている聖職者たちでさえ、しばしば、さほど深層とはいえない内面に、自らを誇ろうとする気持ちを抱いているものらしい。

「それで、この修道院は〝巡礼の岬〟と呼ばれているのか」とカースが、相槌を打てる程度の知識を自分も持っているところを披露しようとするかのように、小声でつぶやいた。

修道院長は、相手を見定めるような冷静な視線を彼に向け、軽く頷いた。

「いかにも、そのとおりじゃ、戦士殿。ロス・アラハー――すなわち、巡礼の岬は、信仰の巡礼地であるだけでなく、真理と学問を求めての巡礼の地でもあるのです」

フィデルマが、待ち遠しげな素振りを見せた。

「そこで、尊者ダカーンはキャシェル王の許可状を持って、研究のためにこちらにおみえになった。そこまでは、私どもも存じております」

「それに、我々の図書室を利用なさる返礼として、ここで少しばかり授業をしてくださることにも、なっておりましたよ」と、ブロックはつけ加えた。「ダカーンの主な関心は、〈詩人の木簡〉に記されている古文書の解読だったので、授業以外の時間は、ほとんど連日、図書室で研究されておられた」

「こちらの客人として、どのくらい滞在していらしたのでしょう？」

「二ヶ月ほどですな」

「そして、何が起こったのです？　ダカーンの死に関する事情を、どうか、もう少し詳細に」

ブロックは両の掌《てのひら》をテーブルの上に伏せ、椅子に深く坐りなおした。

「二週間前のことだった。ティアス（第三時の祈り。午前九時）を告げる鐘が鳴りだす直前でしたよ」そう言うとブロックは、カースを見やって、学者ふうの口調で説明を加えた。「僧院の仕事は、午前のティアスと夕方の第六時の時禱ヴェスパー、つまり晩禱との間に行なわれるのだ」

この説明に戸惑ってカースが眉をしかめたのを見て、フィデルマは「ティアスというのは、教会法が定めている〝一日〟の中の、第三時をさす言葉です」と、補ってやった。

「第三時というのは、勉学にとりかかる時間でな。また一部の修道士たちは、この時刻に屋外の作業に出かける。修道院には畑も付属しているので、農作業や家畜の世話もあるし、また海からの恵みを漁《すなど》りに行く者もいるし」

「どうぞ、お続けを」と、フィデルマが院長を促した。彼は説明に時間をかけすぎる、と彼女はいささか苛立ちを覚えていた。目がちくちくと疼《うず》く。短くていいから、休息がとりたかった。

一眠りしたかった。

「いま言ったとおり、まさにティアスの鐘が鳴ろうという時刻だった。そのとき、アシュトロール、つまり修道院御門詰め修道士のコンハスが、実は鐘を鳴らすのも、この僧の役目なのだが、そのコンハスが、私の部屋に飛びこんできましてな。当然、私は問いただした、どうしてそのように我を忘れているのか……」

「すると、彼が告げたのですね、ダカーンが亡くなったと?」従兄《いとこ》のあまりにも冗長な話し方に苛立ちを覚えていることを、なるべく面《おもて》に表すまいと努めながらも、フィデルマは口をはさんだ。

ブロックは自分の話の途中で言葉をさしはさまれることに慣れていなかったもので、目を瞬《しばたた》いた。

「コンハスは、来客棟のダカーンの部屋へ行ってみたそうですわ。ダカーンを朝食《イエンタクールム》の席で見かけなかったので、気になったらしい」ブロックはそこで言葉をきると、教えておく必要があると思ったらしく、カースへ視線を向け、説明をつけたした。「これは、一晩の断食を終えて最初にとる朝の食事をさすラテン語でな」

フィデルマは、今度はもう、欠伸をかみ殺そうとはしなかった。院長は、いささか傷ついたようだ。だが、話を急ぎ始めた。

「コンハス修道士は来客棟へ行き、寝台に横たわる尊者ダカーンの遺体を発見したというわけです。手も足も、縛られた姿で。それに、胸も何回か刺されているように見えた。それで医師が呼ばれ、遺体が検《あらた》められた。傷はいずれも心臓に達しているらしかった。刺し傷のいずれもが、一撃でも致命傷となっていたであろうと思われた。次いで、皆からの聴きとりを行なった。私は、この仕事をファー・ティアス、つまりこの僧院の執事に委ねました。修道院の全員が質問されたが、何か異常なことを見たり耳にしたりした者は、誰一人いなかった。この犯行が、なぜ、誰によって、行なわれたのか、その疑問はいっこう明らかになりませんでしたよ。私は、尊者ダカーンがきわめて高名な客人であることを考慮して、ただちにキャシェルのカハル王へ使者を遣わしたのです」

「ラーハンへも、使者をお出しになったのですか？」

ブロックは、即座に首を横に振った。

「ちょうどそのとき、ラーハンの交易商人が一人、修道院に宿泊していましてな。このあたりの海岸は、ラーハンと船の往来が盛んだ。おそらく、その男がダカーンの死の知らせをファールナのラーハン王宮と、ダカーンの兄であるファールナ修道院長ノエーに、伝えたのでしょうな」

フィデルマが身をのりだした。急に、興味をそそられたのだ。

「その商人の名は？」

「確か、アシードだったか？　我らの執事ルーマン修道士なら知っておりましょう」

「その商人、いつラーハンへの帰路についたのです？」

「ダカーンの遺体発見の当日だったと思いますな。正確なところは知らないが。そうした細かい点は、ルーマン修道士が知っているはずですよ」

「でも、ルーマン修道士は、ダカーンの死を解明する事実を、何も発見することはできなかったのですね？」と、カースが質問をはさんだ。

院長が頷いてそれを認めたので、フィデルマはさらに次の質問に移った。「ラーハン王国がダカーン殺害についての責任はあなたにあるとみなして、モアンの国王にその賠償を求めている、と初めてお知りになったのは、いつだったのでしょう？」

ブロックの表情が厳しくなった。

「あのラーハン王国の戦艦が現れ、艦長が上陸して、修道院長として私が責任をとることになると告げに来たときですよ。その後、キャシェルからの使者も到着し、モアン王国はラーハンの新国王からオスリガ小王国という形で賠償を要求されている、しかしキャシェルの王はこの件の調査のために、あなたをこちらに派遣しようとしておいでだ、と知らされたのですわ」

フィデルマは乗りだしていた体を椅子の背にもどし、指先をつきあわせるようにして掌をあわせながら、一瞬じっと考えこんだ。

「では、ご存じの事実は、これで全てなのですね、ブロック？」

「私の知る限りでは」とブロックは、真剣な面持ちで、はっきりと答えた。

「では、唯一はっきりしている点は、尊者ダカーンの死は殺人であったということだけですな」とカースが、気難しい顔で事態を要約してみせた。「それと、その犯行が当修道院で行なわれた、ということですね。そうなると、賠償は支払わねばなりますまいね」

フィデルマは、彼を見て、やや揶揄《やゆ》の口調で答えた。

「いかにも、それが我々の出発点でしょうね」フィデルマは、かすかに微笑んでいた。「でも、その賠償を払うのは誰なのか？　私どもは、これからそれを究明してゆかなければなりません」

そう言い終えると、彼女は急に立ち上がった。

カースは少し物足らぬ様子を見せながらも、彼女の例にならった。

「今から、何を？」ブロックは年若い従妹《いとこ》を見上げながら、熱心に訊ねた。

「今から？　今考えていることは、カースと私は、何か食べ物を見つけなければ、ということですわ。昨日の昼食を最後に、何も口にしていないのですから。そのあと、少し休みます。私ども、昨日は、寒さと雨の中で夜を明かしましたのでね。調査は、第六時の晩禱《ヴエスパー》のあとで、開始します」

ブロックの目が、大きく見開かれた。

「開始する？　この件に関して、修道院内で起こったことは、我々の知る限りを全て、お話ししたと思いますがな？」

フィデルマは、口許に薄く苦笑を浮かべた。

「ブレホン〔法律家〕がどのように調査をおこなうか、おわかりではないご様子。でも、構いませんわ。私どもは、晩禱のあと、何者がいかなる理由でダカーンを殺害したのか、その解明にとり掛かります」

「それができるとお思いか?」と問いかけるブロックの目に、かすかに期待の色が輝いた。

「そのために、私はここへ伺ったのです」彼女の返事には、いささかうんざりした感じがにじみ出ていた。

ブロックの表情は、おぼつかなげだった。それでも、テーブルの上の小さな銀の鈴に手を伸ばして、それを打ち振った。

肉付きのいい中年の修道士がまるで飛びこんでくるような勢いで、部屋に入ってきた。その動作の一つ一つが、全身にみなぎり身体中を活発につき動かしている活力の表れであるかのように、熱狂的である。この男の興奮過剰な活気に、フィデルマさえも落ち着かぬ気分にさせられた。

「これが、我らのファー・ティアス、当修道院の執事ルーマンですわ」と、ブロックが彼を二人に紹介した。「このルーマン修道士が、あなたがたが必要とされる全てを、お計らいするはず。なんなりと、この男にお申し付けになればよろしい。では、晩禱のあとで、またお目にかかりましょう」

二人は、ルーマン修道士に院長室から外へと案内され始めたが、案内というよりは、むしろ追い立てられていく、といった感じだった。

「コンハス修道士からご到着を聞きまして、すぐチャハ・エイエドに、我らの来客棟に、お二人の部屋を用意しておきましたよ、修道女殿」動作の落ち着きのなさと釣りあうかのような、息をはずませた口調であった。「我らの来客宿泊棟でなら、ごく心地よくお過ごしになれますよ」

「で、食事のほうは？」と、カースが訊ねた。この二十四時間ほとんど何も口にしていないというフィデルマの言及が、彼にそのことを思い出させ、しくしくと胃が痛むような飢餓感を意識させ始めたのである。

ルーマン修道士は、頭を上下にはずませた。少なくとも、そう見えた。まるで、まばらに毛が生えた、大きなボールといった感じの頭である。満月のように丸々と太った顔のほうは、あまりにも皺が深いので笑っているのやら、顔をしかめているのやら、いささか見分けがたい。

「食事も、用意してありますとも」と、彼はうけあった。「今すぐ、来客棟にお連れしますよ」

「尊者ダカーンが泊っていらしたのと同じ来客棟ですか？」と、フィデルマは訊ねてみた。ルーマン修道士は頷いた。しかしフィデルマは、それ以上ここで質問を続けることは控えた。

彼のあとについて、二人は修道院の幾棟もの建物の間をはしる灰色の石畳の通路を次々と抜け、小さな中庭も一つならず横切って、敷地の薄暗い奥のほうへと進んだ。

「エシュタン修道女と子供たちは、どうしています？」しばらく沈黙が続いたあと、フィデルマはふたたび修道士に問いかけた。

ルーマン修道士は、心配そうな牝鶏のように、こっこっこと舌を鳴らした。フィデルマは、思わず微笑んでしまった。ルーマン修道士を見て彼女がまず連想したのは、まさにそれだったのだから。体の両脇で腕をぱたぱたと振りながら、二人の前をよたよた急ぎ足で歩いているところは、雛を引きつれている牝鶏そのものだ。

「エシュタン修道女は疲れきっている上に、ひどい経験をしたもので、非常に動揺しておりましてな。子供らはただ疲労しているだけで、今のところ、温かくしてやることと睡眠をとらせてやることが、何よりですわ。この修道院の主席医師のミダッハが診察しましたが、誰にも病気の兆候は出とりませんでしたよ」

ルーマン修道士は、外壁寄りの奥まったところに建つ長方形二階建ての建物の前で、足を止めた。修道院中央に位置する堂々たる聖堂からは、泉を囲んだ石畳の中庭で隔てられている。

「ここが我らの来客棟です、修道女殿。我々はこれを誇りにしておりましてな。夏には、さまざまな土地から、大勢の客人を迎えております」

彼は、大観衆を前に難しい名人芸を見せようとしている芸人よろしく、さっと扉を開くと、二人を招じ入れた。中は、広々とした大広間だった。壁掛けや聖画《イコン》が壁を美しく飾っている。執事は、さらに木の階段を上って、彼らを二階へと導き、隣りあった二部屋に案内してくれた。

フィデルマは、自分たちの鞍鞄《サドル・バッグ》がすでに運びこまれているのに気づいた。

「この宿舎は、居心地よいと思いますが、いかがで?」そう言うと、ルーマン修道士は彼らの返事を待たずに、早くも背を見せて、ばたばたと別の部屋に入っていった。「今のところ、食事はこちらでなさるほうがいいかと思いまして、この部屋に運んでくるように指示しておきました」彼は二人を呼び寄せて、説明を加えた。「でも今夜からは、食堂でおとりいただきます。この隣の建物ですわ。当修道院では、客人がたは皆、そうなさっておられます」

テーブルの上には、湯気をたてている煮込み汁《ブロス》の鉢、パンとチーズの皿、ワインを満たした水差《ジャグ》し、高杯《ゴブレット》などが並んでいた。空腹の彼らを、大いにそそる眺めである。

フィデルマの口に、思わず唾が湧いてきた。

「大変結構なお食事です」と、彼女は満足げに答えた。

「私の部屋は、一階にあります。建物の端のほうですわ」と、修道士は続けた。「もし何かご用がおありでしたら、そちらにご連絡を。あるいは、その鈴をお振りくだされ」と、彼はテーブルの上の小さなブロンズの振鈴《ハンド・ベル》を指した。「そうすれば、助手のネクト修道女が伺います。若い見習い修道女の一人で、客人がた皆様のお世話をしております」

「もう一つだけ」とフィデルマは、忙しなくドアのほうへ行きかけたルーマンを呼び止めた。

小太りの修道士は立ち止まって、問いかけるように振りかえった。

「来客棟には、どのくらいの人数の人たちが泊っているのです?」

ルーマン修道士は、けげんそうな顔をした。

「お二人だけですが。ああ、そうだ。エシュタン修道女と子供らも、一時的に、ここに泊めとります」

「この修道院には、何百人もの学生がいると聞いておりましたけれど」

修道士は、かすれた声で、小さく笑った。

「ご心配にはおよびませんよ。学生たちの寄宿寮は、この反対側ですわ。もちろん、ほかの多くの修道院と同様、ここは僧も尼僧も共に暮らす僧院、コンホスピタエでして。我々の修道院では、僧のほうがはるかに多いですがね。それだけですかな、修道女殿？」

「今のところは」と、フィデルマは頷いた。

修道士は、牝鶏のように咽喉を鳴らしながら、立ち去った。

彼の姿が扉の向こうに消えるや否《いな》や、カースは慎みになど構っていられないとばかりに椅子にすべりこみ、湯気を立てている濃いブロスの鉢を引き寄せた。

同じようにテーブルについたフィデルマに向かって、カースがうんざりしたような顔を向けた。「何百人もの学生や聖職者ですと！　その中から殺人者を見つけ出すとは、海辺の砂浜で、特定の一粒を見つけるようなものですよ」

フィデルマも、気の重そうな顔だったが、それでも木の匙をとりあげて口へ運び、まずは温かな食事を楽しむことにした。

しばらくの間、彼女はブロスを味わっていたが、やがて口を開いた。「私たちには、それよりは可能性があるかもしれませんよ。もし、殺人者がまだ修道院にとどまっていれば、ですけど。ブロックの話では、殺人事件が起こってからも、いろんな人たちの出入りがあったようですね。もし私が尊者ダカーンの殺人犯であれば、ここに残ってはいないかも。でもそれは、私がどういう人間か、どういう殺人動機をもっているか、によりましょうけど」

カースは、すでに満足げに鉢を空《から》にしていた。

「殺人を犯した男は、捕まることはないと、自信をもっているのかもしれませんね」と、彼は言ってみた。

「あるいは、女かも」と、フィデルマは訂正を加えた。「この事件には、奇妙なところがありますわ。これまでに私が関わってきた調査では、いつもすぐに、それと気づく動機に行き当たりました。ところがこの事件では、それが見つかりません」

「どういうことです?」

「まず死体が発見される。どうして殺されたのだろう? 強盗だろうか? それとも、被害者がひどく嫌われていた人物だったのか? あるいは、殺人にいたるほどの何かはっきりした別の動機があるのか? 動機がわかってこそ、その犯罪によって誰が一番得をするのかを見出そうと、我々の調査が開始されます。ところがこの事件では、非業の死をとげられたのは、尊敬されていらした年配の学者です。すぐに考えられるような動機は、何一つ思い浮かびませんもの」

「もしかしたら、動機はないのでは？　きっと、頭がおかしい人間に殺されて……」

フィデルマは、カースをやんわりと咎めた。

「精神の異常も、それ自体、動機になりますよ」

カースは頭を振ると、今まで夢中になって平らげていたブロスの鉢に目を戻し、空の器を残念そうに見つめた。

彼は「満足しました」と食事の感想をもらしたものの、もはや食べきってしまったことが無念そうな口調だった。「オート麦と、ミルクと、葱《リーク》なのでしょうね。大変美味でした。それとも、食べ物に風味を添えてくれたのは、飢えきった胃の腑のせいだったのですかねえ？」

フィデルマは、がらりと話題を変えた彼の態度に、揶揄ぎみの呆れ顔をしてみせた。

「ブロスは、福者コロムキルがお好みになった料理ですわ」と、フィデルマは説明を加えた。

「材料については、あなたの言うとおりでしょうね。もっとも、どんな食べ物でも、しばらく食事を抜いていたあとでは、すばらしいご馳走に思えるでしょうけど」

カースはすでに食後のチーズを切り始めていた。フィデルマも一切れ欲しいと所望したので、若い戦士はそれを彼女の皿にのせ、自分用にさらに一片切りとり、パンもひと塊《かたまり》ちぎりとった。彼はワインをそれぞれのゴブレットに注ぐと、考えこみながらパンとチーズを食べ始めた。

やがてカースは、口をきった。「真面目な話、この事件をどうやって解決なさるのですか、修道女殿？　事件が起こったのは、もう二週間も前ですし、犯人はもはや修道院近辺にとどまってはいないかもしれませんね。たとえ犯人が残っていようと、証拠だの、目撃者だのといった、犯人へと導いてくれそうなものは、何も残っていないのでは？」

フィデルマは、静かにワインをすすっていた。

「では、もしあなたでしたら、どうします？」

カースは口を動かすのを止めて、目を瞬き、その質問をちょっと考えてみた。

「できるだけたくさん、小さな事実を拾い集めます、キャシェルに報告するために」

「なるほどね」フィデルマの真剣そうな口調には、いささかわざとらしさがひそんでいるようだ。「少なくとも、その点で、私たち、意見が合ったようですね。私に与えてくださる忠告、まだほかにもおありかしら、カース？」

若い戦士は、顔を赤らめた。

フィデルマは、ドーリィー〔法廷弁護士〕だ。カースは、そのことを知っている。その彼女に、仕事をどうやって進めるべきか示唆するようなことを、自分は言ってしまったようだ。フィデルマは、それを揶揄しているに違いない。

「自分は、別に……」と、彼は言いかけた。

フィデルマはにこりと笑いかけて、カースを安心させた。

「気にしないで、カース。あなたが意図してこのようなことを言ったのであれば、私の返事はもっと鋭く辛辣になっていたことでしょうけど。とにかく、あなたは、私に諂《へつら》おうとはしなかった。これは、多分、あなたの長所です。でも、私は、自分の能力を知っていますし、逆に欠点もよく承知しているつもりです。中には、人々が地位に対して払ってくれる尊敬を、自分に対する敬意だと錯覚する愚かしい人間もいますけど」

カースは、彼女の目に浮かぶ冷厳な氷のような炎を不安げに見つめ、息をのんだ。

「でも、とり決めておきましょうか」と、彼女は続けた。「私は、対戦においてどのように剣を揮うべきかを、あなたに助言はしません。ですから、私が専門教育を受けてきた法律家としての仕事に関しては、あなたも私に対して忠告しようとはしない、ということに」

若い戦士は、いささか不本意そうに、眉をひそめた。

「自分はただ、この事件は手強そうだ、と言いたかっただけです」

「私の経験では、全ての事件は、そう見えるものです。だからといって、何もしないというわけにはゆきません。事件を解明するためには、まずはその難題にとり組まなければ。視点を変えて眺めてみると、いろいろと違うものも見えてきますわ」

「では、どのようにとり組んでゆかれるおつもりです？」カースは、フィデルマの揶揄の下になおもひそんでいるかすかな棘を和らげようと、それに素早く応じた。

「まず、遺体を発見したコンハス修道士への質問から始めましょう。次に、遺体を検めた医師に。そして最後に、あの慌ただしい我らが執事殿、最初の調査を行なったという、あのルーマン修道士に会いましょう。この人たちから聞きだす情報の中に、少なくともそのいくつかの中に、事件の小さなかけらが含まれているかもしれません。ひとまず、これらのかけらを全部集めてから、たとえどのように小さなかけらであれ、注意深く、根気よく、検討してゆきましょう。かけらを全て寄せあわせると、大きな図象が現れてくるかもしれないでしょう?」

「お話を伺うと、思ったよりやさしそうですね」

「やさしくはありませんわ」とフィデルマは、即座に否定した。「でも、どんな情報でも役に立つのだ、ということを忘れないで。情報を集め、それを役に立つときまで、大事に蓄えておくのです。さて、まずは、ひと眠りしましょう、それから……」

まさにフィデルマが立ち上がろうとしたその瞬間、あたりの静寂《しじま》を引き裂く恐怖の悲鳴が、来客棟に響きわたった。

第五章

あたりの空気を引き裂く鋭い悲鳴が、ふたたび聞えてきた。フィデルマはさっと立ち上がるや、すぐ後ろに続いた若い戦士が驚くほどの速度で、すでに来客棟の廊下を急いでいた。悲鳴は、一階からだった。苦痛に喘ぐ女のような、甲高い声だった。

階段を下りたところで、ルーマン修道士と危うく衝突しそうになった。彼もまた、悲鳴が聞えてきたほうへ向かって急いでいるところだった。フィデルマもカースも一言も口をきかずに、小太りの執事のあとを追って一階の廊下を進んだ。廊下の両側には、ずらりと扉が並んでいた。今は静まりかえっている廊下に、突然、今度は優しく低い歌声が聞えてきた。三人は、はっと足を止めた。

ルーマン修道士が、ある扉の前へ行き、それをさっと開いた。フィデルマもカースも、何事か知りたくて、彼の肩越しにのぞきこんだ。

中にいたのは、エシュタン修道女だった。寝台の端に腰かけて、レイ・ナ・シュクリーニャから連れてきた黒髪の二人の少年のうちの一人を、両腕に抱きかかえている。フィデルマは、その子が弟のほうだと気づいた。確か、コスラッハという名前だった。エシュタンは彼を抱いて、そっと子守り唄を歌っている。幼い男の子は、修道女の腕の中で、静かに泣きじゃくっていた。だが彼女の胸に抱かれているうちに、その息づかいも、時どきしゃくりあげる程度におさまったようだ。エシュタンは、戸口に集まっている三人には、気づきもしないらしい。

それに気づいて顔をしかめたのは、エシュタンの後ろに立っている、もう一人の黒髪の少年だった。幼い子の兄だ。彼は小部屋を横切ってやってくると、追い出すといった粗暴さではないものの、三人を巧みに戸口から押し出すと、自分もそのあとに続き、後ろ手に扉を閉めてしまった。彼は顎を突き出して侵入者たちを睨みつけながら、反抗的な表情で彼らに向かいあった。

「悲鳴が聞えたのでな」と、ルーマン修道士が、まだ咽喉をぜいぜい鳴らしながら、少年に話しかけた。

「あれは、弟でした」少年の返事は無愛想だった。「夢にうなされただけです。もう落ち着いています。シスター・エシュタンが聞きつけて、手を貸そうと来てくれたんです」

フィデルマは、彼の名前を思い出そうとしながら、身を屈めて、安心させるように微笑みかけた。

「では、何も心配することはないのですね……お前の名前は……ケータッハでしたっけ？」

「はい」彼の口調は、不機嫌だった。まるで身を守ろうと殻に閉じこもっているかのような態度である。

「それはよかったこと、ケータッハ。お前たち兄弟は、大変な体験をしましたものね。でも、それも、今は終わりました。もはや心配する必要はありませんよ」

「私は心配など、していません」と、少年は軽蔑するように言いきった。「でも、弟は幼いんです。どうしても、夢にうなされずにはいられないんです」

フィデルマは、少年とではなく、大人と話しているような気がした。この少年は、年齢よりもはるかに大人びている。

「もちろん、そうでしょうね」とフィデルマは、すぐさま同意した。「お前の弟に、よく言ってきかせてあげて。お前たちは、今は、面倒をみてくれようとしている友達の中にいるのだということを」

少年は少しの間、そのまま立っていたが、やがて口を開いた。「もう、弟のところに戻っていいですか？」

兄弟たちがこの経験を乗り越えるには、時間が必要なのだ。フィデルマは、ふたたび微笑んだ。今度は少しばかり無理に浮かべた笑みだったが、彼女は頷いてみせた。

少年が部屋に入って扉を閉めると、ルーマン修道士は気が重そうに舌を鳴らしながら、廊下をのそのそと戻っていった。

フィデルマも、ゆっくりと階段のほうへ引き返した。カースがその長い脚の歩幅を彼女に合わせながら、ついてきた。

「可哀そうな子供たちですね」と、カースは思いを口にした。「酷《むご》いことが、あの子らに起こったものです。サルバッハが速やかにインタットとその部下どもを見つけ、罰してくれることを望むばかりです」

フィデルマは、やや上の空の態《てい》で、それに頷いた。

「子供たちが助けを必要としているせいで、少なくともエシュタンの責任感が目覚めたようですね。私は子供たちより、あの修道女のほうが気がかりでした。子供たちには、適応性があります。ところがエシュタンのほうは、今朝の赤ん坊の死に、ひどく打撃を受けていましたから」

「赤ん坊の死は、あの修道女にはどうしようもなかったことです」カースは、この出来事の感情的な面は心の隅に押しやって、いたって論理的な見方で答えた。「もし昨夜、森の中での野宿をしないですんだとしても、あの赤ん坊はかならず死んだはずです。あの子に〈黄色疫病《イエロー・プレイク》〉の兆候が出ていることに、自分も気づいていました」

「デウス・ウルト」運命論的な言葉が、フィデルマの口から、ふとついて出た――〝かく、神は望みたまう〟と。フィデルマは、このラテン語の言葉を本当に信じているわけではないのだが。

晩禱《ヴェスパー》、すなわち教会法に基づく第六時の祈りの鐘の音で、フィデルマは深い眠りから、どうにか目を覚ました。だが、それを聞きながら、気がついた——修道院の聖堂で、ほかの修道士たちに交じって礼拝に参加するには、もう遅すぎると。そこで彼女は寝台から起きだすと、ここで一人で時禱を捧げることにした。アイルランド五王国の教会では、ほとんどの儀式は、まだギリシャ語で執り行なわれていた。ギリシャ語はキリスト教の信仰の言語であり、聖書もギリシャ語で書かれているのだ[1]。しかし近年、多くの儀式は、ローマの言葉、ラテン語に変わりかけていた。教会における欠くことのできない言語として、ラテン語がギリシャ語にとって代わりつつあるのだ。しかしフィデルマにとっては、こうした言語の切り替えは、いっこう厄介な問題ではなかったので、一人ででも、ラテン語の祈りは捧げられる。ギリシャ語同様、ラテン語も知っていたし、自国語（アイルランド語／ゲール語）のほかに、ヘブライ語の知識も十分に持っていたから。さらには、ブリトン語やサクソン語さえ、ある程度は理解できた。

信仰上の大事な勤めをこのような省略形で果たすと、フィデルマはテーブルの上の水をはった大きな器に歩み寄り、ほとんど凍りかけている冷たい水で手早く身を清め、体をタオルで勢いよくこすって、衣服をまとった。こうして身支度をすませると、彼女は廊下へ出た。カースの部屋の扉は開いており、中には誰もいなかった。フィデルマは、廊下を一人で進んだ。すでに夕闇が広がっていた。石壁のところどころにとり付けられた風除けつき燭台には、もう灯がともされており、揺らめく光が廊下を照らしている。

「おや、修道女殿」フィデルマは、階段を下りて来客棟一階の広間へ入ろうとしたとき、薄暗がりの中から現れた人物に声をかけられた。ぜいぜい息をはずませているルーマン修道士であった。「晩禱には、お出にならなかったのですかな?」

「鐘の音で目を覚ましたのです。すぐには寝つけなかったものですから。主にお捧げするご祈禱は、私の部屋でさせていただきました」

そう言ってから、彼女は唇をかんだ。このように弁解じみた言い方をしたくはなかったのに。しかし執事の声に咎《とが》め立ての響きを感じとって、つい、こう言ってしまったのだ。

ルーマン修道士の大きな顔に、ぐっと皺がよった。おそらく微笑なのだろう。でも、もしかしたら、非難の、あるいは同情の表現なのかもしれない。フィデルマは、わかりかねた。

「若い戦士殿は、聖堂に出ておられましたよ。そのあと、夕食をとりに、まっすぐプランタッハに行かれたのでしょう。ここでは、食堂のことを、プランタッハと呼んでおります。そちらへ、ご案内しましょうかな?」

「どうぞよろしく、修道士殿」と、フィデルマは真面目な顔で、そう答えた。「ご案内、おそれいります」

小太りの修道士は、灯のともったランターンを一個、壁の吊り金具からとり外すと、先に立って来客棟から外へ出た。中庭はすでに暗くなっていた。彼は中庭を壁沿いに進んでゆき、隣接する大きな建物へと、フィデルマを導いていった。大勢の修道士や修道女たちが、絶えることのない列を作って、その中へ入ってゆこうとしている。

だが、「ご心配なく、修道女殿」と、ルーマン修道士は説明してくれた。「あなたと戦士カース殿は、ご滞在中、いつも院長様の食卓におつきになることになっておりますので。これは、院長様のご指示です」

「何を〝心配なく〟と言われるのです？」とフィデルマは、怪訝《けげん》そうにルーマンを見やった。

「この修道院には、非常に大勢の人間が暮らしておりましてな。我々は食事を三回に分けてとらねばならんのです。第三の組の順番が来るころには、料理がすっかり冷えきっている、ということもよくありまして、不満のたねになっております。大勢の修道士たちによって、修道院の東側のはずれに、いま新しい食堂が建てられつつあるのも、そのためでして。新館は、全員を一度に収容できるはずですわ」

「一つ屋根の下に数百人の人間を収容する食堂ですって？」

フィデルマは、自分の声に懐疑の色がにじみ出るのを、抑えきれなかった。

「そういうことです、修道女殿。まことに大掛かりな事業です。でも、ほどなく完成しましょうて。レ・クナヴ・デイ（神のお助けで）」彼はさらに、「神の思《おぼ》し召しです」と、うやうやしくつけ加えた。

二人は、食堂の入り口で立ち止まった。すぐに係りの者が出てきて、彼らの靴やサンダルを脱がせ、並べてくれた。履物《はきもの》を脱いで食卓の前に坐るというのが、ほとんどの修道院で行なわれている慣行なのである。中へ入ってゆくと、修道士や修道女たちが、肘を接するようにして食卓の前に坐っていた。ルーマンはその列の間を通って、混みあった広間の奥のほうへとフィデルマを導いた。食堂には、おびただしい数のオイル・ランプが灯されており、かすかにつぶやくような音をたてているその炎の刺激臭が、広間の上手の大きな炉で燻《くす》ぶるように燃えている泥炭《ターフ》の乾し草のような香りと混ざりあっている。それに加えて、食堂のあちこちに置かれている香炉から立ちのぼる幾種類もの薫香《インセンス》の煙まで混じるもので、食堂内の香りはいっそう強く鼻をつく。ランプと炉の火が仄かなぬくもりとなって広間にゆきわたってはいるものの、晩秋の冷気を和らげるほどの暖かさではない。だがしばらくすると、密集している二百人もの人間の体温で、さしもの大広間も暖かくなってきた。

ルーマン修道士が急いでフィデルマを上座のテーブルの空席まで連れて行ったときには、ブロック修道院長はもう食前の祈りを始めていた。隣の席には、面白そうな顔をして、カースがすでに坐っており、彼女に無言の挨拶をおくって寄こした。

院長のラテン語が響いている。「ベネディクト・ノービス、ドミネー・デウス……（主よ、願わくは我らを祝し……）」

フィデルマは急いで片膝をついて軽く拝礼すると、席についた。

カースは彼女のほうへ体を傾けると、愉快そうに「寝過ごされたのですか？」と、囁きかけた。

フィデルマは鼻をふっと鳴らして、その質問を無視した。答えは明らかではないか。

食前の祈りが終わると、石畳の床にこすれる腰掛けの音がいっせいに起こった。たった四時間前に食事をとったというのに、フィデルマもカースも、大蒜《ガーリック》で風味をつけ、磯辺で採れるドゥーラスクという海草を添えた魚料理を、大いに楽しんだ。大麦のパンも、ついていた。テーブルの上には、エールの入った広口水差しが載っており、皆、陶製高杯《ゴブレット》に一杯ずつ、自分で注ぐことを許されていた。食後には、リンゴや蜂蜜を練りこんだ小麦粉の焼き菓子が出された。

誰一人、話をするものはいない。フィデルマは、そこで気がついた。無言の食事は、福者ファハトナが定められた、この修道院における食事の規律だったのだ。しかし、食事の間、奥の一段高くなった壇上に設けられた聖書台《レクターン》から、聖句朗読者《レクトール》が聖書の一節をずっと読み上げていた。彼がこの日の朗読箇所として選んだのが「伝道の書」の第三章であるのに気づいて、フィデルマの顔に辟易《へきえき》気味の微笑が浮かんだ。〝人みな食べ、かつ飲み、己《おの》が全ての労働の実りを楽しむべし。これ、神の恵みなり〟の箇所だ。

鐘が一回鳴って食事の終わりが告げられると、ブロック修道院長が立ち上がり、今度は食後の祈りをとなえた。

二人が履物を受けとり食堂を去ろうとしたときになって、ブロックが彼らのほうへやってきた。かたわらには、小太りのルーマン修道士の姿がある。

「よくお休みになれましたか、フィデルマ？」と、ブロックは挨拶の声をかけてきた。

「ええ、十分に」と、フィデルマは答えた。「これで、仕事にとり掛かれます。それに関して、お許しと権限をいただきたいのですが」

「私に、何ができますかな？　なんなりとおっしゃってくだされればよい」

「助手を一人、付けてくださいますか？　私が質問したい人たちを探して連れてきたり、私のために使いに行ったり、というような用事をしてもらいたいのです。修道院をよく知っている者なら、私が行きたいところへ案内してくれることもできましょうし」

「それなら、ルーマン修道士の助手のネクト修道女がいい」ブロックが微笑んでルーマンを振り向くと、修道院執事は幾度も大きく頷いて、同意を示した。「ほかにも何かおありですかな、フィデルマ？」

「聴きとりを行なうための部屋も必要です。来客棟の私の部屋の隣ですと、好都合なのですが」

「必要な限り、ずっとお使いになられるがいい」

「そのように手配いたしましょう」とルーマン修道士も、院長の意に沿うようにと、熱心にそう付け加えた。

「これで、準備はととのいました。私ども、すぐに調査にとり掛かりますわ」

「あなたの任務に、神の祝福のあらんことを」と院長が、重々しく祝福をとなえた。「どうか私に、絶えず報告をしてくだされ」

それが癖の牝鶏のような含み声を絶えずたてているルーマン修道士を後ろにしたがえて、ブロックは食堂をあとにした。

ルーマン修道士の助手のネクト修道女は、今日フィデルマたちが修道院に到着した時ちらっと見かけた、やや骨ばった顔立ちの、あの若い女性だった。エシュタン修道女や子供たちの面倒をみるようにと、コンハス修道士から命じられた修道女である。まだごく若そうな顔のまわりには、被り物からこぼれ出た、ほとんど赤銅色《コパー》をした巻き毛がのぞいている。魅力的と形容するには、いささか肩幅が広すぎ、顎の線も角ばっている。フィデルマの見るところ、顔にはすぐに笑みが浮かぶが、動揺もしやすそうだ。だが、修道院のびっしりと詰まった厳しい日課ではなかなか出合うことのない任務を与えられたことに、見るからに興奮しており、フィデルマの気にいりたいと熱心に願っているようだ。

ただ、何やら、修道女フィデルマに畏怖の思いを抱いているようでもある。もちろん、フィデルマがこの王国の王位継承者の妹君で修道院長の従妹《いとこ》、それにこの国の法廷に出て活躍する資格を自らの力でかち得ている優れたドーリィー〔弁護士〕であると聞いているのであろう。大王《ハイ・キング》の前でも、ドーリィーとしてその実力を発揮し、また遙か遠くの異国で教皇自らの求めに応えたこともある人物だ、ということも。若いネクト修道女は、明らかに英雄崇拝者らしい。

フィデルマは、彼女が神経過敏になっていることや、まるで仔犬のように自分に憧れていることも、大目に見ることにした。無垢な時期は、たちまちにして過ぎ去るものだ。子供がたちまちに大人へと育ってしまうことは、悲しい。パブリリウス・シーラス(2)は、なんと書いていたろう？ 〝もし無垢のまま生きてゆけば、人は子供時代のままの心や魂を失うことはない〟――だったろうか。

フィデルマは、この修道院での最初の食事をとった部屋にカースとともにふたたび落ち着くと、ネクトにアシュトロール〔御門詰め修道士〕のコンハスを連れてくるようにと、指示を出した。

「まず、順を追って始めましょう」彼女はカースに説明した。「コンハスは、尊者《ヴェネラブル》ダカーンの遺体を最初に見つけた人物ですから」

カースは、自分の役割に戸惑っていた。彼は、これまでに一度も法律について学んだことはなかったし、ドーリィーが犯罪糾明のためのとり調べを行なうところを目にしたこともなかった。そこで彼は、部屋の片隅に坐ることにした。フィデルマは、デスクを前にして腰をおろし、机の上に載ったランプの明かりで調査を始めようとしている。

間もなく、わずかに息をはずませたネクトが、がっしりした体格の門番、コンハス修道士をすぐ後ろにともなって戻ってきた。

「お連れしました、修道女様」ネクトがやや喘ぐような声で、そう告げた。低くかすれたような声だったが、これが彼女の平常の声なのであろう。「お言いつけどおりにいたしました」

フィデルマは微笑を抑えて、ネクトに、カースのそばに腰かけるようにと、身振りで示した。

「そこで待っておいでなさい、シスター・ネクト。私が求めない限り、かってに口を開かないで。また、この部屋で見聞きした事件に関する情報を、決して外でしゃべらないように。もしずっと私の助手を続けたいなら、このことをはっきりと誓ってもらいます」

見習い修道女は、ただちにそう誓うと、指示された自分の席に坐った。

次いでフィデルマは、微笑を浮かべながらも鋭い視線を、扉のところでじっと待っているコンハス修道士に向けた。

「お入りなさい。扉を閉めて、席におつきなさい、修道士殿」とフィデルマは、てきぱきと命じた。

御門詰め修道士は、その指図に従った。

「どのようにお役に立てばよろしいので、修道女殿？」と、彼は腰をおろすとすぐに問いかけた。

「私は、これから、いくつか質問をしなければなりません。まず、私がこちらにやってきた目的を、噂ではなく正式な知識として、知っていましたか？」

コンハスは肩をすくめた。「知らぬ者がいましょうか？」

「結構です。尊者ダカーンが亡くなられた日にさかのぼりましょう。遺体を発見したのはあなただと聞きましたが？」

「そのとおりで」

「そのときの状況を、説明してもらえますね？」

コンハスは考えをまとめようと、口許をすぼめた。

「ダカーンは、決まった習慣を守られる方でしてな。この修道院に滞在しておられた二ヶ月間の様子から、朝から晩まで儀式遵法第一の、規則正しい生活をなさるお人だと、私は気づいておりましたよ。ダカーンの行動で、時間がわかるほどでしたわ」

彼は過去を思い浮かべるかのように、少し言葉をきった。

「私の仕事は、御門詰めですが、鐘を鳴らすのも、任務のうちでして。主な時禱の時間に、鐘を鳴らすんですわ。マティン（第二時の時禱、朝課、夜半の祈り）の鐘が修道院の一日の始まりを前ぶれて、これに朝食《イエンタクールム》が続きます。我々の一日で最初の食事ですわ。ここは大きな僧院で、食堂には全員は入りきれんもんですから、三組に分かれて食事をとるんですが、ダカーンは、私と同様、いつも決まって真ん中の組でした。この時間だと、私にとっては、定めの時刻の鐘を鳴らすという、もう一つの勤めを果たすのに好都合ですのでな。第三組の朝食がすむと、ティアスの鐘を打ちまして、それでもって修道院のさまざまな活動が始まります」

コンハスはここでふたたび言葉をきり、ここまでの説明にフィデルマがしっかりついてこられたかと、気がかりそうな視線をちらりと向けてきた。彼女は、「よくわかりました」と返事を返した。

「ところが、あの日、二週間前の月曜でしたが、ダカーンの姿は、朝食のいつもの席に見当たりませんでした。そこで私は、彼を探すことにしたんですわ。何しろ、あの御仁が食事に出てこないというのは、おかしな話ですからな。ご承知のとおり……」

「……彼はいたって正確に習慣を守っていた、ということでしたね？」とフィデルマは、素早くそれをさえぎった。

コンハスは目を見張ったが、すぐに頷いた。

「そのとおりで。そういうわけで私は、まずダカーンが早いほうの食事に出ていたかを確かめましたが、彼は出ていなかった。そこで私は、自分の朝食をすませると、好奇心から、彼を探しに出かけましたんで」

「ダカーンの部屋は、どちらでした？」

「一階ですわ」コンハスは椅子から立ち上がると、「今から、ご案内できますが……」と問いかけた。

フィデルマはそれを手で押しとどめ、彼をふたたび坐らせた。

「それは、のちほど。そこで、あなたはダカーンを探しに、こちらにやって来たのですね？」

「さようで。これ以上つけ加えることは、もうありませんな。私はダカーンの部屋へ行き、呼んでみました。でも答えがなかったので、扉を開けてみると……」

「答えがなかった？」と、フィデルマは問いをはさんだ。「もし応答がなければ、ダカーンは部屋にいないと推察するのが、普通ではありませんか？　どうして扉を開けてみようと考えたのです？」

コンハスは、考えこむように顔をしかめた。

「どうして……ですか？　扉の下から、揺らめく光が見えていたからでしょうかな？　廊下は暗かったので、どんな明かりでも目立ちます。きっと、その光が、その気にさせたんですわ。もしダカーンが明かりを灯したまま眠りこんでいるのなら、それを消さなければ、と考えたのでしょう。倹約もまた、福者ファハトナ修道院の規則でして」と、彼は信心深くつけ加えた。

「なるほど。では、明かりに気がついて、それから……？」

「中へ入って行きましたわ」

「なんの明かりでした？」

「オイル・ランプの、でした。それが、まだ灯っとりました」

「先を」コンハスの言葉がとぎれたので、フィデルマが促した。

「ダカーンは、寝台に横たわって、死んどりました。これで、全部ですわ」

フィデルマは、苛立ちの溜め息をついた。

「もう少し細部まで、思い出してゆきましょう、ブラザー・コンハス」と、彼女は辛抱強く話しかけた。「さあ、今、扉のところに立っているのだと、想像してみて。何が見えます？」

コンハスはふたたび眉根を寄せた。この質問に、じっと考えこんでいる様子だ。

「部屋は、オイル・ランプの光で照らされとりましたな。ランプは寝台のかたわらの小型の机に載っておりました。ダカーンが、昼間の服装のままで、仰向けに横たわっておられた。その姿を見て、まず気づいたのは、手足を縛られていなさるってことで……」

「ロープで？」

コンハスは首を横に振った。

「布地を引き裂いた紐で、でしたわ。赤と青の二色の布の。別の布切れで、口も縛られとりました。猿ぐつわってことでしょうな。そのあとで、胸のあたり一面に血痕がついとるのを見て、殺されてなさるのだと、気がつきました」

「大変結構です。では、次に移って、ナイフは――凶器と思えるナイフは、目につきましたか？」

「見えませんでしたな」

「そのナイフは、あとになってからでも、見つかりましたか？」

「私の知る限り、見つかっていないようで」

「ダカーンの顔は、どうでした？」

「どうって？」と、コンハスは眉をひそめた。

「静かな、安らかな表情でしたか？　両目は開いていましたか、閉じていましたか？　どんな顔付きでした？」

「静かだった、と言えましょう。死に顔には、恐怖や苦痛は刻まれておりませんでしたよ、そういうことをおっしゃってなさるのなら」

「まさに、そのことを訊ねたのです」と、フィデルマは真剣な表情でそれに答えた。「結構です。話を進めましょう。あなたはダカーンが殺害されたのだと悟った。そのほか何か気づいたことは？　部屋は、乱されていましたか？　それとも、きちんと片付いていたのでしょうか？　ダカーンが習慣を厳しく守る人であるなら、部屋も神経質なくらい整然としていたように思えますが？」

「記憶している限り、部屋はきちんとしとりました。もちろん、ダカーンの整頓好きは、よく知れわたっとりましたよ。おっしゃるとおりですわ。でも、その点は、ネクト修道女のほうがよくお答えできましょう」

フィデルマは、後ろのほうで身じろぎをする気配に気づいた。若い修道女は、これに答える必要があると考えたようだ。フィデルマはそれを制止しようと、ネクトに眉をひそめた顔を向けた。

フィデルマは視線をコンハスに戻し、「では、そのときの情景を描き出してみましょう。先をどうぞ。ダカーンが殺害されている、と気がついて、それから？」

「すぐに、院長様のところへ行って、自分が発見したことをお伝えしました。院長様は、我々の次席医師トーラ修道士をお呼びになりました。そこでトーラ修道士が遺体を検《あらた》めて、すでに私が知っていることを確認したというわけです。そのあと、院長様はこの事件をルーマン修道士におゆだねになりました。修道院の執事として、調査をするのは、あの人の役割ですからな」

「そこのところで、質問が一つあります。修道院長が次席医師のトーラをお呼びになった。なぜ主席医師ではなかったのです？　何しろ尊者ダカーンは、かなり地位のある方でしたのに」

「それはそうですが、我々の主席医師のミダッハは、あのとき、修道院をしばらく留守にしとりましたんで」

「ダカーンはこちらに二ヶ月も滞在していた、と言っていましたね？　彼のことを、どれほどよく知ることができました？」

コンハス修道士は、眉を吊り上げた。

「どれほどよく？」彼は苦い顔をした。「尊者ダカーンは、全然親しくなれるような人ではありませんでしたよ。誰とも打ち解けることのないお人だった。厳格な、と言ってもいいですかな。ダカーンは、敬虔な信仰と学識を持った人、という評判でした。だけど、やって来たのは、無愛想な態度の、苛ついた気質の男でしたわ。決まった習慣を守って……これは先ほど申しましたな……ただのおしゃべりで時間を潰すことなど、絶対なかった。部屋から出るのは、かならず目的あってのことで、愛想良く言葉を交わすために足を止めたり、一時間か二時間おしゃべりに興じるといったことも、まったくない人だった」

「鮮やかなほど見事な描写ですよ、ブラザー・コンハス」と、フィデルマは告げた。

コンハスはこれを褒め言葉ととって一瞬得意げな色を、ちらりと見せた。

「人間を評価したり、その振る舞いに気がつくということも、御門詰めの者としての仕事でしてね」

「容姿など、どのような人でした？」

「初老といったところですかな。二十の三倍よりもっと、齢《とし》がいっていましたろう。その年配にしては長身で、長いこといい食事をとっていないかのように、痩せとられました。長い白髪で、黒い目と黄色っぽい肌をしておられた。おそらく、唯一はっきりとした特徴は、その丸い鼻でしたわ。表情は、大体いつも、陰気なものでしたよ」

「ダカーンはこちらへ研究のために来られた、とだけ聞いています。そのことについて、もう少し知っていますか？」

コンハス修道士は、下唇を突き出した。

「そのことでしたら、修道院の図書室の責任者にお訊ねになるほうがいいです」

「その責任者は、なんという名前です？」

「グレラ修道女ですわ」

「尊者ダカーンは、講義もしていらしたとか？」フィデルマは、司書の名を記憶に刻んでおいて、質問を続けた。「何を教えていらしたか、知っていますか？」

コンハスは、肩をすくめた。

「何か歴史について教えておられたんだと思いますが。我々の主席教授であるシェーガーン修道士にお訊ねになるがいいでしょう」

「でも、まだほかに、いくつか腑に落ちないことがあります」フィデルマは、ちょっと口をつぐんだあと、そう言った。「ダカーンは厳格な人物だった、と言っていましたね？ そのような表現だったと思いますが？」

コンハスは頷いて、それを肯定した。

「興味深いこと。とても含蓄ある表現です」フィデルマは、さらに続けた。「でも、どうして敬愛される人物という評判が立っていたのでしょうね？ 禁欲的で、同情心が薄く、厳しい人物、つまり厳格なという描写は、そういう人柄をさすのだと思いますが、そのような人は、普通、人から好意をもたれないのでは？」

「我々は、自分の見たままに語るほかありませんからな、修道女殿」とコンハスははっきりと言いきった。「おそらく、その好評なるものは、ラーハン国側から流されたものだと思いますね。その評判のほうが、信用できないのでは？」

「たとえそうでも、ダカーンが一度食堂に現れなかったというだけで、どうしてそれほど心配したのです？ 好意をもてない人物であれば、どうしてあんな男を探しまわってやる必要があろうか、といった反応を示すのが、人情ではないかと思いますけど」

コンハスは、居心地悪げな様子を見せて、固い声で答えた。

「何を考えてなさるのか、よくわかりませんな」

「簡単なことです」フィデルマは、はっきりとした声で、ゆっくりと追及を続けた。「あなたは、好意を持ちがたいと思っている人物が朝食に一度姿を見せなかったというだけなのに、わざわざ探しに行かねば、とまで心配された。これを説明してもらえますか？」

コンハスは口許を引き締め、一瞬フィデルマをじっと見つめたものの、やがて肩をすくめた。

「ダカーンの死の一週間前、院長様に呼ばれて、ダカーンにとりわけ気を配るようにと、命じられたからですわ。ダカーンが朝食をとらなかったと気づいて、部屋へ出向いたのも、そのためでした」

驚いたのは、今度はフィデルマのほうだった。

「ダカーンに特に気を配るようにと言われたとき、院長はその理由をおっしゃいましたか？」とフィデルマは、さらに問いただした。「尊者ダカーンに何事か起こるかもしれないと、ご心配だったのでしょうか？」

コンハスの態度から見ると、彼はそれに関心はなさそうだった。

「私はただのアシュトロール、門番ですわ、修道女殿。門番で鐘撞き係りです。もし院長様が何かお命じになられたら、それが神の教えとブレホンの法に悖《もと》らない限り、命令に従います。その動機が、院長様に従う者たちに害を及ぼすものでない限り、どうしてそうなさるかなど、穿鑿《せんさく》はしませんよ。私の務めは、黙ってしたがうこと、質問することではありませんでな」

フィデルマは一瞬、考えこみながら相手を見つめた。

「興味深い哲学ですね、コンハス。いつか、これについてゆっくり論じあいましょう。でも今は、私の頭に事態をはっきり把握させてください。院長があなたに、ダカーンについて特に気を配るようにとお命じになったのは、ダカーン殺害のわずか一週間前だったのですね？　しかも、その理由はおっしゃらなかった？　ダカーンの身に何か起こりそうだと危惧する理由がある、とはおっしゃらなかったのですね？」

「すでに申し上げたとおりで、修道女殿」

フィデルマが、さっと立ち上がった。同席者が皆驚いたほど、突然だった。

「結構でした。今度は、ダカーンが使っていた部屋を案内していただけますか？　階下へ下りてゆきましょう」

コンハスも、急な変化に目を瞬《しばたた》きながら、はっとして立ち上がった。

一同は部屋をあとにして、彼の案内で廊下を進み、階段を下りていった。カースとネクトは、フィデルマのすぐ後ろに従った。ネクトはまだ興奮しているらしい。カースのほうは、ただ戸惑っているようだ。

コンハスは、来客棟の一階に並ぶ扉の一つの前で立ち止まった。エシュタンや子供たちに割り当てられた部屋は、さらに先の廊下のはずれになる。

「最近、この部屋を使った人は？」とフィデルマは、扉を開けようと把っ手に屈みこんでいるコンハスに訊ねてみた。

コンハスはちょっと手を止めると、腰を伸ばした。

「いいえ、修道女殿。ここには、ダカーンの死からこのかた、誰も滞在しておりませんよ。実は、ダカーンの私物類も、院長様のご指示で、そのままにしてありますんで。聞くところによると、ダカーンの兄上の〝ファールナの修道院長ノエー〟の代理の者が、こうした私物の返還を要求しているそうですがね」

「どうして、それを押収しておいでなのかな？」コンハスへの聴きとりが始まって以来、カースが言葉をはさんだのは、これが初めてだった。

カースの突然の発言に驚いたのか、コンハスはちらっと彼を見やった。

「院長様は、ドーリィーが到着なさってその調査が終了するまでは、何一つ手を触れないほうがいい、と考えられたんじゃありませんかね」

コンハスはふたたび屈みこむと、閂《かんぬき》をすべらせて、扉をさっと開いた。彼は暗い室内に入ってゆこうとしたが、フィデルマはその腕に手をかけて、彼を押しとどめた。

「ランターンをください」

「寝台の脇に、オイル・ランプがありますので、それを灯しましょう」

「それには、手をつけないで」と、フィデルマは言い張った。「これまでに、何かが持ち出されてしまったにせよ、これからは、誰にも、手を触れたり持ち出したりして欲しくありません。

シスター・ネクト、あなたの後ろのランターンを一つ、取ってください」

若い見習い修道女はさっと動いて、壁に固定されている鉤から、ランターンを一個とり下ろした。

フィデルマはそれを受けとると、高く掲げて入り口に立ち、中をのぞきこんだ。

室内は、彼女が想像していた様子と、さして変わるところはなかった。

藁の敷布団と毛布を載せた木製の寝台が、部屋の片側に一台。そのかたわらに、オイル・ランプが載っている小机が置かれている。寝台のすぐ下の床には、かなり古びたサンダルが一足。壁には木釘が一列並んでいて、その一つに、大きな革製の鞄が吊り下げられていた。寝台の脚のほうには、もう一つ机があって、表面に厚く蠟を塗った板とグラブと呼ばれる金属の尖筆が、並んで載っている。その横には、小型の上質皮紙《ヴェラム》が一山と、アダーキーン〔小さな角杯〕もある。ダヴという、炭から作られるインクの容器として用いられていたらしい。鴉の羽根のペンも一摑みほど置かれているし、それを尖らせる小さなナイフも備わっていた。フィデルマは、ダカーンが、多くの写書僧《スクライブ》たちと同様、まず下書きを蠟板に記し、のちにそれをヴェラムに書き写して、長く保存するために綴じあわせているのだと、察した。

この最初の簡略な検分で、何か見落としているものはないだろうか？　彼女はしばらくその場に立っていたが、やがて、机に歩み寄り、蠟板を調べた。表面は、なめらかに均《なら》してあった。何も書かれていないと知って、フィデルマは落胆した。彼女の唇の両端が下がった。

彼女は、コンハスを振り向いた。

「ダカーンの遺体を発見したとき、これに何か書かれていたか、きれいに消してあったか、覚えていますか？」

コンハスは首を振って、否定した。

フィデルマは溜め息をつきながら、ヴェラムをのぞいてみた。こちらもやはり、白紙だった。

フィデルマは、部屋を見まわした。寝台の上に、まだ乱れたまま載っている毛布には、黒っぽいしみがついている。言わずと知れた乾いた血痕だ。次いで彼女は、壁に一列に打ちこまれている木釘へ目を転じ、吊り下げられている肩掛け鞄の内容を調べ始めた。中には、着替え用の下着、外套、数枚のシャツといった衣類が入っていた。髭剃り用の道具類もあった。だが、ほかには何も入っていない。彼女はそれらを注意深く鞄に戻して、元の木釘に吊るした。

フィデルマは、そのあともしばらく部屋をぐるりと見まわしていたが、やがて見守っている人々が驚いたことに、ひざまずくと、片手でランターンを掲げたまま、床を綿密に調べ始めた。

床には、埃が薄く積もっていた。ダカーンの死後、誰一人この部屋を使っていなかったというコンハスの言葉は、正しかった。フィデルマは、突然、寝台の下の奥のほうへと片手を伸ばし、何やら短い木片のように見えるものをとり出した。長さ十八インチほどの、刻み目がついたアスペンの枝だった。ごく目立たないものであったから、見落とされていたとしても、無理はない。

ふっと、かすかな喘ぎが聞えた。振り向いてみると、若い修道女ネクトだった。扉のところから、発見物をまじまじと見つめていた。

「これに見覚えがあるのですか？」彼女は木片を光にかざしながら、急いで若い見習い修道女に問いかけた。

すぐさま、ネクトは首を横に振った。

「それは……いえ、ほかの物と……ええ、間違えました。それ、見たこと、ありません」

いま見つけたものをまだ片手に持ったまま、フィデルマは視線を寝台脇の小机に向けた。載っているのは、小さな陶器のオイル・ランプだけだ。彼女は木片をランターンを持っている手に握りかえて、自由になった手でランプをとりあげた。重い。かなりオイルが残っているに相違ない。やがてランプを机に戻すと、フィデルマはふたたび木片をその手に持ちなおした。

フィデルマは、扉のところへ戻ってきた。そこでは、何か意味深い発言が聞かれるかと、ほかの人々が期待して彼女を見守っていた。フィデルマは、まだアスペンの枝を無意識に握りしめていた。

彼女は、もう一度部屋を振り向くと、より広く光が届くようにランターンを高く掲げ、何一つ見のがすまいと、注意深く、ゆっくりと視線を室内に這わせた。

暗く、小さな、窖《あなぐら》のような部屋だ。寝台側の壁のずっと上のほうに、たった一つ、小さな窓が開いている。そこから、貴重な光がわずかに射しこむのだろう。窓は小さいだけでなく北向きである。ひんやりとした灰色の光に違いない。このような部屋だと、中で仕事などをする人間には、常に照明が必要であろう。フィデルマは、扉そのものへと視線を移した。おかしなところは、どこにもない。内側には鍵も閂もなく、ごく当たり前の掛け金がついているだけだ。

「私へのご用は、これだけでしょうかな、修道女殿？」全員、しばらくそのまま立ちつづけていたが、やがてコンハス修道士がそう切り出した。「もう間もなく、コムプレータの鐘を撞く時間なのですが」

コムプレータ、あるいはコムプラインとは、第七時の時禱（終禱）で、一日の最後のお勤めでもある。

フィデルマは、まだ部屋の観察を切り上げられずにいた。

「修道女殿？」コンハスが、なおも考えごとに没頭しているフィデルマを、ふたたび促した。

フィデルマは小さく溜め息をついて目を瞬くと、注意をコンハスに向けた。

「はい？　ああ、わかりました。でも、あと一つだけ、コンハス。ダカーンは、染色された布を引き裂いたと思われる紐で縛られていた、と言っていましたね――それは、どうなっています？」

コンハスは、肩をすぼめた。

「わかりかねますな。多分、医師がとり除いたのだと思いますが。もう、それだけで？」

「もう、行って構いません。でもまたあとで、話したいことが出てくるでしょうが」

コンハスは背を向けて、あたふたと戻っていった。

フィデルマは、若い修道女に視線を転じた。

「では、シスター・ネクト、今度は医師を探してくれますか？　トーラ修道士といわれましたっけ？」

「次席医師の？　はい、もちろん」と、見習い修道女は即座に答えるや、張りきってその仕事にとり掛かろうと、まだフィデルマから使いの趣旨を聞いてもいないうちから、振り向いて立ち去りかけた。

「まあ、待って！」ネクトの熱中振りに、フィデルマはくすりと笑いをもらした。「彼を見つけたら、すぐさま連れてきてください。ここで待っていますから」

若い修道女は、はずむような足どりで、たちまち立ち去った。

フィデルマは、アスペンの枝の刻み目を調べ始めた。

「それ、なんです？」と、好奇心にかられて、カースは訊ねてみた。「その古代文字を、お読みになれるのですか？」

「ええ。あなたも、オガム文字がわかりますか？」

カースは、残念そうに首を振った。

「古代文字の書法、自分は習ったことないです、修道女殿」

「これは、〈詩人の木簡〉と呼ばれる木片の束の中の一本です。一種の遺言みたいですわ。でも、これだけでは意味をなしていませんけど。ここには、こう書かれています——〝マイケルの岩の上にて、心定め給え、我が心優しき従兄《いとこ》。我が子らの養いの事、我が高潔なる従兄の、定めし如く〟と。奇妙だこと」

「それ、どういう意味です？」戸惑ったカースは、そう問いかけた。

「情報の収集について、私が前に言ったことを、おぼえていますか？　一皿の料理を作るためには、いろいろな素材を集めなければなりません。それと、同じです。ここで一つ、あちらで一つと集めて、全て揃ったときに初めて、料理にとり掛かれます。ところが残念なことに、私たち、まだ素材を全て揃えてはいませんわ。でも少なくとも、以前よりは知識が増えましたよ。重要なのは、これが綿密に計画された殺人らしいとわかった、という点です」

カースは、ただまじまじと彼女を見つめた。

「綿密に計画された？　でも、この殺し方は、常軌を逸しているように見えます。ということは、殺人者が激しい怒りの衝動にかられての凶行であった、前もって考えられたものではなかった、とはっきりと示していますよ」

「そうかもしれませんね。ただし、揉みあうことなく老人の手足を縛っているのですから、激情にかられての犯行とは、言えません。むしろ、前もって考えられていたことを、物語っています。それに、何が殺人者にそのような激情を起こさせたのか？　男であれ女であれ、なんの関わりもない人間が手当たり次第に殺害を行なうのであれば、このように凶暴な怒りにかられるとは思えないではありませんか?」

彼女は、ふと言葉をきり、急に何か考えが頭をよぎったかのように、黙りこんでしまった。

「どうなさったのです?」彼女の心がどこかほかのほうへと逸れてしまったらしいと見てとって、カースが問いかけた。彼女は、眉をひそめたまま、部屋の中をじっと見つめている。やがて、部屋にふたたび入りこみ、明かりが一番よくゆきわたるようにと、ランターンを書き物机の上に置いた。

「それが何か、わかるといいのだけれど」と、フィデルマは確信なげに打ち明けた。「この部屋の中に、何かとてもおかしなところがあると、感じるのです。私が気づかなければならないはずの何かが」

第六章

修道院の次席医師トーラは、銀髪まじりの灰色の髪と穏やかな気持ちよい顔立ちをした男性だった。あたかも人生そのものを面白がっているかのように、面《おもて》には常に微笑が浮かんでいる。フィデルマは、自分がこれまでに会った医師は、男性であれ女性であれ、ほとんど皆、人生に喜びを見出し、悲劇さえもやや皮肉なユーモアで受け入れていた、と思い出した。おそらく、これは、常に死と関わりを持たねばならぬ彼らが必要とする防御なのかもしれない。あるいは、死と悲劇に関わりつづける彼らの体験が、人は生きているなら、ある程度の健康を保っているなら、その人生をできる限り楽しまなければ、という人生観を、彼らに与えているのだろうか。

「お訊ねしたいことが、二、三、あるのですが」自己紹介がすむと、フィデルマはそう切り出した。彼らはまだ、ダカーンが使用していた部屋の扉の外に立っていた。

「お答えできることなら、なんでも」とトーラは、微笑みつつ生きいきときらめく目をして、そう応じた。「ただ、お役に立つことは少ないかもしれませんが、なんなりとお訊ねを」

「尊者《ヴェネラブル》ダカーンのご遺体がコンハス修道士によって発見されるとすぐ、ブロック院長は遺体検分のためにあなたをお呼びになったと伺っていますが」

「そのとおりです」

「あなたは、この修道院の次席医師でいらっしゃる？」

「そのとおり。我々の主席医師は、ミダッハ修道士です」

「失礼ですが、院長はなぜミダッハ修道士ではなく、あなたをお呼びになったのでしょう？」

フィデルマは、この答えはすでに知っていたが、やはり確かめておきたかった。

「ミダッハ修道士は、修道院を留守にしておられましたのでね。前日の夕方、六日間の予定で旅に出られたのです。医者としての我々の奉仕は、近隣の多くの村々からも、しばしば求められるのですよ」

「わかりました。では、あなたがお見つけになったことを、詳細にお聞かせ願えますか？」

「喜んで。午前九時のティアス（第三時の時禱）の少しあとでした。修道院の薬剤師のマルタンが、鐘が鳴らなかったと言いだしました」

フィデルマはこの点に興味をおぼえた。

「鐘が鳴らなかった？　では、どうして薬剤師に時刻がわかったのでしょう？」

トーラはくすっと軽く笑った。

「別に謎ではありません。マルタンは薬剤師であるだけでなく、時間の測定にも興味を持っていましてね。我々は、修道院内にクレプシドラ（水時計）を持っています。ここの修道士の一人が何年も前に聖地巡礼に出て、その折に持ち帰ったものです。クレプシドラというのは……」

フィデルマは、片手を上げて、それを押しとどめた。

「それが何かは、知っています。では、薬剤師は、その水時計を見て、気がついたのですね？」

「正確に言うと、少し違います。マルタンは、このクレプシドラ、つまりあなたの言われる水時計と、彼の施療所にある、もっと時代的にさかのぼる時間計測の仕掛けとを、よく見較べていたのです。こちらのほうは、ごく古風なものですが、きちんと動く仕掛けです。砂は厳密に計量されていて、正確な時間で落ちてゆくようになっているわけです」

「砂時計ですな？」とカースが、得意そうに微笑んだ。「前に、見たことがあります」

「基本的には、同じですがね」トーラ修道士は、気軽くそれに応じた。「しかしマルタンの仕掛けは、五十年前にこの修道院の職人によって作られたもので、普通の砂時計よりはるかに大掛かりなものです。何しろ、砂が一方の仕切りから最後の仕切りへと完全に落ちていくのに、丸まる一カーダーかかりますから」

フィデルマは、驚いて、眉を吊り上げた。カーダーとは、一日の四分の一の長さを指す単位なのである。

「そのうちに、そのすばらしい仕掛けを、ぜひ見せていただきたいものですわ」彼女は、本気でそう告げた。「でも、お話が逸れてしまいましたね」

「マルタン修道士が私に、もう晩禱の時刻からずいぶんたっているのにと、言っていたところでした、ブロック院長が私を呼ばれたのは。そこで、すぐ院長室へ駆けつけますと、院長は、ダカーンの遺体が自室で発見されたと申され、さらに遺体の検分を私にお命じになったのでした」

「ダカーンをご存じでしたか？」

トーラはじっと考えて、頷いた。

「この修道院は、ごく規模の大きなものです、修道女殿。しかし、きわめて優れた学識ある方が我々の中においでなのに、それに気がつかない、というほど広くはありませんからな」

「私がお訊ねしたのは、個人的な付きあいがおありだったか、という意味です」

「食事どきに、食卓を共にしたことはありましたが、ほんの二言、三言、言葉を交わした、というだけですね。人との付きあいを楽しむといった人物ではありませんでしたから。冷たくて、それに……その、冷たく……」

「厳格な？」とフィデルマが、冷静に言葉を補った。

「ああ、まさにそれです」と、トーラはすぐにその表現にとびついた。

「そこで、あなたはこの来客棟にいらしたのですね？」と、フィデルマはふたたび先を促した。

「ここで何を見出されたのか、詳しく話していただけますか？」

「もちろん。ダカーンは、寝台に横たわっていました。仰向けに。両手は背中で縛られ、足首も括《くく》られていた。口には、猿ぐつわもかまされていた。胸は血塗《まみ》れでした。少なくとも私には、数回突き刺されてできた傷のせいだと思えました」

「そう？　刺し傷は、何箇所ありました？」

「七箇所でした。一目見ただけでは、わかりませんでしたが」

「仰向けに横たわっていた、と言われましたね？　毛布の位置には、気づかれましたか？　彼の上に掛けられていたのか、それとも毛布の上に倒れていたのでしょうか？」

トーラは、この質問にちょっと戸惑いつつも、「服を着たまま、毛布の上に横たわっていましたね」と答えた。

「血は、体から噴出して、毛布まで汚していました？」

「いいえ。こうした血は、普通おびただしく流れ出るものですが、ダカーンは仰向けに横たわっていたもので、血はほとんど胸腔内で固まっていたのです」

「毛布は、遺体を運んだり血を拭いたりするために使用されておりましたか？」

「いいえ、私の知る限りでは。どうして毛布のことを気になさるのです？」

フィデルマはこの質問は無視して、彼に先を続けるようにと身振りで促した。

「遺体を動かして霊安室に移し、体を洗い清めたのですが、そのときに、最初に見てとったことがさらに正確に確認されました。胸の刺し傷は七箇所。心臓の周辺や、心臓そのものに。そのうちの四つは、致命的な傷だったとわかりました」

「それらは、あなたには、錯乱した者の攻撃だと見えましたか？」と、フィデルマは考えに耽りながら、訊ねた。

トーラは、感心した面持ちで、彼女を見つめた。

「逆上しての犯行を示しているように思えますな。冷静な行動であれば、下手人はただ一度、心臓を一撃すればよかったはずです。とにかく、老人は手足を縛られていたのですから」

フィデルマは口をすぼめるようにして考えこみながら、頷いた。

「続けてください。殺害がいつ行なわれたかを示すようなものが、何かありましたか？」

「私に言えるのは、遺体を調べたときには、犯行から時間がたっていた、ということだけですな。触ってみると、遺体はほとんど冷えきっていました」

「凶器は見当たらなかったのですね？」

「全然」

「では、遺体が寝台の上にどのように横たわっていたか、正確に示していただけますか？　お嫌でしょうか？」

トーラはフィデルマに好奇心をそそられたような視線を向けたが、すぐに肩をすくめた。彼が部屋へ入っていくと、フィデルマは扉のところにとどまったまま、よく見てとれるようにと、ランターンを高く掲げた。トーラは、寝台に倒れこむような姿勢をとっている。だが、寝台に全身を伸ばすのではなく、上体だけを横たえている。非常に興味深い。脚のほうは、寝台の縁《ふち》から垂らしているわけで、足首から先は床に接している。膝から上と下肢とが直角となる姿勢だ。トーラは両手を後ろへまわして、縛られていることを暗示してみせた。頭はぐっと後ろへそらされ、目は閉じられている。この姿勢は、ダカーンが立っているところを襲われ、寝台の上にのけぞるように倒れこんだことを想像させる。

「ありがとうございました、トーラ」と、フィデルマは感謝した。「あなたは、すばらしい証人ですわ」

トーラは、寝台から立ち上がった。感情をのぞかせない平静な声で、フィデルマに告げた。

「以前にドーリィー〔法廷弁護士〕と一緒に仕事をしたことがありますのでね」

「でしたら、部屋に入っていかれたとき、室内の様子をよくご覧になったのでしょうね？」

「あまり、よくは」と、彼は白状した。「私の目は、もっぱら死体と、その死因に向けられていたもので」

「できれば、いま思い出してみてください。室内はきちんと整っていましたか、それとも乱されていました？」

トーラは思い出そうとするかのように、自分のまわりをじっと見まわした。

「きちんとしていた、と思いますね。ランプは、机の上でまだ燃えていました。ええ、整然としていましたよ、今見ておいでのように。私が耳にした噂によれば、尊者ダカーンは極端に几帳面で、異常といえるほど整頓にやかましかった、ということでしたからね」

「誰から、そう聞かれました？」

トーラは肩をすくめた。

「ルーマン修道士からでしたかな。彼が、その後の調査を受け持っていましたから」

「今のところ、あなたをお煩わせすることは、もう大してありませんが」と、フィデルマは彼にもう一つ訊ねてみた。「あなたは、遺体を動かし、それを検《あらた》められた。そのとき、ランプに触られませんでしたか？　たとえば、それにオイルを注ぎたすとか？」

「オイル・ランプに触れたのは、一度だけですな。ダカーンの遺体をここから運び出したとき、ランプを消しました」

「きっと、ダカーンの遺体は、この修道院に埋葬されたのでしょうね？」

驚いたことに、トーラは首を横に振った。

「いや、ダカーンの遺体は、兄上のノエー修道院長の要請で、ファールナの修道院へ運ばれてゆきました」

フィデルマは、考えをとりまとめるのに、一、二分を要した。

「ブロック修道院長は、ダカーンの私物は調査の対象となるはずと考えられて、それをラーハンへ送りかえすことを拒否なさった、と思っていましたけれど?」と彼女は、鋭くこの点を追及した。「これでは、矛盾するように見えますわ——ダカーンの所有物は保管する、だが遺体はラーハンに送りかえすとは」

トーラは、確信なげに肩をすくめた。

「おそらく、遺体を保存しておくわけにはゆかない、という理由からではありませんかな?」というのが、やや皮肉な微笑とともに返ってきたトーラの返事だった。「とにかく、その時点では、もう我々の主席医師のミダッハ修道士が戻っていましたから、その手配は、彼が執り行ないました。遺体移動の許可を与える立場にあったのは、ミダッハでした」

「それは六日ほど後のことだった、と言っておられましたね?」

「そのとおり。ラーハンの船がダカーンの遺体を要求しに到着したのは、そのころです。もちろんそのときには、我々はすでに修道院の納骨所、これは、代々の院長がたが眠っておられる墓所で、修道院裏手の丘にある洞窟の一つなのですが、我々はすでにそこにダカーンの遺体を埋葬していました。それをラーハンからやってきた船に積みこんだわけです。おそらく、その遺骨は、今はラーハンの都ファールナにあるのだと思いますよ」

フィデルマは戸惑いをおぼえ、頭を振った。

「ラーハンがダカーンの死をそれほど早く知り、それほど速やかに遺体の返還を求めに来たというのは、少し不思議ではありませんか? ラーハンの船は、ダカーンの死後六日ほどでここへやって来た、と今おっしゃいましたね?」

トーラは肩をすくめることで、自分の感情を表明した。

「この修道院は、海岸に建っているのですよ、修道女殿。我々の船は、アイルランド各地と連絡があります。それどころか、海の向こうのゴールの地にも、こちらの船は航海しており、定期的な商いが行なわれています。たとえば、この修道院のワインはゴールから運ばれてくるものです。潮と順風に恵まれた場合、速度のでるバルク〔小型帆船〕なら、この港からブレイカーン川の河口まで、二日で行けます。その河口からファールナまでは、馬でほんの二、三時間。私自身、何回も行ったことがありますよ。ですから、この東部の海岸のことは、よく知っています」

フィデルマも、このバルクのことは知っていた。軽快な造りの沿岸就航用の船で、これらは、アイルランド五王国の海岸沿いで、交易にあたっている。

「おっしゃるとおり、都合のよい便があるようですね」と、彼女は同意した。「それにしても、ノエー修道院長は弟の死の知らせをすみやかに入手したものだ、という気がしてなりませんが。でも、それは可能だったということですね。おっしゃるとおりだと思います。では、そういう次第で、ダカーンの遺体はファールナへと返されたのですね」

「そうです」

「ラーハンの戦艦がここへ現れたのは、いつでした？　いまも入り江に錨を下ろしている、あの船です」

「もう一隻の船がダカーンの遺体を載せてファールナへ戻ってゆきましたが、その翌日でしたな」

「となると、この二隻の船は、ダカーン殺害の数日後に、ラーハンからさし向けられた、ということになりますね。ラーハンの国王は、ダカーンが殺害されたとの知らせを受けとるや、実に迅速に決断したものですね」彼女は、考えを明確にしようと、半ば独り言のように、そうつぶやいた。

トーラも、これには返事を期待されてはいないと判断したようだ。

フィデルマは、この事件の難しさを思って、長い吐《と》息《いき》をついた。だが最後に、こう訊ねてみた。「ダカーンの遺体を検分されたとき、ほかに何か気になったことはありませんでした？」

「たとえば？」

「私にも、わかっておりませんけれど」とフィデルマは、正直に告げた。「でも、何か異常な点はなかったかと？」

トーラは否定の身振りをした。

「死因となった刺し傷があっただけです」

「でも、擦り傷とか、縛られる前に争った痕とかは？　縛り上げるためにダカーンを無理やり押さえこんだ、といった痕はどうでした？　相手を縛る必要上、気絶させようとして殴りつけた、といった痕跡は？」

何を考えてのフィデルマの質問であるかに気づいて、トーラの表情が変化をみせた。

「つまり、襲撃者はどうやって争うことなしにダカーンを縛りつけることができたのだろう、とおっしゃるのですな？」

フィデルマは、緊張した笑みを見せた。

「まさに、そのことを伺ったのです、トーラ。ダカーンは、抗《あらが》うことなく、襲撃者に手足をおとなしく縛らせたのでしょうか？」

この会話の中で、この時初めてトーラの顔が真剣味を帯びてきた。

「私の見たところ、擦り傷は一つもありませんでした……そのことに思い至らなかったとは……」

彼は言葉をとぎらせて、歯がゆげに顔をしかめた。

「どうされました？」

「抜かりました」

「どう？」

「あのとき、この点に気づくべきだった。ところが私は、そうできなかったのですから。とはいえ、遺体には擦り傷など一つもありませんでした。手足はきつく縛られていたのに、そのような状況を示すものは、何もありませんでしたよ」

「その縛《いまし》めは、どういうものでした？」フィデルマはすでに知っていることを、ここでも確認したかった。

「引き裂かれた布切れでした。いま思い出してみると、亜麻《リネン》の布で、染色してありましたな」

「どのような色だったか、覚えておいでですか？」

「青と赤、だったと思います」

フィデルマは、頷いた。この証言は、コンハス修道士が述べたことと合致する。

「おそらく、その布切れは、もう捨てられてしまったのでしょうね？」

望ましくない返事を予想しつつも、フィデルマは訊いてみた。

ところがトーラは首を横に振って、彼女をびっくりさせた。

「実は、捨ててはいないのですよ。我々の意欲的な薬剤師の修道士マルタンは、〝聖遺物〟に異常なくらい関心を持っている男でしてね、ダカーンを縛った布切れは、いつの日か、とりわけ、教皇庁がダカーンをきわめて聖なる人、〝聖者《セイント》〟と認定したときには、人々があがめる尊《たつと》い聖遺物になるに違いないと確信して……」

「では、その修道士……」

「マルタンです」と、トーラが補った。

「では、その修道士マルタンは、まだそれを持っていると？」

「そのとおりです」

「なんと、すばらしい」と、フィデルマは安堵の微笑を浮かべた。「それは、私の調査にとって、ごく大事な証拠品ですので、一時的に私が預からせていただきます。マルタン修道士に、用がすめば、すぐ返しますからと、おっしゃっておいていただけますか？」

トーラは考えこみながら、頷いた。

「それにしても、ダカーンはどうして下手人に、抵抗もせずに自分を縛らせたのでしょうな?」

フィデルマも、浮かぬ顔だった。

「きっと、初めのうちは、相手を襲撃者とは思っていなかったのでしょうね。ただ、もう一点だけ、はっきりさせたいことがあります。それで終わりとします。遺体は冷たかった、死後かなりたっていた、と述べられましたね? どのくらいだったのでしょう?」

「判断の難しいところですね。少なくとも、数時間は経っていたでしょうな。生きていたダカーンの姿が最後に見られたのがいつなのか知りませんけれど、殺されたのは、おそらく真夜中ごろでしょうかね。死が訪れたのが夜であったことは、確かです。そのあとでは、ありませんよ」

フィデルマは、自分が寝台脇の小机に載っているオイル・ランプをじっと見つめつづけていることに気がついた。

「ダカーンは、真夜中ごろに殺害された」深く考えこみながらの言葉だった。「でも、発見されたときには、ランプはまだ灯っていました」

トーラ修道士からの聴きとり調査の間中、ほとんど無言の参加者をとおしてきたカースが、興味深げに彼女を見つめた。

「どうして、この点を気になさるのです、修道女殿?」と、彼は初めて問いかけた。

フィデルマはふたたび部屋の中へ入って、中のオイルがこぼれないように気をつけながらランプをとりあげると、それを黙って、やはり注意深く、彼に渡した。カースは面《おもて》に戸惑いの色を浮かべたまま、それを受けとって、問いかけた。

「どういうことか、わかりませんが」

「このランプのおかしな点に、気がつきませんか?」

カースは、首を振った。

「これには、まだオイルがかなり入っています。これが同じランプであるなら、コンハス修道士が遺体を発見したあともなお、一時間近くも燃えつづけていたなんて、おかしいでしょ?」

修道女フィデルマは、自室で、両手を頭の後ろに組み、薄暗がりを凝視しながら、寝台の上に坐っていた。夕食後の聴きとり調査はこれで中止しようと、皆に指示してあった。彼女はトーラ修道士に協力を感謝して、翌朝マルタン修道士にダカーンを縛っていた布を彼女に提出させることを忘れないようにと、念を押しておいた。そのあと、熱中家の若いネクト修道女に、明日の朝、ルーマン修道士とともにまたこの部屋にくるようにと指示した上で、「穏やかな眠りを」と夜の挨拶をしたのだった。

フィデルマとカースは、それぞれの部屋に引きあげた。そして今フィデルマは、すぐに眠ろうとはせず、寝台の縁に寄りかかって坐り、もったいないことではあるがランプは灯したままで、これまでに集めた情報に思考を集中させていた。

いま、一つだけはっきりしたことがある。従兄《いとこ》のブロック修道院長は、情報を全て提供してくれたわけではなかったのだ。どうして院長は、ダカーンが殺害されるほんの一週間前に、彼を注意深く見守っているようにと、コンハス修道士に命じたのだろう？　そう。この点を、ブロックから聞き出さねば。

扉を軽く叩く音がした。

眉をひそめながら、フィデルマはさっと寝台から立ち上がり、扉を開けた。

外に立っていたのは、カースだった。

「明かりがまだ灯っているのが見えましたもので。お邪魔でしょうか、修道女殿？」

フィデルマは首を振ると部屋のただ一脚の椅子に坐るようカースにすすめ、自分は寝台に腰をおろした。もっとも、嗜《たしな》みとして、扉は開いたままにしておいた。いくつかの修道院では、すでに新しい道徳規範が従来の伝統を変えつつあった。キリスト教の多くの指導者、たとえば、アーマーのオルトーンたちは、〝僧と尼僧の共住の修道院《コンホスピタエ》〟の存続に異をとなえている。彼らは、それのみでなく、今はまだ反対者が多いものの、指導的立場に立つ聖職者の間に独身制度を推し進めようとしている。

すでに、三十五箇条からなる規則を記した〈回状〉（ローマ教皇からキリスト教全聖職者に宛てた同文回状）が、聖パトリックが定められたこととして、アイルランドの聖職者たちにまわされていた。そのことは、フィデルマも承知していた。たとえば、その第九条には、〝別の僧院からやってきた未婚の僧と尼僧は、同じ宿泊所や家屋に滞在してはならぬ、宿泊所から次の宿泊所へと移動する際にも、同じ馬車に乗りあわせてはならない。自由に会話を交わしあうことも禁じる〟、などと明記されていた。また第十七条によると、純潔の誓いを立てた女性が結婚すると、夫と離婚し悔悛の苦行を行なわない限り、破門される、というのである。聖パトリックと、アウクシリウスやイセルニヌスといった彼に従う司教たちの名前でもってまわされたこの文書に、フィデルマは憤慨していた。なぜなら、この回文はアイルランド五王国の法律ブレホン法に悖《もと》るではないか。彼女がこの文書の権威に疑念をいだくのは、とりわけこの第一条の、〝世俗の法律（ブレホン法）に頼った聖職者は全て破門に処す〟という点であった。そもそも聖パトリック自身も、二百年前に、ブレホンの民法と刑法を新しいローマの表記法（ラテン文字）によって書き写すために、アイルランド五王国の大王《ハイ・キング》ロイラーによって召集された〈九人会議〉の一員だったではないか。

〈聖パトリックによる最初の評議会〉の回状と称されているこの文書は、フィデルマの目には、アイルランド五王国内のキリスト教信仰を完全にローマの支配下におこうと狙う親ローマ派（ローマ教会派）（第十五章訳註2参照）の陣営からの宣教活動の一つとしか見えないのだ。

ふと気がついて注意を向けなおすと、カースが何か話しているところだった。

「ごめんなさい」とフィデルマは、気恥ずかしげに謝った。「私の思いは、はるか何マイルも彼方へ漂い去っていたみたい。何を話しておいででした？」

若い戦士は、両脚を質素な小型のテーブルの下に伸ばして、答えた。「自分は、ランプについて、一つ考えついたことがある、と述べていたのです」

「まあ、どんな?」

「ダカーンの遺体が発見されたときに、誰かがオイルを注ぎ足したのだと思いますね」

フィデルマは、彼の率直な顔を、真面目な顔で見つめた。

「もしダカーンが殺されたのが真夜中か、その直後だとすると、そのあと朝まで燃えているはずはありませんものね。ランプには、それほどのオイルは入らないのですから――つまり」と
フィデルマは、ちょっとからかうような笑みを浮かべて、それに応じた。「もし私どもが奇跡を見ていたのでない限り。オイルが自然に満ちてくる奇跡のランプでない限りね」

この軽口にどう応えればいいのかと戸惑って、カースは顔をしかめた。

「でしたら、やはり自分がいま言ったような……」

「おそらくね。でも、私どもは、コンハス修道士が遺体を見つけたとき、ランプは灯っていた、と聞かされました。しかし、彼はオイルを注ぎ足さなかったようですね。トーラ修道士が遺体の検分にやってきたときも、ランプは燃えており、彼の話だと、彼もまたオイルを足してはいない。私がこの点をとりあげたとき、トーラは言っていましたわ――さらに詳しく調べるために、助手のマルタン修道士とともに遺体を霊安室に運び出したとき、自分がランプの火を消したと。となると、誰がランプのオイルを注ぎ足したのでしょう?」

カースは、一瞬、考えこんだ。

「でしたら、遺体が発見される直前か、それとも運び出された直後に、注ぎ足されたのでしょう」と彼は、得意げにそう言った。「とにかく、修道女殿は、まだ残っていたオイルの量から見て、このランプは一時間足らず燃えていただけだと判断なさったのでしょう？　そうであるなら、誰かがオイルを注ぎ足しているはずですよ」

フィデルマは急に興味を持って、カースを見つめた。

「カース、自分で気がついていますか、あなたはドーリィーの性質を発揮し始めていますよ」

カースは彼女の視線を受けて、自分がからかわれているのかどうかよくわからないままに、渋い表情を彼女に向けた。

彼は、「では……」と、拗《す》ねたような顔で立ち上がりつつ、何か言いかけた。

フィデルマは手をさし上げて、とどまるように身振りで伝えた。

「私、浮ついているわけではありませんよ、カース。本当です、あなたは私が見逃していた点を、指摘してくれました。ランプには、コンハスが遺体を発見する少し前に、オイルが注ぎ足されたに違いありませんわ」

カースは満足そうに微笑して、また椅子に腰を落ち着けた。

「そうですよ。どうやら自分も、小さな謎の解決に貢献できたようですね」

「小さな？」彼女はやや鋭い響きが感じられる声で、彼をたしなめた。

カースは、両手を広げて、「ランプにオイルが注がれていようが、空《から》であろうが、それがどうだって言うのです？」と、質問を強調した。「大事なのは、誰がダカーンを殺害したかを見つけることなのですから」

フィデルマは、嘆かわしげに首を振った。

「真実を求めるにあたって、これはさして大事ではないとして無視してよいことなど、何一つありませんよ。さまざまな情報を集めることについて、私はなんと言いました？　たとえなんの関連もないと思えるものでさえ、一つ一つ、情報を集めるように、と言いましたでしょ？　そうした断片を集め、蓄えてゆくのです。おかしく見える断片、わけがわからないと思える断片には、特にこのような扱いが必要なのです」

「しかし、この事件に、ランプがどう関わってくるのです？」と、カースは聞きたがった。

「それは、あとからわかってきましょう。まずは、いろいろ質問を投げかけること。それなしには、解決に到達できませんわ」

「修道女殿の事件解明という技術、ずいぶん複雑なのですね」

フィデルマは、首を振った。

「そうでもありませんよ。判断をくだすという点にかけては、私の技術よりも、あなたの技術のほうが、もっと複雑なのではないかしら」

「自分の技術が、ですか？」カースは、体を起こした。「自分は国王にお仕えする、単純な戦士です。自分は、戦士が各々持っている名誉の掟《おきて》を遵守して生きています。そんな自分が、どんな判断をくだしているとおっしゃるのです？」

「いつ相手を斃《たお》すべきか、いつ傷を負わせ、いつ無傷ですませてやるべきか、といった判断。とりわけ、難しい判断がありますね――あなたの任務は、人を殺すこと。ところが、キリスト教の教えは、殺すことを禁じています。この難問を、どう解決しているのですか？」

カースは、苛立たしげに顔を紅潮させた。

「自分は戦士です。自分が殺すのは、悪い奴だけです――我々同国人の敵だけです」

フィデルマは、かすかな微笑を頰に浮かべた。

「戦士の掟にしたがっているのなら殺しても構わないと、信じているようね。でも、キリストの教えは、〝殺すなかれ〟と説いています。もし私どもが人を殺せば、たとえそれが悪を止めるためであろうと、その行為そのものが、私どもをも、殺した相手と同じように罪深い存在にしてしまうのではありません？」

カースは昂然と、それに応じた。

「では、悪しき者どもに殺されるほうがいい、とおっしゃるのですか？」と答えるカースの口調には、皮肉があった。

「私どもは、キリスト教の教えを信じるのであれば、この〝汝、殺すなかれ〟も、キリストが私どもにお残しになった戒《いまし》め、と受けとるべきですわ。使徒マタイは、救世主のお言葉として、

〝剣に生きるものは、剣によりて亡ぶ〟と書き記しておられます」

「だったら、その戒めは信じるべきではありませんね」と、カースは切ってすてた。

フィデルマは、彼のこの反応に興味をおぼえた。というのも、彼女自身は、キリスト教のいくつかの問題に、長年悩みつづけてきたし、いまだに根本的な教義の多くについて、それを確信を持って主張するだけの確たる論拠を見出しかねているからだった。フィデルマは、自分のさまざまな懐疑を、しばしば〝悪魔の代弁者〟を演じて、つまりわざと反対意見の立場に立って、論じつめていった。この方法によって、自分自身の見解を明確にしようと努めてきたのであった。

フィデルマは、「どうしてです？」と訊いてみた。

「なぜなら、修道女殿は、ドーリィーでいらっしゃるからです。殺人者どもを見つけ出し、正義の裁きの場に彼らを引き出すことの専門家です。殺人犯らに罰をお与えになるときには、彼らに剣を振りかざされることさえ、おありのはずだ。それがドーリィーの仕事です。脇にそっと身を避けて、これが神の思《おぼ》し召しですといって涼しい顔をなさるわけには、いかないはずです。キリスト教の信者が、聖徒マタイの言葉を拠りどころとして、ブレホン法やその法律家たちを公然と非難しているのを、聞いたことがあります。〝裁くなかれ。汝が裁かれぬためなり〟とか、言っていましたよ。だが修道女殿のような法の代言者は、これに関しては、聖徒マタイの言葉を無視しておいでになる。それと同じです。自分も、剣を使命とする我々に対する聖徒マタイの言葉は、無視します」

フィデルマは、自分の非を認めて、溜め息をついた。

「そのとおりね。あらゆる面で〝もう一方の頬をさし出せ〟という教えに従うのは、難しいことですわ。私ども、人間ですものね」

聖徒ルカは、もしある者が外衣《うわぎ》を盗んだら、下衣《したぎ》をも盗人に与えよというイエスの言葉を記しておられる。フィデルマは、前々からこれに納得できないでいた。もしこのような被害を甘受するならば、たとえば、もう一方の頬をさし出すようなことをするならば、これは犯人をさらなる盗みや悪事へと、確実に誘うことになる。とすれば、これを許す者は犯人同様に有罪といえよう。しかし一方で、聖徒マタイは、イエスの言葉として、〝私が地上に平和をもたらすために来たと思ってはならぬ。平和ではなく、剣をもたらすべく来たのだ。私が来たのは、息子をその父から、娘をその母から、嫁をその姑から、背かせるためである。人の敵は、その家の者であろう〟と記しておられる。これは、矛盾ではないか。フィデルマは、久しくこの問題に思い悩んできたのであった。

「多分、キリスト教の教えは、我々にあまりにも多くを望んでいるのでしょうな」と、カースがフィデルマの思いをさえぎった。

「おそらくそうかも。でも、人間が期待すべきものは、常に我々の手が摑みとれるものよりも、その先にあるべきです。そうでなければ、人の生き方になんの進歩向上もありえませんもの」

フィデルマの表情が、急に悪戯《いたずら》っぽい笑みへと、和らいだ。

「ごめんなさい、カース。私は、時どき、信仰に対する自分の姿勢を確かめたくなるのです」

若い戦士は、無造作に答えた。

「自分は、そんな必要、感じることありませんね」

「では、あなたの信仰は、偉大なのね」フィデルマの声には、つい揶揄《やゆ》の調子がにじみ出てしまった。

「どうして自分などが、偉い聖人がたの説教を疑う必要があります？　自分は、ごく単純な人間です。こうした問題は、何百年もの間、お偉い方がたが考えてこられたんです。その上でそう説いておられるんなら、そうなんですよ」

フィデルマは、ふっと悲しみを覚えて、首を振った。こうしたときに、しばしば彼女は〝サックスムンド・ハムのエイダルフ〟修道士と戦わせあった嵐のような議論が、無性に懐かしくなるのだった。

「イエス・キリストは、神の御子《みこ》です」彼女ははっきりした口調で続けた。「ですから、イエスは理性に対して敬意を払うことを嘉《よみ》したまうはずです。なぜなら、懐疑なしに信仰はありえませんもの」

「哲学者でいらっしゃいますな、〝キルデアのフィデルマ〟殿。しかし、聖職にある方が信仰に疑問をいだかれるとは、思ってもいませんでしたね」

「私は、懐疑主義を知らずにすむほど、若くはありませんのでね、〝キャシェルのカース〟。人は、あらゆることに疑問を抱きながら生きてゆくべきです。とりわけ、自分自身に。でも、この話題には、少し疲れましたね。これで、休みましょう。明日の朝は、いろいろやらねばならないことがありますから」

彼女が立ちあがると、まだもの足りなそうな顔をしながら、カースもそれに倣《なら》った。

彼が部屋を出てゆくと、フィデルマは、今度はランプを消して、寝台に横になった。

彼女は、尊者ダカーンの死に関して、これまでに集めた事実を懸命に思い浮かべようとした。しかし今彼女の脳裡には、また別の思いも、大きく広がろうとしていた。〝サックスムンド・ハムのエイダルフ〟についての思いだ。彼のことを考えると、何か奇妙な淋しさというか郷愁のような懐かしさといった思いが、胸に広がってくるのだった。

二人で戦わせた論争が、懐かしかった。自分たちの対立する意見や哲学について、よく彼をじらせるような議論をしたことが、思い出される。彼女がさしだす餌に、彼は機嫌よく食いついてきたものだった。論戦は白熱したが、決して二人の間に敵意は生れなかった。自分たちの解釈を吟味しあい、自分たちの理念を論じあいながら、二人は共に学びあった。

エイダルフが懐かしかった。それは、否定できない。

カースは単純な男だ。ごく好感が持てる人間、気のあう仲間だ。強い道義感で己《おのれ》を持している。ただ残念ながら、カースは、彼女が相手に求めたい、ぴりっと風味の効いたユーモアに欠ける。彼女の知識に太刀打ちできるだけの広範な知識も、彼に求めることはできない。カースのことを考えているうちに、ある人物のことが思い出された。フィデルマのごく若いころの、あまり楽しくはない経験に関わる男である。フィデルマは、十七歳のときに、キアンという若い戦士と恋に落ちた。当時の大王はケラッハだったが、キアンは大王の護衛隊である精鋭戦士団の一員であった。フィデルマは若く、人生の苦労も知らず、ただ恋に夢中だった。キアンはフィデルマの知的な追求心には無関心だった。やがて彼は、ほかの娘に心を移した。彼に捨てられたことは、彼女に人生に対する幻滅感を植えつけた。彼女は、苦い思いを胸に抱くようになった。もっとも、歳月が次第にそれを癒してくれた。だが、その経験を忘れることはなかったし、まだ完全には立ちなおってはいなかった。それ以来、彼女は二度と自分にそのようなことを許してこなかったようだ。

その中で、〝サックスムンド・ハムのエイダルフ〟だけは、彼女が心から打ちとけることができ、自分を自然にさらすことのできる、ただ一人の同年配の男性であった。

多分、彼女は、カースを試すような気持ちで、あの信仰問答を始めたのかもしれない。では、なぜカースを試したくなったのだろう？　どういう目的だったのか？　エイダルフが連れであって欲しかった。だから、その代理をカースに求めたのだろうか？

そのような考えに我ながら呆れて、フィデルマは闇の中で大きく溜め息をもらした。馬鹿げた考えだ。

とにかく、この数日、カースを同伴者として、いろいろ動きまわっている。二人は、万事うまくやっているではないか。

もし、こうした思いをつきつめれば、フィデルマはエイダルフと共にふたたび仕事をしたいと願っている、ということなのかもしれない。フィデルマが現在カースを協力者として殺人事件の調査を行なっている。そのせいかもしれない――かつては、仲間として、また彼女の考えを打ちかえしてくる反響板として、エイダルフが常にそばにいてくれたのに。

しかし、どうしてエイダルフを甦らせたいのだろう？

彼女は、こうした思いを心から払いのけようと、ふたたび大きく吐息をつくと、寝返りを打ち、そうした自分に腹を立てているかのように、枕に顔を埋めた。

第七章

　モアン王国南西部の半島やその近辺の島嶼《とうしょ》地帯ではよく見られることであるが、天候は驚くほどの早さで晴れ上がっていった。澄みきった青空が広がり、燦々とふりそそぐ陽ざしは、晩秋というより夏の終わりを思わせる。激しい風は、すでに吹き過ぎていった。しかし、それほど強くはないものの、まだ潮風は幾分か海面を立ち騒がせており、すっかり凪《な》いでいるわけではなかった。もの憂げに小さなうねりを立て、ロス・アラハーの修道院の前の入り江に錨を下ろしている数艘の船を、時おりゆったりと揺らせている。

　海面近くを飛び交っている鳥たちは、鷗が圧倒的に多い。だがその群れに交じって、大きな暗灰色の海鵜も旋回したり海中に急降下したりして、悲しげな抗議の鳴き声をあげる鷗たちと、餌場を争いあっている。そこかしこに見られるくすんだ色をして腰のあたりだけ真っ白な小鳥の群れは、海燕《ウミツバメ》の類《たぐい》だ。昨日までは嵐の名残りを遠くの海で避けていた彼らも、またこの海岸へと戻ってきているようだ。

　フィデルマは、修道院の頑丈な石壁がところどころ鋭角的に張り出している稜堡《バスティオン》（城堡が三角形に突出している部分）の一つに、まるで翼を休めている小鳥のように腰をおろしていた。厚い石壁の上部は、城塁さながらに通路になっているのだ。彼女は先ほどから物思いに耽って、入り江を見下ろしていた。入り江には、地元の漁船が二、三艘、浮かんでいた。バルクと呼ばれる沿岸航海用の小型帆船も二艘、それにブリトンやゴールとの交易を行なう外洋航海船も一隻、見えている。あれはフランク王国の商船だと、聞いていた。しかし彼女の興味をひきつけているのは、港の入り口あたりに威嚇《いかく》的な姿をみせている、軽快そうな、だがいかにも悪意にみちた気配をまとったラーハン王国の戦艦であった。

フィデルマは、関心をもってこの戦艦をじっくりと眺めながら、両手を膝に重ねて、ここに長いこと坐っていた。ラーハンの若き国王フィーナマルは、このように脅迫的な姿を誇示して、何を手に入れようとしているのだろう？　ラーハンがダカーンの死に対する〈名誉の代価《オナー・プライス》〉としてオスリガ小王国を要求しているのは、かつて失った領国をとり戻そうとする政治的な駆け引きにすぎない。そのことは、フィデルマも見通している。それにしても、フィーナマルのやり方はあまりにも厚かましいではないか。尊者《ヴェネラブル》ダカーンがラーハン王フィーナマルの縁者であるとはいえ、その死が、六百年も前にモアン王国に償いとしてさし出されたオスリガ小王国の返還に値《あたい》するとは、誰一人信じる者はいないだろう。そのようなことで戦禍も辞せずとばかりの威《おど》しをかけてくるとは、フィーナマル王は何を考えているのか？

フィデルマは、マストの上を吹く穏やかな潮風を受けて傲然とはためくラーハン国王の絹の軍旗を、じっと見下ろした。艦上では、数人の戦士たちが武技の訓練をしている。だが彼女の目には、それがいかにもこれ見よがしに映る。ラーハンの軍人が日課として鍛錬に勤《いそ》しんでいるというよりは、海岸から眺めている人々に見せつけるためと見えるのだ。

フィデルマは悔やんだ——古代アイルランドの大いなる法典『アキルの書』[1]を、もっと注意深く学んでおくべきであった。あれは、とりわけムィル・ブレハ[2]、すなわち〈海に関する定め〉を詳しく論じてある法律書であるのに。このような恫喝《どうかつ》が許されるものかどうかに、かならず論及してあるはずだ。修道院の門に掲げられていたヤナギの枝は、確かこうした事態と関わりがあると思うのだが、それがどういう意味あいであるかを、よく覚えていない。この修道院の大図書室は、数々の法典の写本を所蔵しているはずだ。図書室へ行けば、多分この問題について調べることができよう。

鐘楼の鐘が、一回だけ鳴った。ティアス（朝の時禱）を告げる鐘である。

フィデルマは、夢見心地に誘《いざな》われそうなあたりののどかな眺めから気持ちを切り替えると、立ち上がり、外壁の上に延びる木製の歩廊を引きかえし、修道院の敷地の奥のほうへ通じる急な階段へと向かった。だが、外壁歩廊の少し先のほうに、見覚えのある姿があることに気づいた。海を眺めているのは、ふっくらした体つきのエシュタン修道女だった。フィデルマに気づきもせず、入り江をまじろぎもせず見つめているようだ。

フィデルマがすぐかたわらまで近づいたのに、まだ気づかない。

「晴れやかな朝ですね、シスター」とフィデルマは、朝の挨拶の言葉を彼女にかけた。

エシュタン修道女はぎくりとして、驚きに口を開けたまま、フィデルマを振りかえった。だが、瞬《またた》きをすると、用心するような態度で頷いた。

「ああ、シスター・フィデルマ、本当に」温かみのない返事だった。

「今日は、お具合、いかが?」

「元気でございます」

やっと搾り出したような、言葉少なの応答である。

「それはよかったこと。大変辛い経験をしたのですものね。ところで、あの幼い男の子は、もう大丈夫なのかしら?」

「幼い子?」

「ええ。あの悪夢から、もう醒めました?」こう言っても、まだエシュタンが戸惑っているのを見て、フィデルマはさらに付け足した。「あのコスラッハという名の男の子。昨日の夕方、あなたがあやしてやっていた子です」

エシュタンの目が、忙しなく瞬《しばたた》いた。

「ああ……はい」だが、覚束なげな返事だった。

「シスター・フィデルマ!」

名前を呼ばれて、彼女が振りかえってみると、若いネクト修道女が急いで通路を上ってくるところだった。何か、ひどく気にしている様子だ。フィデルマには、自分がエシュタンと一緒であるのを見て、ネクトが気をもんでいるかに思えた。どうしてだろう？

「ブラザー・ルーマンが、もう、お待ちしています、修道女様」と、ネクトが報告した。「来客棟で、待ち遠しがっておいでです」

フィデルマは、まだ佇《たたず》んだまま、もう一度エシュタンを見やった。「本当に、万事、大丈夫なのですね？」

「何もかも、大丈夫です、ありがとうございます」でも、やはり心許なげな声である。

「では、もしアナムハラ、〈魂の友〉《ソール・フレンド》(3)が必要だと思われたら、遠慮なく私のところへいらっしゃい」

罪の告白は全て神父に聴聞してもらうように定めているローマ派教会と違って、アイルランド派（ケルト派）キリスト教の教会では、信徒はアナムハラを持つことになっている。これは信頼の人間関係であって、ローマ教会の告白聴聞神父とは、性質を異にする。アナムハラは、古代アイルランド五王国のキリスト教の教えに則《のっと》った精神的な導き手であり、〈告白聴聞神父〉よりもっと深い信頼で結ばれた人間関係なのである。フィデルマの〈魂の友〉は、彼女が〈選択の年齢〉に達したときからずっと、幼なじみの女友達、〝オー・ドローナのリアダーン〟であった。しかし〈魂の友〉は、かならずしも同性である必要はない。聖コロムキルをはじめ、信仰の指導的立場にある聖職者がたで、異性を〈魂の友〉としておられた方も、大勢おいでだ。

エシュタンは、すばやく首を横に振った。

「私は、この修道院の中に、すでに〈魂の友〉をもっています」とエシュタンから、かたくなな返事がさっと返ってきた。

フィデルマは溜め息をつき、いたしかたなくネクトについてゆこうと、向きなおった。もちろん、エシュタンが〝何もかも大丈夫〟であるはずはない。何かが、今もなお彼女を悩ませつづけている。フィデルマが階段を下りかけようとしたちょうどそのとき、エシュタン修道女の声が、その足を止めさせた。

「お教えください、シスター――」

フィデルマは、沈んだ顔をした若い尼僧エシュタンを、問いかけるように振りかえってみた。彼女はまだ暗い顔で、海を見つめたままだった。

「教えてください、シスター、〈魂の友〉が友の信頼を裏切っていいものでしょうか？」

「もしそのようなことをする者であれば、〈魂の友〉とは、とても思えませんね」フィデルマは即座にそう答えた。「状況にもよりましょうけど」

「シスター！」今度は、すでに階段を下りて、下でじれったそうに待っていたネクトの呼びかけだった。

「そのことは、あとで話しあいましょう」とフィデルマは言ってみたが、答えは返ってこなかった。フィデルマは気になりながらも、階段を下りて、ネクトのあとに従うほかなかった。

調査を行なうためにフィデルマに提供された部屋には、ネクトの言葉どおり、ファー・ティアス〔修道院執事〕のルーマンのでっぷりとした姿が、苛々しながら待ち受けていた。

フィデルマは、彼と向かいあった椅子にすっと腰をおろしながら、カースがすでに部屋の片隅の自分の席についているのを見てとった。彼女はネクト修道女へ視線を向けた。この若い修道女を、自分の聴きとり調査の間、ずっと同席させつづけてよいものか、ためらったのである。ネクトは、全てを胸にしまっておくことはできるだろう。それは、信頼していい。だが、もしかしたら？　結局フィデルマは、若いネクトの行く手に誘惑を置くのはよそうと考えた。

「しばらくの間、あなたの手助けはいりません」とフィデルマは、がっかりした顔の見習い修道女に告げた。「きっと、来客棟での仕事もありましょうから」

ルーマン修道士も、フィデルマに賛成という表情を見せた。

「いかにも、そのとおりですわ。掃除や片づけをせねばならぬ部屋が、来客棟には幾室もありますでな」

ネクト修道女が未練を残して出て行くと、フィデルマは、また執事に向きなおった。

「この修道院の執事になって、どのくらいになりますか、ブラザー・ルーマン？」

彼は肉付きのいい顔をしかめながら答えた。

「二年ですが。どうして、そのようなことを？」

「どうか、大目に見てください」フィデルマは、愛想よくそれに答えた。「私は、できるだけ背景を知っておきたいのです」

ルーマン修道士は、うんざりしたように鼻を鳴らした。

「そういうことなら、お話ししますが、私は〈選択の年齢〉に達すると、ここに来ました。それ以来ずっとですわ――つまり三十年になりますな」

修道士の答えは、彼女にこのようなことを訊ねる権利はないはずと言いたげな、素っ気なく不機嫌な口調であった。

「では、今は四十七歳で、二年間執事を務めている、ということですね？」いま彼が告げた事実をまとめて反復してみせたフィデルマの声は、不自然なほどものやわらかであった。

「そのとおりで」

「このロス・アラハーの修道院に関して、必要なことは全て知っておいででしょうね？」

「全て、知っておりますわ」内心の得意げな思いは、隠せないようだ。

「すばらしいこと」

この穏やかさは、からかいなのかと疑って、ルーマンは眉をひそめた。

その後しばらく質問が続かなかったもので、彼のほうから「何をお知りになりたいのです？」と、ぶっきらぼうに訊ねてきた。

「ブロック修道院長に、ダカーンの死について調査するように、と命じられましたね？　その結果は、どうでした？」

「ダカーンは、何者ともわからぬ暗殺者によって、殺された。それだけでしたわ」と、執事は白状した。

「では、院長にダカーンの死を告げられた、その時点から始めましょう」

「院長様に告げられたのではありませんよ。コンハス修道士から聞かされたのです」

「いつのことです？」

「コンハスが院長に、彼が発見したことを報告した、その直後のことで。コンハス修道士が、我々の次席医師のトーラ修道士に告げに行こうとしているところに、行きあわせたわけです。遺体検分は、そのトーラが行ないました」

「あなたのほうは、どうしました？」

「私は、どうしたらいいか伺いに、院長様のところへ行きました」

「まずダカーンの部屋へ行こうとはしなかったのですか？」

ルーマンは首を振った。

「トーラの検分がすむ前にあの部屋へ行って、なんになります？　院長様は、この事件に関する対応を私に一任すると言われました。私がダカーンの部屋に行ったのは、そのあとですわ。トーラ修道士は、ちょうど遺体の検分を終えたところで、ダカーンは縛られて胸を幾度も刺されている、と聞かされました。トーラとその助手のマルタンは、さらに詳しく調べるために、遺体を運んで行きました」

「部屋は、まったく荒らされていなかった。それにオイル・ランプもまだ灯っていた、とのことですね?」

ルーマンは、そのとおりと頷いた。

フィデルマは続けた。「トーラは、部屋を出るときに、ランプを消したとか。ということは、遺体が運び出されたとき、あなたはすでに部屋を出ていたことになりますね?」

ルーマンは、いささか敬意をみせて、彼女を見なおした。

「鋭くていらっしゃる。事実、そのとおりでしたよ、修道女殿。私はトーラが調べを終わろうとしているとき、凶器であれなんであれ、暗殺者を示唆するようなものがないかと、部屋をざっと見まわしました。だが、何も目につかなかった。そこで、遺体を運び出すトーラより一足先に、廊下へ出たのです」

「その後また、部屋を調べませんでしたか?」

「いいえ。院長様のご命令で、私は部屋をそっくりそのまま、閉鎖しておきました。もっとも、犯人発見につながるようなものは、何一つ室内にありませんでしたがね。でも院長様が、さらなる調査が必要となるかもしれないと、お考えになったもので」

「そうした作業のどの段階であれ、寝台脇のランプに、オイルを注ぎ足しはしませんでしたか?」

ルーマンは驚いて、問いかけるように眉を吊り上げた。

「なんで私がオイルを注《さ》さねばならんのです？」

「なんでもありません」とフィデルマは、すばやく微笑を浮かべた。「それから、どうしました？ どのように調査を行ないました？」

ルーマンは、考えこむように、顎をこすった。

「あの晩、ネクト修道女と私は、来客棟で寝ていました。朝の礼拝の鐘が鳴るまで、ぐっすり眠っていました。あの夜は、ほかにもう一人、客が泊っていただけで、その男も、何一つ見聞きしていませんでした」

「その客とは、誰でした？ まだ修道院に滞在していますか？」

「いえ、別にどうってこともない男で、ただの旅の商人でしたわ。〝オー・デーゴのアシード〟という名で」

「ああ、そうでした」彼女は、ブロックがその名を口にしていたことを思いだした。「〝オー・デーゴのアシード〟でしたね。もし間違えていたら、教えてください、ルーマン。オー・デーゴというのは、ラーハン王国の首都ファールナのすぐ北のあたりではなかったかしら、違います？」

ルーマンは、そわそわと、身じろぎをした。

「はあ、多分。だが、ミダッハ修道士のほうが、そうしたことは、よく知っていましょう」

「どうして、ミダッハが？」その点が訝《いぶか》しかった。

「それはまあ、あの人はあのあたりを旅していますからな」ルーマンの口調は、心なしか逃げ腰だった。「あの土地の近くで生れたのだと思いますわ」

フィデルマは、苛立ち気味の吐息《とい き》をついた。なんだか、この調査で見つける陰鬱な小道には、いつもラーハンが暗い影を投げかけているようだ。

「そのアシードという旅人について、もう少し聞かせてもらいましょう」

「あまりお話しすることは、ありませんが。バルクという沿岸航海船から下りて、ここに泊ったのです。おそらく、商人で、多分船で海岸に沿って商いをしてまわっていたのでしょう。ダカーンが殺害された日に、午後の潮にのって、立ち去りました。ただその前に、私がちゃんと訊問しておきましたがね」

フィデルマは、皮肉な笑みを浮かべた。

「当人が、何も見ていないし、耳にもしていない、と断言したあと、ということですね？」

「そのとおりで」

「アシードがラーハンから来た人物であり、そのラーハン王国が今やこの事件に顕著な役割を演じつつあることを考えると、その男はさらに詳しく訊問するために、とどめておくほうがよかったのではありませんか？」

ルーマンは首を横に振った。

「あの時点で、どうしてそんなことまで、我々にわかりますかね？　いったいどういう根拠で、あの男にここを離れるな、などと言えます？　あの男が同国人を殺した下手人であると、仄めかしておいでになるのですかね？　第一、この修道院には、ラーハン生れの修道士や修道女は、ミダッハを始め、ほかにも大勢おりますぞ」

「私は、仄めかすために、ここに坐っているのではありません、ルーマン」彼の得意げな冗舌に苛立ったフィデルマは、ぴしりと厳しい口調で言いわたした。「私がここにいるのは、調査を行なうためです」

肥った修道士は、はっと身を引き、息をのんだ。彼は、このように厳しい口調を返されることに慣れていなかった。

フィデルマのほうも、すぐさま自分の苛立ちを後悔し、執事としては、ほかにどうしようもなかったであろうことを、秘《ひそ》かに認めた。〝オー・デーゴのアシード〟に足止めを命じる根拠が、何かあったろうか？　何もありはしない。しかし、ダカーン殺害の情報をファールナに伝えたのが何者であったかは、これで判明した。

「このアシードのことですが」と、フィデルマはもう少し穏やかな声で、ふたたび話しかけた。「どうして商人だと、それほど確信をもてるのです？」

ルーマンは、さして意味もなく顔をしかめた。

「どうしてといって、商人以外の誰が、我が国の海岸線をバルクで航海したり、我々の修道院の来客棟にもてなしを求めたりしますかね？　アシードのような人間は、珍しいわけではありませんよ。我々は、こうした商人を、よく泊めております」

「多分、そのバルクの乗組員たちは、ずっと乗船したままだったのでしょうね？」

「だと思いますな。ここに泊らなかったことは、確かですわ」

「そうなると、不思議ですね、どうしてアシードだけ船員たちと一緒に船に泊らず、修道院に一夜の宿りを求めたのでしょう？」フィデルマは、考えこんだ。「どの部屋に泊ったのです？」

「今、エシュタン修道女が泊っている部屋の上です」

「アシードは、ダカーンを知っていましたか？」

「と思いますな。そう、思い出しました。互いに親しげに挨拶していましたね。アシードが到着した日の夕方だった。これはごく自然なことだと思いますがね。二人とも、ラーハンから来たのですからな」

フィデルマは、もどかしい思いをなんとか抑えた。重要な証人がすでに立ち去っているというのに、どうやってこの事件を解明すればいいのだろう？　すでにフィデルマの胸は、圧倒的な挫折感に押しひしがれつつあった。

「事件後、アシードにダカーンとの関係を訊ねてみなかったのですか？」

ルーマンは、苦々しげに首を振った。

「なんでアシードとダカーンの関係に、私が関心を持たねばならないのです？」

「でも、二人は親しげに挨拶をしあっていたと言ったではありませんか。このことは、相手のことを噂として聞いていたという程度ではなく、互いに個人的な知りあいであったことを意味します」

「しかし、アシードがダカーンの友人だったかどうかを、なぜ質問せねばならないのか、わかりませんな」

「このような質問をすることなしに、どうやって殺人者を見つけ出すのです?」とフィデルマは、苛立たしげに反問した。

「私は、ドーリィー〔法廷弁護士〕ではありませんのでな」と、ルーマンの返事も腹立たしげだった。「私は、ダカーンが我々の来客棟でどのような次第で殺害されることになったのかを訊ねてまわるよう、院長様に命じられた。法律上の調査をするように任命されたわけではありませんのでね」

これには、一理ある。ルーマンは、法的な調査を行なうような教育を受けてはいないのだ。フィデルマは、後悔した。

「ご免なさい」と、彼女は謝った。「ただ、このアシードという人物について、知っておいでのことを、できるだけ聞かせてもらえませんか?」

「あの男は、先ほど言ったように、ダカーンが殺される前日にやってきて、一晩泊りたいと言いました。そして事件当日に立ち去った。アシードのバルクは入り江に停泊していました。おそらく、交易をやっていたのでしょう。私の知っていることは、それで全部ですな」

「大変結構です。あの当時、来客棟に、ほかには誰も？」

「はあ、誰も」

「来客棟には、修道院のどの部分からも、簡単に近づけるのですか？」

「ご覧になっておられましょう、修道院の外壁の内側には、仕切りの壁は一つもありませんからな、修道女殿」

「では、ここにいる何百人もの人間は、学生であれ修道士や修道女たちであれ、誰であろうと、ダカーンの部屋に入って殺人を犯せたわけですね？」

「できましたな」ルーマンの返事は、躊躇《ちゅうちょ》なく返ってきた。

「ダカーンの滞在中、誰か特に親しかった人は？　聖職者、あるいは学生の中に、ダカーンととりわけ親しくしていた人物はいませんでしたか？」

「ダカーンと本当に親密だった者など、誰もおりませんでしたよ。院長様でさえ、です。尊者ダカーンは、人を寄せ付けない人間だった。まったく、人付きあいが悪かった。禁欲的というか、世俗的なことにはいっさい無関心というか。私は、夜、くつろぐために、時どきブランダヴ(4)だのフィシェルだのといった盤上ゲームを楽しみます。で、一、二ゲーム、お手合わせいただけませんか、とダカーンを誘ったことがありましたがね、まるで私が不埒きわまる遊興を勧めたみたいに、退けられてしまいましたわ」

これまでに聴きとった限りでは、少なくともこれが、全ての人に共通するダカーン評らしい。ダカーンは、決して親しみやすい人間ではなかったようだ。

「修道院の中には、ダカーンがほかの人たちより親しげにしていた人間は、誰もいなかったのですか？」

「まあ、我々の図書室の司書グレラ修道女ぐらいですかな。それも、ダカーンが図書室でかなり調べ物をしていたからでしょうが」

フィデルマは、考えこみながら、頷いた。

「そうでしょうね。ダカーンは、古文書を研究するためにロス・アラハーの修道院にやってきたと、聞いています。のちほど、このグレラ修道女に会うことにしましょう」

「もちろん、ダカーンは講義もしていましたよ」と、ルーマンはつけ加えた。「歴史を講じていました」

「それを受講していた学生たちの名前を、知っておいでですか？」

「知りませんな。我々のファー・レイン、つまり主席教授であるシェーガーン修道士と話してみられるほうがいいでしょう。この修道院の学問に関わることは全て、シェーガーン修道士が責任を持っておりますのでな。むろん、ブロック院長様のもとで、ということですが」

「おそらく尊者ダカーンは、研究しながら、かなりの量の書き物をしていたと思いますが？」

「はあ、そうでしょうな」とルーマンは、自信なげに答えた。「羊皮紙の原稿を、もちろん蠟板も、持ち歩いているのを、よく見かけましたから。ことに蠟板のほうは、かならず携えていましたな」

「では」フィデルマは質問を強調するために、やや間《ま》をおいてから、先を続けた。「どうしてダカーンの部屋に、羊皮紙も、使用された蠟板も、まったくなかったのでしょう？」

ルーマン修道士は、ぽかんとした顔で、フィデルマを見つめた。

「まったくなかった？」彼は、腑に落ちない顔で問いかえした。

「ええ、まったく。蠟板はありましたけれど、表面はなめらかに消されていました。上質皮紙《ヴェラム》のほうも、未使用のものだけでした」

執事は、肩をすくめた。これが、彼の癖らしい。

「驚きましたな。多分、何か書き記した分は、図書室に保管していたのでしょう。それにしても、そうしたことがダカーンの死にどう関わっているのか、私にはいっこうわかりませんな」

フィデルマは、執事がつぶやくように口にした疑問に、わざわざ答えることはせず、先を続けた。「ダカーンが何を調査していたかについて、あなたは何も知らないのですね？　では、彼が特にロス・アラハーの修道院へやってきた理由を、誰か知っている人はいなかったのでしょうか？」

「人のことをあれこれ穿鑿《せんさく》するなど、私の仕事ではありませんでな。私には、ダカーンはキャシェルの王の推薦状を持参しており、院長様もそれをお認めになった、というだけで十分ですわ。私は、この僧院のほかの者たちと同様、ダカーンを親しく受け入れようとした。ところが、先ほど言いましたとおり、ダカーンは親しみに応えようとする人物ではなかったのです。正直なところ、あの人物が〈彼方の国《アザーランド》〉に旅立ったことを嘆く人間など、この修道院には一人もおりませんぞ、修道女殿」

フィデルマは興味を掻きたてられて、身を乗りだした。

「ダカーンは、近寄りがたい人柄であったようですね。でも、人々に広く敬愛されており、その聖者のような人柄に深い敬意を払われていた人物であった、と私は聞かされ、そう信じていたのですが」

ルーマン修道士は皮肉な表情を浮かべて、口許をすぼめた。

「私も、そう聞かされていましたよ――おそらく、そうなんでしょうな……ラーハンでは。私に言えるのは、ダカーンはここ、このロス・アラハーの修道院で歓迎を受けた、しかし我々の好意に応える温かさを、自分のほうは差し出そうとはしなかった、ということだけですわ。あの人物は、ほとんど自分の殻に閉じこもっていました。そう、あの若いネクトまで、ダカーンを怖がっていましたよ」

「ネクトが？　どうしてでしょう？」

「多分、あの冷たさが、不安を掻きたてるのでしょうな」

「ダカーンの聖者のような名声は、ラーハン王国内に限られた評判だったとは、思ってもみませんでしたわ。ダカーンとノエーのご兄弟は、いたるところで、まるで聖コロムキルや聖ブレンダン[5]や聖エンダ[6]と同じような口調で、語られていますもの」

「人は、自分が見たままを語るだけですわ、修道女殿。ときには、評判なんぞ、当てにはならんのと違いますか？」

「聞かせてもらえますか、ダカーンに対するこの嫌悪は……」

ルーマン修道士は頭を振って、彼女をさえぎった。

「無関心ですよ、修道女殿。無関心です、嫌悪ではない。そもそも、嫌悪感というはっきりした反応をひき起こすほどの基盤はなかったわけですからな」

この点は了解したという印に、フィデルマは頷いた。

「わかりました。そう言ったほうがよければ、〝無関心〟としましょう。あなたの見たところ、この無関心という感情では、この修道院の中の誰かの胸に殺人を犯させるほどの衝動をひき起こすことはできない、と判断なさるわけですね？」

肉付きのいい顔で、執事は目をぎゅっと細めた。

「ここの誰か？　このロス・アラハーの修道士の誰か、と仄めかしておいでなのですかな？」

「あるいは、ダカーンの態度をひどく嫌った学生たちの一人が犯したと、考えることもできます。あり得《う》る話ですわ」

「そんな話、聞いたこともありませんぞ。学生は、師を敬うものです」

「普通の状況では、そうでしょう。でも私どもは、異常な状況を調べているのです。殺人という行為は、もっとも異常な犯罪です。どのような調査を行なおうと、この修道院内の誰かがこの行為の実行者だと、認めざるを得ませんわ。この僧院の中の誰かです」と、フィデルマは繰りかえした。

ルーマン修道士は厳粛な顔で、唇をきつく引きしめ、彼女をじっと見つめた。

「これまで申しあげた以上には、何もお話しすることはできませんな。私は、やらねばならないことをやった。私がやったのは、ただひたすら、ダカーンの死の状況を調べることでした。ほかに何が、私にできますかね？　私はドーリィーの技術を学んではいませんのでね」

フィデルマは、なだめるように両手を広げた。

「批判しているのではありません。あなたにはあなたの職分があり、私には私の職分があるのですから。今、私どもは、微妙な状況と向かいあっています。ただ単に、この事件を解明するというだけではなく、我が国を襲いかねない戦禍を防ぐ道を見つけなければならないのです」

ルーマン修道士は、音高く鼻を鳴らした。

「お訊ねですから申し上げますがね、この事件全体を仕組んだのは、ラーハン以外に考えられませんよ。彼らは長年にわたって、〈タラの大集会〉で、大王《ハイ・キング》にオスリガ小王国の返還を訴えてきた。だがその度に、オスリガは法的にも正当にモアン王国に属するものだと、裁定されてきた。それで、これですわ」と、彼は拳で空《くう》を激しく突き刺してみせた。

フィデルマは、興味深く執事を見守った。

「その結論に達したのは、正確にいって、いつでした、ルーマン？」フィデルマは、穏やかに問いかけた。

「私はコルコ・ロイグダ小王国の出身、つまりはモアン王国の民です。ラーハン王国の若いフィーナマルが、ダカーンの死に関して、〈名誉の代価〉を要求していると耳にしたとき、私は謀略の疑いを持ちましたね。修道女殿の第一印象は、正しかったわけです」

フィデルマはルーマンの怒りの表情に、眉を吊り上げた。

「正しかったとは？　なんに関して、です？」

「私は、あの交易商人アシードに対して疑惑を抱くべきだった、という点ですわ。あの男が、おそらく暗殺者だったのでしょうな。それなのに、私としたことが、あいつを立ち去るにまかせてしまったとは！」

フィデルマはちょっと彼を見つめたが、すぐに言葉を継いだ。「もう一点だけ、修道士殿。ラーハン王国の要求のことを、どういう形でお知りになりました？」

ルーマンは目を瞬いた。「どういう形で？　そりゃ、院長様は、この数日、口を開けばそのことばかりでしたからな」

ルーマン修道士が部屋を出て行ったあと、彼女はしばらく黙って坐りつづけていた。しかし彼女が口を開くのを待って、カースもずっと坐っていたことに気づいた。彼女は彼を振り向き、疲れた微笑を投げかけた。

「ネクト修道女を呼んでください、カース」

すぐに振鈴《ハンド・ベル》の音に応えて、若い修道女が現れた。来客棟の床磨きをしていたようで、それが中断されたことを、喜んでいるようだ。

「あなたは、尊者ダカーンを怖がっていたそうですね?」フィデルマは前置き抜きに、切り出した。

一瞬、ネクトの顔から、さっと血の気が引いたようだ。それのみか、震えてもいる。

「はい、怖がっていました」と、彼女は認めた。

「どうして?」

「見習い修道女としての私の務めは、来客棟の面倒をみて、宿泊客がたのお望みをかなえることです。でも尊者ダカーンは、私を奴隷のように扱われました。私はルーマン修道士に、ダカーンの滞在中は、私を来客棟の任務からはずして、ほかの部所に移していただきたいと願い出ることさえ、しました」

「では、ダカーンをひどく嫌っていたのですね?」

ネクトは、うなだれた。

「キリスト教の教えに悖《もと》ることです。でも、本当に、あの人のこと、好きでなかったのです。

ぜんぜん、好きになれない人でした」

「でも、任務は変えてもらえなかった？」

ネクトは首を横に振った。

「ルーマン修道士は、これを主の御心《みこころ》と思って受け止めなさい、その辛さを耐え抜けば、主の御業《みわざ》に従う強さを得られよう、と言われました」

「それを信じていない口振りですね」と、フィデルマは物静かに問いかけた。

「そんな強さ、授かりませんでした。嫌悪の気持ちが強まるだけでした。本当に嫌な日々でした。尊者ダカーンは、私の掃除のしかたを咎《とが》めてばかりで、最後には、もう掃除することさえ嫌になっていました。それに、昼だろうと夜だろうと、時を構わず思いつくままに、私をあちこちに使いに出すのです。まるで、私を自分の奴隷と思っているみたいに」

「では、ダカーンが死んだときにも、涙が出ることはなかったのでしょうね？」

「出るものですか！」彼女は激しくそう答えた。だがすぐに自分が何を口走ったかに気づいて、顔を赤く染めた。「私が言おうとしたのは……」

「何を言おうとしたのか、わかりますよ」と、フィデルマは答えた。「聞かせてくださいな、ダカーンが殺害されたあの夜も、あなたは来客棟の任務についていたのですか？」

「毎晩、私の担当です。ルーマン修道士がそうお答えしていると思いますけど。それは、私の務めですから」

「あの晩、ダカーンを見かけましたか?」

「もちろん。あの晩は、宿泊者はダカーンと商人のアシードだけでしたから」

「あの二人は、お互い相手を知っていたと、聞いていますが?」フィデルマは、すでに調べていたことを、質問として口にした。

ネクト修道女は、頷いた。

「でも、友達ではないと思います。あの晩、アシードがダカーンと言い争っているのを耳にしてますから」

「言い争う?」

「はい。ダカーンは、もう部屋に引き下がっていました。あの人、たいていは、終禱《コムプレータ》、一日の最後の祈りまで、何冊か本を広げて調べ物をしているのですけど、あの晩は私がちょうど部屋の扉の前を通りかかったとき、口論の声が聞えてきたのです」

「相手はアシードだというのは、確かですか?」

「ほかに誰がいます?」と、娘は反問した。「ほかには、誰も泊っていなかったのですから」

「ともかく、言い争いがあったわけですね? なんについてでした?」

「わかりません。大声ではありませんでしたから。でも、緊張した口調でした。怒っている声でした」

「あの夜、ダカーンは何を調べていたのかしら?」と、フィデルマは眉をひそめた。「部屋は荒らされてはいなかった、と聞いています。ところが、ダカーンの部屋には、本も原稿も、いっさいなかったのですよ」

ネクト修道女は、ただ肩をすくめただけで、声に出して答えはしなかった。

「ダカーンを最後に見たのは、いつでした？」

「ちょうど終禱の礼拝から戻ってきたとき、ダカーンに呼び付けられました。そして冷たい水の入った水差《ジャグ》しを持ってこいと、言いつかりました」

「そのあとにも、彼の部屋に行きましたか？」

「いいえ。できる限りあの人を避けていましたから。お許しください、これ、罪ですよね、修道女様。でも、私、あの人が嫌いでした。ほかに言いようがないんです」

フィデルマは椅子の背に身をあずけ、しばらく若い見習い修道女を注意深く見つめた。

「ほかにも、用事があるのでしょ、シスター・ネクト。もうこれ以上は、引き止めますまい。必要なことができましたら、また呼びます」

若い修道女は、残念そうに立ち上がった。

「ルーマン修道士に、私の憎しみの罪のこと、おっしゃらないでしょうね？」ネクトは真剣な顔で問いかけた。

「言いませんよ。あなたはダカーンを恐れていた。憎しみは、単に恐怖の結果にすぎません。逆に言えば、何かを憎むには、それを恐れていなければならない、ということです。憎しみは、怯《おび》えた人間がまとう防御のための外套です。でも、シスター、忘れないで、憎悪の念は、しばしば正義を押し潰してしまう、ということを。今は亡きダカーンに、その専横の罪を許してあげなさい。そして、自分の恐怖を、理解しようとしてごらんなさい。もう、さがってかまいませんよ」

「何か、私にできること、本当にないのでしょうか？」ネクトは扉のところでためらった。ダカーンに対する憎しみの罪を告白して晴れ晴れとした彼女は、ふたたび熱心なネクトに戻っていた。

フィデルマは、首を振った。

「用があるときは、かならず呼びますから」と、フィデルマは約束してやった。

ネクトが立ち去ると、カースは立ち上がり、彼女の坐っていた椅子に腰かけた。彼はフィデルマを同情の視線で、見守った。

「うまくいっていないようですね？　自分には、混乱あるのみ、としか見えませんが」

フィデルマも、若い戦士に、苦い顔を向けた。

「しばらく、海岸を散歩してみましょう、カース。頭をすっきりさせるために、私には海風が必要みたい」

二人は複雑に建ち並ぶ修道院のいくつもの建物の間を縫って進み、外の小道に出る門を見つけた。浜辺へ下りていく曲がりくねった小道だ。空はまだ晴れていたが、少し風が残っていた。数艘の船は投錨したまま、ゆらゆらと揺れている。フィデルマは海辺の空気を胸いっぱいに吸いこむと、満足の溜め息をつくように、それを音を立てて吐き出した。

カースは、そうしたフィデルマを、静かな興味をもって見つめた。

「ずっとよくなりました」そう言いながら、彼女はちらっとカースへ視線を投げかけた。「これで、頭がはっきりします。白状しますとね、今回の事件は、私がこれまで扱った中で、一番手ごわい事件です。これまでの事件では、証人は全員、一箇所にとどまっていました。容疑者たちもです。私自身も、数分とは言えなくとも、数時間のうちには、犯行現場に着いていましたから、証拠が雲散霧消してしまうこともありませんでしたわ」

フィデルマは、ゆっくりと海岸沿いに歩き始めた。カースも、自分の長い脚の歩幅を彼女にあわせて、共に散策を続けた。

「自分にも、ドーリィーの仕事の難しさが、幾分かわかってきましたよ、修道女殿。これまで、まったく何も知らなかったのです。ただ法律を知っていれば、ドーリィーは務まるとばかり思っていました」

フィデルマは、これに返事はせず、ただ黙って耳を傾けていた。

二人は、この地方ではニーヴォーグと呼ばれている、カヌーのような小舟から今朝の収獲を積みおろしている漁師たちのかたわらを通り過ぎた。細い木組みに、コダルというオークの樹皮でなめした獣皮を張り、革紐で綴じあわせたもので、一番大型のものでさえ、三人でやすやすと浜辺を運ぶことができる。いったん海面に下ろすや、軽々と波に乗り、激浪さえも、波頭の上を舞うように動いて、すばやく乗りきってしまうのだ。

フィデルマは足を止め、岸へ戻ってくるニーヴォーグを見守った。何やら巨大な海の生物を仕留めたらしく、獲物を曳きながらやってくる。

彼女は以前に一度だけ、ウバザメ(7)が岸に引き上げられるところを、見たことがある。あの大物も、おそらくそうした大魚なのだろう。

このようなものを一度も見たことのなかったカースは、よく眺めようと、熱心に近づいていった。

「自分は、福者《ブレッシド》ブレンダンが大航海の途中で、島だと思って、こんな怪物の背に上陸されたという話を聞いたことがあります。でも、こいつは、大きいには大きいですが、あまり島のようには見えませんね」と、カースは首をめぐらせて、肩越しにフィデルマに話しかけた。

フィデルマも、彼の興奮に応じた。

「ブレンダンが上陸なさったと伝えられている魚は、これよりはるかに大きかったようですよ。ブレンダンとそのお仲間がたが坐りこんで、料理をしようと焚き火をしたとき、魚が熱さに驚いて海に潜ったため、みんな、命からがら、やっと船にたどり着いたそうですもの」

いかにも経験豊そうな老漁師が、彼女の言葉を耳にして、大きく頷いた。

「ああ、そりゃあ、本当の話ですわい、尼僧様。だけど、聖コロムキルのころ生きとった、でっけえ魚のロサウルト〔セイウチ〕について、お聞きなさったこと、ありませんかね？」

フィデルマは微笑みながら、首を横に振った。この老いた漁師は物語の宝庫に違いない。おそらく、火を囲んで繰りかえし語り継がれている囲炉裡《いろり》話の語り部なのだろう。

「儂《わし》は、若造のころ、コナハト(8)のほうまで、よう漁に出かけとりました」と、老人は話し始めた。こちらから促す必要など、なかった。「コナハトの連中から聞いた話だが、聖人にちなんでクロー・パトリック(9)と名づけられとる聖なるお山があってな。その麓《ふもと》には、ムィル・イアスク〔海の魚〕という原っぱが広がっとった。どうしてそんな名前がついたか、知ってなさるかね？」

「聞かせて欲しいな」とカースが促した。ほかに答えようは、なさそうだ。

「あるとき、大嵐で、ロサウルトのでけえ死骸が打ち上げられたからでさ。そいつは原っぱで腐っていって、死骸からたちのぼった凄まじい瘴気《しょうき》が国中に覆いかぶさって、疫病がはやり始めてな。男だろうが女だろうが、ばたばた死んじまったそうな。海には、いろんなことがあるもんでさあ、尼僧様。いろいろと恐ろしいことが」

フィデルマは思わずラーハンの戦艦へ視線を走らせた。

「海の恐怖は、生き物だけとは限らないみたい」と、彼女はそっとつぶやいた。

老人は彼女の視線を追い、くすっと笑った。

「おっしゃるとおりで、尼僧様。コルコ・ロイグダの漁師らも、程なく、この哀れなウバザメよりもおかしな連中に、銛《もり》を投げつけてやることになりそうですわい」

そういうと彼は振りかえり、楽しげに解体用のナイフを巨大な魚の死骸に深々と突き立てた。

フィデルマは、ふたたび海岸を歩き始めた。

カースは急いで、そのあとを追った。しばらくの間、二人は黙《もだ》したまま歩みつづけていたが、やがてカースが口を開き、「すでに戦乱の気配が、あたりに漂っています。よい兆《きざ》しではありませんね」と、感想を言葉にした。

「そのことを、決して忘れてはいませんわ。でも、いくら兄上のご期待であっても、私には奇跡を起こすことはできない」

「多分、我々は、これは宿命なのだと腹を据えて、この戦争を受け入れねばならないのかもしれませんね。どうにも避けがたいことなのだと」

「宿命ですって！」フィデルマは怒っていた。「全てはあらかじめ定められているなどという考え方、たとえキリストの教えに従う信者の中に、そのような運命論を説く者たちがいようと、私は絶対信じませんわ。宿命論は、自分の犯罪についての暴君の口実、暴君に対して立ち上がろうとしない愚か者の言いわけです」

「避けがたいことを、どうやって変えるとおっしゃるのです？」

「まず初めに、これはあってはならないことだと言いつづけることによって。次いで、変化をもたらそうと働きかけつづけることによって、です」熱い意気込みにみちた答えであった。

このような際に、彼女が一番強く反発するのは、事態は避けがたい、と説く人間であった。その昔、ソフォクレスは、神々がもたらされたことは、堅忍不抜の精神で耐え忍ばねばならぬ、と著書に書かれた。しかし、これが人間能力の限界だと自分で決めて、それを宿命であると称すると称する逃げ口上は、フィデルマにはまったく受け入れかねる哲学だった。宿命という思考は、単に選択し決断することからの逃避を自らに許すための口実にすぎない。


カースは、屈服したことを示すかのように、片手を上げて指を広げた。

「あなたの哲学は、実に称賛に値するものだと思いますよ、フィデルマ。でも、時として……」

「もう、たくさん!」

彼女の声には、カースをはっとさせる響きがあった。この若いドーリィー、法廷弁護士が、きわめて傷つきやすい一面を持っていることに、カースは気がついた。〝キャシェルのコルグー〟は、ずいぶん重い責任を妹の肩に負わせてしまったのでは――おそらく、重すぎる責任を？　カースの観点からすれば、ダカーンの死は、決して解明されることのない謎である。この事件のほぐしがたく縺《もつ》れあった、蜘蛛の巣の糸をほどこうとして時間を浪費するより、単純にラーハンとの対戦にそなえるほうが得策だ、と思えるのだった。

突然フィデルマは、落ち着かなげに立っているカースには構わずに、岩の一つに腰をおろし、海をじっと見つめ始めた。彼女はそのままの姿勢で事態を繰りかえし胸の中で考えなおしながら、かつての恩師であるブレホン、〝タラのモラン〟に言われた言葉を思い出そうとしていた。「二度問いかけて駄目だったら、二度、問いかけなおすがいい、我が子よ」思考の鍛錬の過程で、ある答えを摑みそこなったとき、師はそのように語られたのではなかったか？　どのような問いを、自分はまだ問いかけていなかったであろうか？　いかなる答えの真の意味を、摑みそこなっているのだろうか？

一、二分後、フィデルマは、勢いよく立ち上がって、カースを戸惑わせた。

「私ときたら、なんと鈍いのでしょう！」と、彼女は自分に腹を立てたかのような吐息をもらした。

すでに修道院へと足ばやに引きかえし始めた彼女を追いながら、カースは「なんなのです？」と、問いかけた。

「私はここで、任務が遂行不可能だなどと、ふさぎこんでいました。まだ本当に仕事にとり組んでもいないのに」

「すでに、みごとな調査を始めておられるように思っていましたが」

「私のしたことは、表面をただざっと掬《すく》いとっただけでした」と、フィデルマは答えた。「一つか二つ、質問をしただけで、まだ真実の追求を始めてはいませんでしたわ。さあ、やるべきことが山ほどありますよ！」

彼女は足ばやに修道院のほうへ引きかえし、脇門をくぐり、石敷きの中庭を横切った。中庭のそこかしこには、聖職者でもある教授や学生たちが数人ずつたむろしていたが、フィデルマが通りかかると、皆こっそりと穿鑿の視線を彼女に向けた。彼女がどのような目的でやって来たかという情報は、たちまちこの修道院中に広まっていたのだ。フィデルマは彼らを無視して修道院の外壁の正門へと向かい、目当てのものを見出した——熱中家の若いネクト修道女である。

だがフィデルマがネクトに声をかけようとしたとき、ネクトのほうが上を見上げて、フィデルマを見つけた。ネクトははしたないばかりの大またで、駆け寄ってきた。

「シスター・フィデルマ！」と彼女は、喘ぐように呼びかけてきた。「修道女様を探しに行こうとしていたのです。トーラ修道士から、この包みをお渡しするようにと、命じられましたので。マルタン修道士からだそうです」

彼女はそう言うと、長方形の麻布の包みをさし出した。フィデルマは、さっそく開いてみた。中に入っていたのは、幾片かの細長い亜麻《リネン》の布切れだった。何かもっと大きな布地から裂きとられたように見える。暗褐色のしみも、いくつかついている。おそらく血痕であろう。亜麻布自体は、赤と青の染料で色鮮やかに染め上げてある。布地はほつれていて、脆《もろ》そうだ。フィデルマはその一つをとりあげ、両端をもってピンと引っ張ってみた。それは、いとも簡単に切れてしまった。

「きつく縛り上げる紐としては、不十分ですね」とカースは、感想をのべた。

フィデルマは、お見事というように、ちらりとカースを見やると、「そうね」と何か考えこむような面持ちで同意しながら、紐をふたたび布に包み、自分の鞄の中へ収めた。「さて、シスター・ネクト、私たちを図書室のグレラのところへ案内してもらいましょうか？」

だが驚いたことに、娘は首を横に振った。

「それはできません、修道女様」

「まあ、どうかしたのですか？」フィデルマの声は、少し苛立っていた。

「いえ、別に。ただ院長様に命じられたのです、修道女様をお探しして、お連れするようにと。今すぐ、お会いになる必要がおありだそうで」

「わかりました」フィデルマは不本意ながら、承知した。「もしブロック院長が会いたいとおっしゃるのであれば、お求めに応じましょう。でも、どうしてそのようにお急ぎなのでしょうね？」

「十分ほど前に、コルコ・ロイグダの大族長のサルバッハが、院長様からのお使いに応じて、やってこられたのです。族長は、ひどく憤然としておられました」

第八章

フィデルマとカースは、ネクト修道女のあとについて、修道院長の部屋へ向かった。少ししてから、見習い修道女は、カースがついて来るのに気がついた。彼女は立ち止まり、当惑した様子をみせた。

「今度は、なんなのです?」と、フィデルマが訊ねた。

「修道女様だけをお連れするようにと、言いつかったのです」とネクトは、困ったような視線をカースに向けながら、説明した。

「わかりました」と、フィデルマは溜め息をついた。「来客棟で待っていてください、カース」

長身の戦士は少しがっかりして顔をしかめたものの、素直に立ち去って行き、フィデルマのみがネクトに従った。広い肩幅をした修道女は、何かにせかされるように、急ぎ足で進んでいく。フィデルマはもっとゆったりとした自分の歩調を変えることなく、そのあとに従った。若い修道女は、絶えず立ち止まってフィデルマが追いつくのを待った。しかしフィデルマは、せかされたくはなかった。ましてや、修道院長やコルコ・ロイグダの族長の前に息せききって、あたふたと登場するのは、ごめんである。

「もう結構です、ネクト」絶えず急がせたがる若いネクトにいささか苛立たしくなって、とうとうフィデルマは、彼女にそう告げた。

「ここまで来れば、院長の部屋への道はわかりますから、もう一人にしてもらって大丈夫よ」

ネクトは立ち止まって抗議しかけたが、フィデルマは煩わしげに眉を寄せていた。その表情は、若い修道女の口に出かかった異議をあきらめさせるに十分だった。ネクトは従順に膝を屈めてお辞儀をすると、立ち去っていった。

フィデルマは石畳の中庭を横切って、院長の居室のある花崗岩の建物へと歩みを進めた。彼女が入り口の小さな暗いホールへ入り、二階の院長室へ行こうと階段に近づいたときである。暗い階段の下のあたりで、何か影がちらっと動いた。

「シスター！」

フィデルマは立ち止まり、なんだろうと物陰をのぞきこんだ。見覚えのある姿だ。

「ケータッハかしら？」

少年が、暗がりから薄明かりの中へと出てきた。肩の線や頭のさしのべ方から、全身を緊張に強《こわ》ばらせているのが見てとれた。

「お話があるんです」と、ごく若い黒髪の少年は、まるで誰かに立ち聞きをされるのを恐れるかのように、囁きかけた。

フィデルマは薄明かりの中で、眉を吊り上げた。

「今は、ちょっと都合が悪いの。これから院長様にお会いしますのでね。あとで、会って……」

「駄目です！　待って！」そのうわずった声は、ほとんど絶望の悲鳴だった。フィデルマは、少年が懇願するかのように自分の腕にすがっていることに気づいた。

「どうしました？　何をそんなに怯《おび》えているのかしら？」

「サルバッハが、コルコ・ロイグダの族長が、院長様のところへ来ているんです」

「そのことは、知っています」と、フィデルマは答えた。「でも、何をそのように恐れているのです、ケータッハ？」

「僕たち兄弟のこと、あの男にはしゃべらないで下さい」

フィデルマはなんとか少年の表情を見定めたかった。しかし暗いために、もどかしいが、よく見てとれない。

「お前は、サルバッハを怖れているの？」

「すごく長い話です――今、話してる暇、ないんです、シスター。どうか、ぼくたちのこと、口にしないで。ぼくたちを知っているってことだって、絶対しゃべらないで」

「どうして？　サルバッハの何が怖いのです？」

少年は、彼女の腕をさらにきつく摑んだ。

「可哀そうと思ってくださるなら、お願いです、尼僧様！」あまりにも恐怖にあふれた声だった。フィデルマはそっと肩を叩いて、安心させてやった。

「わかりました。約束しますよ。でも、私のこの用事がすんだら、一緒によく話しあわなければね。これがどういうわけなのか、きちんと話してくれますね？」

「ぼくたちのこと、言わないって、約束してくれるんですね？」

「約束しますとも」彼女は重々しく答えてやった。

少年は突然、身を翻し、困惑して考えこんでいるフィデルマをあとに残して、さっと陰の中へ駆け込んでいった。

彼女は一、二分待ってみたが、やがて溜め息をついて、階段を上っていった。


ブロック修道院長は、待ちこがれていた。フィデルマが入ってくるまで、彼は自分のデスクの前を行ったり来たり歩きまわっていたに違いない。フィデルマの視線は、院長室の大きな暖炉の火を前に、自堕落な格好で椅子にかけている男を、すぐさま捉えた。男は、本来は院長の座である彫刻をほどこした木の椅子に背を深くあずけ、片足は腕木にぶらりとかけ、大きなワインの高杯《ゴブレット》を片手にして、坐っていた。白い肌や氷のような青い目に、それと際立った対照を見せている黒々とした髪を持つ、美男子だ。三十代の前半であろう。ほっそりとした顔立ちは、何かしら陰鬱な翳《かげ》を帯びている。みごとな織りの絹や亜麻《リネン》の衣装が、その財力を物語っていた。身につけている宝石類も、一財産であろう。腰に佩《は》く剣《つるぎ》と短剣も、王国のケイリャ(1)〔自由民〉の〈名誉の代価《オナー・プライス》〉に、優に値《あたい》しそうだ。こうしたことを全て、フィデルマは一瞥で見てとったが、これらの外見の中でとりわけ一点、彼女の目を引いたことがある――族長の氷のような青い目は、奥をうかがわせぬ狐の目を思わせた。抜け目のない、狡猾な男だ。

「ああ、フィデルマ！」

フィデルマが入ってきたのを見て、修道院長は救われたような声をあげた。

「私に使いをお出しになったとうかがいました、ブロック」彼女は後ろ手に扉を閉めながら、そう答えた。

「さよう、私がお呼びしました。こちらはサルバッハ、コルコ・ロイグダの族長です」

彼女は族長のほうを振り向いた。男が立ち上がろうともせず、椅子にだらしなく坐ったまま、故意にゆっくりとワインをすすっているのを見て、フィデルマの唇がきゅっと引き締まった。

フィデルマの眉間《みけん》に暗い雲が現れたのを見て、気を揉んだ修道院長が、「こちらは〝キルデアのフィデルマ修道女〟、私の従妹《いとこ》でしてな、サルバッハ」と、話しかけた。

サルバッハはゴブレットの縁越しに、フィデルマを冷ややかに見つめた。

「ドーリィー〔弁護士〕だと聞いているが」という彼の口調には、それを面白がっている色がうかがえた。

「私は、キャシェルのオーガナハト王家のフィデルマ、モアン王国の次期王位継承予定者コルグーの妹です」彼女は鋼《はがね》のような口調で、そう告げた。「法廷において、アンルー〔上位弁護士・裁判官〉の資格を持つものです」

サルバッハは、一、二分、みじろぎもせず、彼女を見つめていた。その上で、ゴブレットをそっと置き、故意にゆっくり椅子から身を起こして、フィデルマの前に立った。首をぐいと粗暴に傾けたのが、彼のお辞儀だった。

自分を迎えるにあたって彼が示すべき儀礼をわざわざ思い出させてやらねばならないとは、煩わしい限りであった。その彼女がこのように振る舞ったのは、自分が王国の次期国王の妹であることを相手に意識させたいという、過剰な虚栄心のせいではなかった。自分がアンルーという社会的地位を持っている事実について注意を向けさせたいという自惚《うぬぼ》れのためでもない。アンルーは、アイルランド五王国のあらゆる学問所において、最高の位に次ぐ学位であり資格である。彼女に払われるべき伝統的な〈英雄の取り分〉(2)を、いま彼女が要求したのは、サルバッハの彼女に対する無礼な態度の中に、女性への侮りを読みとったからであった。もっともフィデルマは、こうした感情をあらわにしながらも、一方では恩師〝タラのモラン〟の教えを忘れてはいなかった。モランは言っておられたではないか、「恐れでもってかち得た尊敬は、真《まこと》の尊敬ではない。狼は尊敬されても、決して好かれはしないぞ」と。大体においてフィデルマは、社会的な礼節には、さして関心はなかった。ただしそれには、人々が互いに人間としての敬意と配慮を示しあっている限りにおいて、という条件がつく。自然な敬意を相手に払おうとしない人間に出会うと、そうであってはならぬという手本を示すために、自分が主張すべきものは毅然と要求すべきだ、とフィデルマは考えていた。サルバッハは、自分にしか敬意を払わぬ男のようだ。

「失礼しました、〝キャシェルのフィデルマ〟殿」だがサルバッハのその口調には、いっこうに真実味はうかがえなかった。「コルグーのお身内とは知りませんでした」

フィデルマは椅子に腰かけた。その表情は、物静かであった。

「私の血縁関係が礼節とどう関わるのですかしら?」と問いかける言葉も、ごく優しげである。

ブロック修道院長が、慌てて咳払いをした。

「フィデルマ、サルバッハは私からの伝言に応えようと、来てくださったのですわ」

フィデルマは、自分がふたたびサルバッハの氷のような青い瞳に吟味されるのを感じた。彼は別の椅子にまたもや自堕落な姿勢で坐ると、ふたたびゴブレットをとりあげた。その目には、何やら帷《とばり》がかかったようだ。餌食の上に急降下し獲物をさらってゆこうとしている猛禽ノスリの、瞬《また》くことのない目を思わせる瞳であった。

「結構なことですわ」と、フィデルマは答えた。「レイ・ナ・シュクリーニャで行なわれた犯行は、迅速に処理されるにこしたことはありませんから」

「犯行ですと? 私は、恐怖と迷信にかられた連中が、レイ・ナ・シュクリーニャの疫病を恐れて村を襲撃し、蔓延せぬようにと、村人らを丘陵地方へ追いやり、人家に火をかけた、と聞いていますぞ。もし犯罪が行なわれたとしても、それは恐怖と恐慌がもたらしたものでしょう」

「そうではありません。あれは、冷静に故意に行なわれた攻撃でした」

サルバッハの口許が歪み、声も荒々しくなった。「私は、最近自分で任命したばかりのボー・アーラ〔地方代官〕の一人が、あなたから告発を受けていると聞かされて、ここへやって来たのです、フィデルマ修道女殿。何か誤解があるのだろうと考えたからです」

「今の言及は、インタットなる男についてですね？　でしたら、誤解ではありません」

「あの村を全滅させたのは戦士の一団である、その首領がインタットだった、と糾弾しておられるのか？　私に届いた情報では、あの村は、恐怖に度を失った近隣の村人どもによる焼き打ちにあった、ということだった」

「誤った情報を受けとられたのです」

「これは、由々しき告発だ」

「これは、由々しき犯罪です」と、フィデルマは冷ややかに断言した。

「では、このような告発を処理する前に、私はまず証拠を要求しますぞ」

「灰燼に帰したレイ・ナ・シュクリーニャの村そのものが、証拠となりましょう」

「それは、あの村が焼失したことの、また、おそらくは村人が殺害されたであろうことの証拠にはなるでしょう。だが、インタットにその責任をとらせるだけの証拠がどこにあるのです？」

「キャシェルの王の護衛隊戦士であるカースと私は、ちょうど凶行が行なわれていたときに、その場を馬で通りかかったのです。私どもは、そのインタットという男と、話もしました。彼は、命が惜しければ、とっとと失せろと言って、私どもを追い払ったのです」

サルバッハの目が、信じかねるというように、わずかに見開かれた。

「追い払った、ですと？　もし彼がそのような犯罪を行なっていたのであれば、お二人は生きてここに現れ、そのことを報告なさることなど、おできになるはずありますまい？」

フィデルマは、彼がどうしてこうまで自分のボー・アーラをかばおうとするのか、不思議に思った。

「インタットは、私どもが彼の行為を見ていたとは、気づきませんでした。私どもは、道路から追い払われたあと、ふたたび秘《ひそ》かに村へ引きかえしたのです。また彼は、村人の中に生存者がいたことにも、気づきませんでした。この者たちは、何が起こったかについて、私どもよりも明確に、証言することができましょう」

今、サルバッハは、不安げに息をのんだのではなかったろうか？　懸念の色が、その面《おもて》に走ったのではあるまいか？

「生存者がいたと？」

「いたのですよ」と答えたのは、ブロック修道院長であった。「五、六人ほど。その中には、子供たちも……」

「子供は、法の裁きの場で、証言をすることはできない」とサルバッハは、それをぴしりと退けた。「子供には、〈選択の年齢〉に達するまで、法的行為を行なう権利はいっさいありませんからな」

フィデルマは、法的問題があまりにも即座に彼の口をついて出たことに、興味を持った。

「成人も一人、おりましたよ」と、彼女は穏やかに口をはさんだ。「もしそれでも不十分ということであれば、このインタットなる男をカースと私の前に出頭させていただきましょう。私どもは、その男が燃える松明《たいまつ》と剣を手にして私どもを恫喝《どうかつ》した連中の頭《かしら》であるかどうか、証言いたしましょう」

「それにしても、どうしてインタットだと判明したのです？」サルバッハの声は、不機嫌だった。「その男の名を、どうやってお知りになられた？」

「エシュタン修道女が、彼だと見分けましたのでな」と、修道院長が答えた。

「ほほう！　では、あなたが言っておられた生存者とは、その修道女のことですかな？」

サルバッハの目に、ふたたび帷がかかった。フィデルマは、何ものに替えても、彼の胸のうちを駆けめぐっているであろう思いを、知りたかった。今の彼の顔は、仮面のように無表情だ。しかし、その帷の背後には、狂おしい思いが隠されているに違いない。

「それがインタットの仕業とは、誠に信じがたいが」突然サルバッハはそう言うと溜め息をつき、ついにフィデルマの告げた事態を受け入れた、といった態度で飲み干したワインのゴブレットをテーブルに戻した。「あの男の罪に対する証拠を知らされることになろうとは、悲しい限りです。エシュタン修道女と子供らは、ロス・アラハーに滞在しているのですかな？」

フィデルマが口を開く前に、またもやブロックが返事をしてしまった。

「そのとおりです。しかし、近いうちに、マルアが営んでいる孤児院へおくるつもりですが」

「私も、会いたいものだな」と、サルバッハはこの話題を続けた。

「それは、もう少し先になりましょう」フィデルマはブロックに急いで目配《めくば》せをすると、サルバッハにはそう答えた。驚いて彼女を見つめる院長を無視して、フィデルマは続けた。「院長は、〈黄熱疫病《イエロー・プレイグ》〉に感染していないことを見きわめるために、あの子たちをあと数日、隔離病棟にとどめておくよう、お命じになったのです」

「しかし……」と、ブロックが言いかけた。そして口を閉ざした。

サルバッハは、院長のとぎれた抗議に気づかなかったのだろうか。彼は、そのまま立ち上がった。

「こちらのご都合のよいときにまた伺って、エシュタン修道女や子供たちに質問させていただきたいですな」と、サルバッハは告げた。「とにかく、ことは私の代官の一人に対する重大な告発に絡んでいます。なるべく早く証拠を調べに、またこちらへ伺わねばなりますまい。これからすぐにインタットに会って、あの男がなんと言うか、訊ねてみます。もしそのような犯罪があの男の手によるものだと判明すれば、私自身のブレホン〔裁判官〕の裁きの場で、あの男に罪の償いを申しわたしてやります。その点は、お任せあれ、フィデルマ修道女殿」

「キャシェルも、まさにそのような対応を望んでおります」とフィデルマも、重々しくそれに答えた。

サルバッハは、何か隠れた意味があるのかと探《さぐ》るかのように、フィデルマをじっと見つめた。だがフィデルマは、なんの表情もうかがわせない視線でもって、彼を見つめかえした。

「我々は誇り高い部族でしてな、フィデルマ修道女殿」とサルバッハは、さらに話しかけた。穏やかな声ではあったが、その底には何かひそんでいるようだ。「コルコ・ロイグダは、その昔、ゲール（アイルランドの古名の一つ）の民の先祖をこの島に連れてきたミール・イーシュパン[3]の子孫であると誇っています。我々の誰かの名誉が挑戦を受けるということは、我らが部族全員の名誉への挑戦となる。もしその者が自らの名誉を裏切ったのであれば、その男は我々全員を裏切ったことになる。彼は、その罰を受けることになりましょう」

彼は、一瞬、さらに何か言いかけたが、そのまま院長を振り向いた。

「では、これでお暇《いとま》しましょう、院長殿」と、彼は暇を告げようとした。しかしそれを、フィデルマはさえぎった。

「これとは別の件でも、若干お訊ねしたいことがあります。ご助力いただけないでしょうか、サルバッハ？」

サルバッハは、もう会見は終わりとはっきり告げたつもりであったので、驚いた顔で、彼女に視線を戻した。どうやら彼は、自分の思いどおりに振る舞うことしか、知らなかったらしい。

「今は、急いで……」

「この件で、私はキャシェルの王を代表しております」と、フィデルマは譲らなかった。「尊者《ヴエネ・ラブル》ダカーンの殺害に関することです」

サルバッハは異議を唱えようとしたのか、ためらいを見せたが、すぐに関心なさそうに肩をすくめた。

「重大な問題ですな」と、彼は応じた。「だが、私はあの老人の死については、何も知りませんぞ。どうやって助力ができるのです?」

「尊者ダカーンを、ご存じでしたか?」

「彼の名声を知らぬ者がおりますかな?」と、サルバッハは直答を避けた。

「お会いになったことは、おありだと思いますが」

この質問はただの推測だったが、サルバッハの面《おもて》を何かがかすめた。それがフィデルマの目にとまった。彼女はこれまでにも、その場のはずみのような質問をよく試みたが、それは全て、本能的に口をついて出る問いであった。

「二、三回、会ったことはありますよ」と、彼は認めた。

「ここで、このロス・アラハーの修道院で、でしょうか?」

サルバッハが首を横に振ったのを見て、フィデルマは思わず浮かびそうになった驚きを、やっと押し隠した。

「いや、キャーラで、でしたよ。オスリガ小王国の族長たちは、それぞれキャーラに広大な住まいを構えているが、その一つで、でした」

「オスリガで？　いつのことです？」

「一年前でしたな」

「オスリガに、どのようなご用がおありだったのか、伺えますか？」

「従兄《いとこ》のスカンドラーンを訪ねたのですよ。オスリガ小王国の王ですがね」サルバッハは、声に虚栄がにじむのを隠しきれないようだ。

フィデルマは、兄のコルグーが、オスリガ小王国の王は、コルコ・ロイグダの族長たちと血縁関係にある、と語っていたのを思い出した。

「わかりました」と、彼女はゆっくりと答えた。「でも、尊者ダカーンがこのロス・アラハーの修道院に滞在していらしたときには、会っておられないのですか？」

「ああ、会っていませんな」

何かが彼女に、この返答を疑わせた。しかし、帷をおろしたノスリのような彼の表情の奥を探ることはできなかった。彼女は、自分がサルバッハをひどく嫌っていることに気づいた。ネクトにはあのような訓戒を与えたのに、と彼女は顔が赤らむのをおぼえたが、にもかかわらず、彼には何か不気味なところがあると、強く感じずにいられなかった。彼に嫌悪感をいだくのも、その不気味さゆえなのだ。彼の淡い色の瞳には、何か邪悪で酷薄なものがひそんでいる。この男には、猛禽を連想させるものが多分にある。

「でも、ラーハン王国のアシードとは、お会いになっていますね？」と突然、彼女は話題を変えた。今回もまた、本能にしたがっての問いであった。

サルバッハの口許が、少し緊張を解いた。一瞬、目がきらりと光った。

「会ったことはありますよ」と、彼はゆっくりと答えた。「あの男は、クーン・ドーアの私のラー〔砦〕に、商売のためにやってきますよ」と、彼はゆっくりと答えた。

「この沿岸地域の交易商人なのですか？」

「そのとおり。あの男は、交易を行なおうと、我々の赤銅鉱山《コパー》にやってきたのです。ラーハン王国に荷揚げされたゴール人のワインをここに持ちこみ、ワインと赤銅を交換するという商売ですよ」

「それで、かなり以前から、アシードをご存じだった……商人として、なのですね？」

サルバッハは否定的に顔をしかめた。

「彼と会ったことはある、と言ったのですぞ。それだけのことです。あの男は、この夏と昨年の夏、ここに商売にやってきた。どうして、このようなことを質問されるのですかな？」

「そうすることが、私の仕事だからです、〝コルコ・ロイグダの族長〟殿」と、フィデルマは辛抱強く微笑を浮かべて、それに答えた。

「さて、もう引き下がってよろしいでしょうかな？」わざとらしくへりくだった彼の声には、嘲笑の棘があった。

「あなたのインタット探索が成果をあげたという知らせを間もなく伺えると、考えてよろしいのでしょうね？」

「かならず、情報はお伝えします」サルバッハは素っ気なくそう答えると、彼女のほうへわずかに頭を下げ、修道院長にはぞんざいに頷いただけで、部屋を出て行った。

ブロック修道院長は、心配そうだった。

「サルバッハは面目を失うことを嫌う人物ですよ、フィデルマ」と、彼は不安げに感想を口にした。「まるで、縄張りを争いあう二匹の猫といったところだった」

「対決が必要となる立場に身をおいたとは、彼もお気の毒に」と、フィデルマは冷たく言ってのけた。「あの男の傲慢さには、我慢ならないものがありますわ」

そのとき、正午のアンジェラスの鐘が聞えた。

フィデルマは、祈禱を捧げ始めた院長に自分も付き合わねばなるまいと、一緒にひざまずいた。

祈りを終えて立ち上がったブロックは、一、二分、切り出しにくそうにフィデルマを見つめていたが、やがてためらいがちに口を開いた。

「もう一つ、お知らせがあるのだが。サルバッハの前で、あなたに話したくはなかったもので」

フィデルマは、従兄の面がこれまでになく厳粛な色を浮かべているのを見て、何事かわからぬままに、彼の言葉の続きを待った。

「実は、サルバッハの来訪の直前、キャシェルからの使者が到着されましてな。国王カハル・マク・カヒルが三日前に逝去なされたとのこと。兄上のコルグーが、今やモアン王国の王とおなりです」

フィデルマの表情は変わらなかった。ブロックに〝キャシェルからの使者〟と聞かされるや、どういうことであるかは、すぐに察した。キャシェルを出発する前から、もはや時間の問題であると、わかっていた。彼女は立ち上がり、片膝を屈めて胸に十字をきった。

「シック・トランシット・グロリア・ムンディ（世の栄光、かく過ぎゆく）。我らが叔父上に、安らかなる憩いのあらんことを。神よ、難局に直面せるコルグーに、力を与えたまえ」

「今夜、カハルの魂のために、ミサをあげることにしましょうぞ、フィデルマ」と、ブロックが告げた。「昼食の鐘が鳴るまでには、少し時間がある。食堂へ出かける前に、ワインを一杯、ご一緒にいかがかな？」

ブロックは見るからに失望したが、フィデルマは首を横に振った。

「昼食の前に、しておくことがいろいろありますの、ブロック」と、彼女は答えた。「でも一つだけ、お伺いしたいことがあります。コンハス修道士から聞いたのですけれど、ダカーンが殺害される一週間前、コンハスに特に指示されたそうですね、ダカーンから目を離さないようにと。なぜでしょう？」

「別に、不思議なことではありませんよ」と院長は、すぐに答えてくれた。「尊者ダカーンが人好きのする人間でないことは、はっきりしていましたからな。実際、彼はここの何人かの学生たちをひどく動揺させたらしい。コンハス修道士に、ダカーンが厄介事に出合わないように気をつけさせたのは、単に用心のためだった。彼の……そのう、なんと言えばいいかな?……彼の不幸な人柄のせいで、そうしたことが生じないようにと」

「ありがとうございました、ブロック。お昼の食事のときに、またお目にかかりましょう」

フィデルマは部屋を出てゆきながら、急にあの少年、ケータッハのことを思い出した。あの子はどうして、自分や弟コスラッハのことを言わないでくれと懇願したのだろう? サルバッハを、どうして怖がっているのだろう?

しかしあの子たちのことは、尊者ダカーンの殺人事件とは、なんの関わりもないのだ。事件を大王《ハイ・キング》の〈タラの大集会〉において論議しなければならないというのに、時間のみが速やかに流れてゆく。

にもかかわらず、彼女はまっすぐに来客棟へ戻り、ケータッハを探してみた。それに、エシュタン修道女ともさらに話しあわなければならないということも、思い出した。子供たちは部屋にいなかった。エシュタン修道女も同様だった。フィデルマはほかの部屋ものぞいてみたが、誰もいなかった。見つかったのは、赤銅色の髪をした姉妹の妹のほうだけだった。ケラという子だ。女の子は布の人形で遊んでいて、フィデルマの質問には、何も答えてくれようとはしない。

フィデルマは、あやすように女の子に話しかけてみたが、情報を引き出すことは諦めねばならなかった。そこで、ひとまず二階の各室も調べた上で、また階下へ戻ってきた。ルーマン修道士の執務室から、何か人声が聞えてきた。フィデルマが急いで行ってみると、ルーマンと一緒にいたのは、カースだった。二人はブランダヴの遊戯盤の上にかがみこんで、人気のあるゲーム〝黒い鴉《からす》〟をやっていた。ルーマン修道士は年季のはいった指し手らしく、その陣営の駒八個は全部安全なのに、すでにカースからは〝大国の王《プロビンシャル・キング》〟の駒を二個もとりあげている。今カースの陣営には、〝大王〟の駒と、〝大王〟を護衛する二個の〝大国の王〟の駒しか残っていない。遊戯盤は、縦横七つ、合計四十九の区画《ます》からなる。この盤上の一端に安全地帯が定められていて、カースはなんとかそこにたどりつこうと、悪戦苦闘しているらしい。フィデルマが見ても、ルーマンは巧妙に駒を動かしており、カースの〝大王〟はもはや退却できる区画が一つもないという苦境におちいっているようだ。未練げに、いささか潔いとはいえない態度で、ついにカースも肥った修道士の勝利を認めた。

ルーマン修道士は、フィデルマに気がつくと、満足そうな笑みを浮かべて、彼女の顔を見上げた。

「このゲーム、なさいますかな、修道女殿？」

フィデルマは軽く頷いた。王や族長の子供たちは皆、教育の一環として、ブランダヴのような盤上ゲームを教えられるのだ。このゲームは、意味を持っている。一番重要な駒はタラの〝大王〟で、その擁護者は、オラー（現アルスター）、ラーハン（現レンスター）、モアン（現マンスター）、コナハトという四人の〝大国の王〟の駒である。八個の〝襲撃者〟の駒を、〝擁護者〟たちは阻止し、中央部分をしっかりと守護しなければならない。あるいは形勢危うくなった場合には、盤の一隅に定められた安全地帯に逃げこむこともできるが、この逃走はもうどうしようもない絶望的な立場に立ったときである。

「そのうちに、闘志を試しあう機会があると、よろしいですな」と、ルーマンはかなり熱心であった。

「おそらく、近いうちに」と、フィデルマは丁重に答えた。「でも今は、その時間がありませんの」

フィデルマはカースについてくるようにと目で合図をおくって外へ出ると、キャシェルからの知らせを伝えた。フィデルマと同じように、彼も驚きはしなかった。カハル王の死は、二人がモアンの王城キャシェルを出発したときには、すでに目前に迫っている事態だったのだから。

「兄上は、きわめて重い荷を引き継がれることになりますね、フィデルマ」と、カースは思いを述べた。「ここの事態は、これによって変わるのでしょうか？」

「いいえ。でも、我々の任務のよき首尾が、いっそう急がれることになりましょうね」彼女は続けて、二人の少年ケータッハとコスラッハのどちらかなりと見かけなかったか、彼に訊ねた。

カースは、首を横に振った。

「私に時間がたっぷりあるとでもいうのでしょうかねえ」と、フィデルマは大きな吐息《といき》をついた。「この子供たちの謎が追加されなくとも、ダカーンの殺人事件を解明しようとする努力だけで手いっぱいだというのに」

カースが不思議そうな顔をしたので、彼女はケータッハ少年が語ったことと、サルバッハとの不愉快だった会見のことを、彼に打ち明けた。

「自分は、サルバッハが威張り散らす傲慢な男だと、耳にしていました。警戒なさるよう、前もってお知らせしておくべきでしたね」

「いいえ、自分で見てとるのが一番ですから」

「それにしても、修道女殿の今のお話から察するところ、サルバッハはまるでインタットを告発から守ろうとしているかに見えますが」

「そのようね。でも、単に告発の証拠を要求しただけなのかもしれませんわ。いずれにせよ、サルバッハが自らインタットを代官に任命したようですね」

昼食を告げる鐘の音が聞えてきた。

「これらの謎は、食事がすむまで忘れることにしませんか？」と、カースが提案した。「子供たち、きっと昼食に現れますよ。食事に出てこない子供なんて、見たことありませんからね。

もし出てこなければ、この午後、修道女殿が調査を進めておいでの間に、自分が探してみます」

「いい提案ね、カース」フィデルマは、即座に同意した。「私は、尊者ダカーンがロス・アラハーでどのようなことをしていらしたのかを調べるために、図書室の担当者と主席教授に会わなければなりませんのでね」

二人は食堂に入った。彼女は食堂中を注意深く見まわしてみたが、少年たち、ケータッハとコスラッハの姿はどこにもなかった。その点では、エシュタン修道女も同様だった。カースは先ほど言っていたとおり、食事をすませるとすぐに食堂を出て、彼らの探索にかかった。

二人の学生が長身の初老の男に「シェーガーン修道士殿」と大きく呼びかけていた。それにフィデルマが気づいたのは、食事を終えて食堂から出てきたときだった。彼女は足を止め、ファー・レイン、つまり修道院付属学問所の主席教授のシェーガーンを、じっくりと眺めた。痩せた、浅黒い肌の、物思いに耽っているような人物だ。しかし、学生に絶えず微笑みかけ、時どき咽喉にかかった笑い声をはさみながら答えている様子を見ると、その外見は、実際の人柄とは少し異なるようだ。

フィデルマは、二人の改宗者《プロサライト》が立ち去るのを待っていた。だが、彼女が呼びかける前に、シェーガーン修道士のほうが近づいてきた。

「ああ、〝キルデアのフィデルマ〟殿ですな？」シェーガーン修道士は温かな微笑を浮かべ、しっかりした手をさし伸べて、挨拶の言葉をかけてきた。「こちらへおいでになったと、聞いていましたよ。ブロック修道院長が、あなたのご来訪を話してくださいました。法を踏みにじる殺人事件の追及にあたって、あなたがくだしてこられた判決がいかにみごとであったかは、よく聞き及んでいます」

「私、尊者ダカーンについて、あなたとお話をしたいのですが」

「そうだろうと思っていました」と、ほっそりとした長身の教授は、にこっと笑った。「ご一緒に歩きましょう」と、彼はフィデルマを誘った。「歩きながら、話しましょう」

彼はアーチをくぐって、塀に囲まれた修道院の庭へと、彼女を誘《いざな》った。そこは、ルーブゴルトと呼ばれるものだった。〝ルーブ〟は薬草《ハーブ》を、〝ゴルト〟は柵に囲われた畑を意味する言葉である。季節は晩秋を迎えていたが、それでもさまざまな香りが心地よくフィデルマの五感を包んでくれた。彼女はいつも庭、とりわけ薬草園に身をおくと、心が安らいだ。今、この塀に囲われた一画には、ほかに誰もいなかった。シェーガーン修道士は薬草園の石のベンチに彼女を導いた。薬草園の向こう端には、泉が湧き出していた。泉は、小さな円形に石で囲われ、簡単な屋根を支える柱に横木がわたされている。横木にはロープが結わえてあり、その先端にバケツが結び付けられていた。

フィデルマが泉に注目しているのを見て、シェーガーンは、「我々は、〝ファハトナの聖泉〟

と呼んでいます」と、説明してくれた。「ファハトナが修道院建立の地をここに定められたときからあった、そもそもの泉です。ところが、やれやれ、修道院はあまりにも大きくなりすぎて、これだけでは水を賄いきれなくなりましてね、現在は、ほかにも敷地内にいくつかの泉があります。でも我々にとっては、この泉こそ、〝ファハトナの聖泉〟なのです」

彼はフィデルマに、坐るようにと身振りですすめた。

その上で、歯ぎれよく話しかけてきた。「さあ、なんなりとお訊ねください」

フィデルマもすぐに、「ダカーンがこのロス・アラハーに見える前から、彼をご存じでしたか?」と、質問を始めた。

シェーガーンは微笑を浮かべながら、頭を振った。

「もちろん、ダカーンの偉大なる名声は聞いていましたよ。彼は学識深き人物、スタルイダ〔歴史家〕の中でも、オラヴ(4)の位を持つ方ですからな。しかし、あの人に以前に会ったことがあるかとのご質問であれば、答えは〝否《いな》〟です」

「では、ダカーンは歴史の教授なのですか?」フィデルマは、ダカーンを神学の権威として知っていただけだった。

「ええ、もちろん。歴史が、あの人の専門分野ですよ」と、シェーガーンは明快に答えた。

「ダカーンがなぜロス・アラハーの修道院へやってきたのかは、ご存じでしたか?」

主席教授は軽く眉をひそめたが、いささか面白げに、これに答えた。「われわれの修道院は、有名でしてね、修道女殿。ここのおびただしい人数にのぼる学徒らの中には、アイルランド五王国の各地方の者たちや、ブリトン人はむろんのこと、遠くサクソンの諸王国の者やフランク人さえもおりますよ」

「でも、ダカーンは、単にロス・アラハーの名声を慕って当地を訪れたとは思えませんわ」と、フィデルマは率直に疑問をぶつけた。「彼は何か特別な必要があってここへやってきたのでは、と私は考えております」

シエーガーンは一、二分、考えこんだ。

「そうですな、多分、おっしゃるとおりでしょう」と、彼は認めた。「私の虚栄心をお許しくだされ。何しろ、私としては、我々の名声こそ、その理由だ、とつい考えたいもので。ご質問に簡単にお答えするなら、彼は、ある知識を手に入れようとして、こちらの図書館へやって来た、ということです。いかなる特殊な知識であるかは、私にはわかりかねます。我々の図書室の担当者、グレラ修道女にご相談なさるがいいでしょう」

「ダカーンを、お好きでしたか？」

シエーガーンは、即答はしなかった。考えを整理していたらしい。やがて彼は小首をかしげるようにして、小声でくすりと笑った。

「〝好き〟という言葉は、適切ではないと思いますよ、修道女殿。私は、彼を〝嫌い〟ではなかった。学問的な分野では、我々はうまくいっていたようです」

フィデルマは、唇をわずかにすぼめて、「そのこと自体、少し普通ではないようですが？」という感想を口にした。

「どうしてですかな？」

「これまで私が質問をしてきた人たちは、ダカーンはここで皆から嫌われていた、と言っておりましたよ。もしかしたら、それが殺害の理由では？　厳《いか》めしく、冷たく、人を寄せつけない禁欲的な人柄だったのかと、私は想像しましたので」

シェーガーンは、今度は声に出して笑った。豊かな声の、気持ちよい笑いであった。

「人に地獄の業火を宣告するには、その程度の理由では、十分とは言えないでしょうね。もし〝嫌い〟というだけで人を殺していたら、それをなし終えるころには、地上には誰一人生き残ってはいませんよ。もちろん、ダカーンはユーモアのある人間でもなければ、くだけた人柄でもなかった。しかし、真摯な学究でしたし、そのような人として、私はダカーンを尊敬していました。そう、〝好き〟という表現は正確ではない。おそらく、〝尊敬〟という言葉のほうが、私の彼に対する態度に近いでしょうな」

「彼はこちらで、研究だけでなく、授業もしていたとか？」

「そのとおりです」

「おそらく、歴史を？」

「ほかの何を教えます？　彼の関心は、我々アイルランド人の遠祖〝ミール・イーシュパン〟

と彼に率いられたゲールの子らのエリン（あるいは、エール。これも、アイルランドの古名）への渡来だの、アマァギン[5]が女神エリュー[6]にこの国土はこれよりは彼女の名にちなんでエールと呼ぶことにすると約束をしたという神話などの、古い物語でした」

フィデルマは辛抱強く耳を傾けて、ただ「まあ、波風を立てそうにない航跡ですわね」とだけ、答えた。

シエーガーンは、ふたたび、くすりと笑った。

「そうですとも、修道女殿。これでも、誰かが彼の人柄や歴史解釈を嫌って殺害に及んだと、本気でお考えになりますかな？」

フィデルマは、生真面目に答えた。「でも、学者というものは、相手の学説に不賛成だと、野獣のようにいがみ合うものだと、よく知られておりますよ」

シエーガーンは頷いて、同感の意を示した。

「いかにも、我々は、そのように非難されておりますな、修道女殿。歴史学者の中には、学者が歴史を捉えるのと同じように、歴史に捉えられてしまっている者もおりますからね。ダカーンは、確かに、ラーハン国の人々こそもっとも秀でている、と信じる男ではありましたが……」

「それ、どういう意味でしょう？」と、すかさずフィデルマは、質問をはさんだ。

「ダカーンは、ラーハン王国にきわめて強い誇りをいだいている人間だ、という意味です。そうだ、一度、ダカーンと我々の主席医師のミダッハ修道士が……」

彼は突然ぐっと口を引き結び、まずいことを言ったという表情になった。

「お聞かせください」と、フィデルマは促した。「どのようにつまらないことに見えようと、私の調査には貴重なのです」

「疑惑を植えつけたくないのだが。とりわけ、噂を広げる理由もない場合に」

「真実は、常に立派な理由となりますわ、主席教授殿」と、彼女は食い下がった。「どうか、ミダッハ修道士とダカーンのこと、お聞かせください」

「二人は一度、殴りあいになりかねない口論をしたことがあった、それだけです」

フィデルマは目を見張った。

やっと、何か手ごたえらしいものにぶつかった。

「その激しい口論は、何についてでした？」

「単なる歴史問題ですよ。それだけのことです。ダカーンは、例のごとく、ラーハン王国のことを自慢していた。ところがミダッハは、はっきりと、ラーハン人は外国人にすぎぬ、と言いきったのです。ラーハン人とは、そのころガリアと呼ばれていたローマの属州から、今のラーハンの地にやってきたゴール人にすぎなかった、というのが、ミダッハの主張でした。ラーハン人の祖は、追放されたラブレイド・ロンシャッハが伯父コーヴァッハ王の王位を奪おうとして、ゴールから雇ってきた外国人傭兵だ、というのです。ミダッハの論ずるところによると、そのゴール人たちは、〝ラーハン〟という、青緑色をした、幅広い穂先を持つ鉄の槍を武器としており、ラブレイドが目指す王位を獲得すると、その国はラーハンと呼ばれるようになった——すなわち、ラブレイドに勝利をもたらした槍《ラーハン》にちなんだ国名だ、というわけです」

「何かそうした物語を、私も以前聞いたことがありますわ」と、フィデルマは告げた。「でも、さして問題となるような議論とは思えませんが。ただ、私は、ミダッハ自身もラーハン人だとばかり思っていましたけど？」

「ミダッハが？　ラーハン人だと？　誰です、あなたにそのようなことをお聞かせしたのは？ミダッハはいつも、ラーハンのことを蔑《さげす》むような口調で語っていますよ。でも、その国境近くの出身ではありますがね。それが、彼のラーハンへの偏見の因《もと》なのかもしれませんが。そうだ、それですよ。ミダッハはオスリガの出ですからな」

「オスリガ？」フィデルマは胸のうちで、ひそかに呻《うめ》いた。オスリガとラーハン！　どちらを向いても、いつもかならずオスリガとラーハンの関わりが顔を出す。この事件全体に、オスリガとラーハンの関係が、隈《くま》なくゆきわたっているらしい。

「どうして直接お訊ねにならないのです？」と、主席教授は逆に問い返した。「ミダッハは、すぐに話してくれると思いますよ」

「では、ミダッハは、ダカーンに面と向かって、ラーハンを侮辱したわけですね？」フィデルマは、今の質問には答えないままに、自分の考えを追っていた。「それに対して、ダカーンはどう答えました？」

「ミダッハを、無知で愚かしい悪党、とののしりましたよ。ダガーンは、我がラーハン王国は、モアン王国よりはるかに古い歴史を誇る王土だ、その国名ラーハンは、スキシア（スキタイ）[7]から三十二隻の船団でこの国へやってきたマゴッグとヤハットの子孫であるネメディアンに由来するのだ、と言いかえしました。つまり、ラーハン王国建国の英雄リアの父親ラーハンの名が、国名になったのだと、ダガーンは論じてみせました」

「そのような学術的な論争が、どうして暴力沙汰にまで暴走したのでしょう？」フィデルマには、そこが不思議だった。

「二人とも自分の主張を口角泡を飛ばしながら論じたて、一歩も譲歩しようとしませんでした。論争は、やがて個人攻撃に移り始めた。ルーマン修道士と私が仲に入ったのは、ちょうどそのときでした。我々は二人を自室に引きとらせ、二度とこの議論を持ち出さないと誓わせました」

フィデルマは口許を引き締めるようにして、考えこんだ。

「あなたご自身が、ダガーンと衝突なさったことは？」

シェーガーンは首を振った。

「いま言いましたように、私はあの人を尊敬していました。ダガーンの教室における学生の指導は、彼の自由に任せていました。ほとんどの学生は、ダガーンから学識を授かることを喜んでいましたよ。もっとも、数人の学生が不満や反感を抱いている、と報告されていたことも事実ですがね。ブロック院長は、この反撥の空気を真剣に心配しておられたようです。確かコンハス修道士に、ダカーンが深刻な軋轢《あつれき》をひき起こすといけないから気をつけておくようにと、指示しておられたのではないかと思います。しかし私は、実を言うと、あまりあの人と一緒に過ごしてはいませんでね」

フィデルマは、未練を残しながらも、立ち上がった。

「とても有意義なお力添えをいただきましたわ、主席教授殿」と、彼女は謝意を述べた。

シェーガーン修道士は、にこやかな笑みを浮かべて応えた。

「ほんのわずかです。しかし、この先、何かお役に立てることが出てきましたら、誰かに案内させて、学問所の私の部屋にお越しください」

思いがけずカースに出会ったのは、フィデルマが来客棟へ戻ろうとして、石畳の中庭を横切っているときだった。戦士は、疲れた顔をしていた。

「あの二人の子供たち、それにエシュタン修道女のことも、いろいろ聞いてまわり、ありとあらゆるところを探しまわりました」というのが、うんざりしているらしいカースの挨拶だった。

「あの連中、わざと我々から隠れているのでなければ、もうすでにこの修道院から立ち去ったのですよ」

第九章

グレラ修道女は、フィデルマにとって、驚きだった。三十代の、魅力的な女性であろうとは。背はさして高くなく、やや豊満な体つきで、手入れのゆき届いた褐色の髪や陽気な黒っぽい褐色の目も美しい。人柄も生きいきと明るそうだ。フィデルマから見ると、やや突き出した肉感的な口許がいささかその美貌をそこなっているようにも思えるが。第一印象では、修道院の、ましてや図書室の厳粛な空気とは、そぐわない感じだ。しかし、れっきとした主任司書なのである。それに、一見、官能的な容姿にもかかわらず、グレラ修道女のきりっと伸ばした背筋と堂々とした態度には、宮廷の中の女王の風格がある。彼女は、丸天井の修道院聖堂とほぼ同じくらい広い大図書室の、彫刻がほどこされたオーク材の椅子に腰かけていた。アイルランド五王国でフィデルマがこれまでに訪れたどの大図書館と較べても遜色のない、きわめて印象的な施設であった。

書物は、書棚に並べるのではなく、一冊ずつタグ・ルーウァー〔蔵書用鞄〕という革の鞄状のケースに納められ、内容を示すはっきりとした題簽を付けられて、壁に一列に打ちこまれている木釘に、一つずつ吊り下げられている。この圧倒的な蔵書を見まわしながらフィデルマは、聖なるロンガローン(1)の逝去に際してのエピソードを思い出していた。彼は聖コロムキルと同時代の人物で、もっとも卓越した学者であったが、この福者《ブレッシド》ロンガローンが逝去《せいきょ》された夜、アイルランド中の蔵書用鞄が全てその木釘から落ちた、という。このようにして書物たちは、彼への敬意を表し、彼の死去によって学問がこうむる損失を象徴してみせたのだ、と伝えられている。

この図書室の蔵書用鞄に入っている書物のほとんどは参考書であり、学究たちによって、しばしば調べ物に利用されていた。しかし、あちこちに、大変な価値を持つ特製本も見られる。革の表紙には美しい装飾がほどこされており、金泥や銀泥を塗り重ね、浮き出し《エンボス》技法で描かれたエナメルの意匠が鮮やかだ。さらにさまざまな貴石までも嵌めこまれて、模様を彩っている。このような聖人の書かれた書物を納めるための長方形のケースを赤銅《コパー》で数多く作ったのは、聖パトリックの赤銅細工職人であったアシコスであると、伝えられている。これら稀覯《きこう》本のいくつかは、さらに金属あるいは木製の箱に二重に納められていた。

また、榛《はしばみ》やアスペンの枝の束の中でも貴重なものは、彫刻をほどこした木製の箱に収納されていた。だが、これら古代オガム文字が刻まれた〈詩人の木簡〉は、木片の腐食のために、目下失われつつある。そこで、〈詩人の木簡〉に秘められた学識の消滅を恐れて、今それらは、上質皮紙《ヴェラム》に新しい文字（ラテン文字）によって書き写されつつあるのだった。

かび臭く、薄暗い図書室には、数人の人影が見える。高いところに数箇所窓があって、昼間の光が射しこんではいるのだが、大図書室のあちこちには鋳金《ちゅうきん》の大燭台に立てたごく太い蠟燭が灯されており、室内に揺らめく明かりを添えていた。これらの蠟燭から立ちのぼる息のつまるような重たい香りは、とても学問精進のための良き環境とは言えないだろうに。ところどころに、特殊な机を前にして、片手に白鳥や鵞鳥の羽根ペンを握り、もう一方の手で腕杖《モールスティック》（細い線を引くときに、線がぶれないように左手で当てがう、右腕を支えるための支柱）を用いながら、ヴェラムの上に屈みこんでいる写書僧《スクライブ》の姿も見受けられる。装飾的な入念な様式で書かれた古代の書物を、後世のために書き写している専門僧たちである。ほかの人々は、静寂の中で、読書に没頭したり、ときには溜め息をついたり、ページを繰ったりしている。

フィデルマは、本の収蔵用の鞄がずらりと吊るされている壁際の通路を進み、勤勉な学生たちが本を開いているいくつもの小テーブルの横をすり抜けて、奥へ進んだ。だが、その気配に頭を上げる学生など、一人もいなかった。

グレラ修道女の褐色の瞳が、光を受けてきらりと光った。司書尼僧は、フィデルマが近寄ってくるのに気づいたのだ。フィデルマは、図書室の一番奥の、一段高くなっている箇所に据えられた司書の席へとやってきた。この席からは、図書室全体が一目で見てとれることだろう。

「グレラ修道女ですね？　私は……」と言いかけたフィデルマを、グレラはさし止めた。

彼女は立ち上がると、すんなりとした小さな手でフィデルマに沈黙を求め、さらに指を一本唇に当てながら、横手の扉を身振りで示した。

フィデルマは、これをついて来るようにという招きだと解釈した。

扉の向こうは、本棚でいっぱいの小さな部屋であったが、テーブルが一つと椅子が数脚、置かれていた。テーブルの上には、何枚かのヴェラム、円錐形のインク入れであるアダーキーン、さまざまな羽根ペン、ペン先を削るためのペンナイフなどが載っている。ここは、どうやら彼女個人の執務室のようだ。

グレラ修道女はフィデルマが中に入るのを待って、扉を後ろ手に閉めると、ふたたび女王然とした手振りでフィデルマに椅子をすすめた。彼女が席につくと、司書尼僧もこれまた貴族的な物腰で、フィデルマと向かいあう椅子に腰をおろした。

「あなたがどなたであり、なぜここへいらしたかも、存じています」とグレラは、やわらかなソプラノで口をきった。

フィデルマは、ちょっと冷やかすような微笑を浮かべつつ、この器量のいい女性を眺めて、それに応じた。

「でしたら、私の仕事はその分やりやすくなります」

司書尼僧はちょっと眉を吊りあげたが、別に何も言いはしなかった。

「ロス・アラハーの修道院で、もう長いこと司書をしておいでですか？」

グレラはこのような質問をまず受けようとは、予期していなかったようだ。彼女はちょっと眉をひそめた。

「私はここで、ラウァー・カマダッハ（書籍管理者）を八年、勤めております」一瞬ためらいを見せたものの、彼女はそう答えた。

「それ以前は？」と、フィデルマはさらに問いかけた。

「この修道院には、おりませんでした」

単にこの司書尼僧の背景を知っておきたいというだけの質問だったのだが、用心深い躊躇《ちゅうちょ》を相手の声に聞きとり、フィデルマはなぜだろうと不審を覚えた。

「そうすると、よほど立派な推薦をお受けになったのですね、この修道院で教育を受けたわけでもないのに、ここの書籍管理者という重要な地位にお就きになったのですから」

グレラ修道女は、左手を打ち振って、その指摘を払いのけた。

「私は、セイ（司書の位の一つ）の資格を持っています」

セイの資格は、修道院の学問所で六年間学び、一般的な学問のみならず、文書に関する専門的な知識を持つ者のみに授けられる学術的資格であると、フィデルマも承知していた。

「どこで学ばれたのですか？」ごく自然な好奇心からの問いであった。

ふたたびグレラ修道女に、わずかに躊躇の気配がのぞいた。それから、意を決したらしい。

「福者コロムキルが設立なされた、キャーラの修道院として知られている僧院においてです」

フィデルマは、一瞬呆然として、グレラをまじまじと見つめた。

「オスリガのキャーラですか？」

「ほかのキャーラなど、存じませんけれど」非難がましい響きの返事だった。

「では、オスリガ国の出身なのですか？」モアンとラーハンという二つの大国の国境に位置するこの小王国は、今回の調査を進めるフィデルマの行く手に、絶えず出現するようだ。オスリガ小王国とこのロス・アラハーの修道院との関わりが、これまでに何回浮かび上がってきたことか。フィデルマには、信じがたいほどだった。

「そうです」と、グレラ修道女は認めた。「そのことが、あなたのご任務と、どう関係するのか、私にはわかりかねますが。ブロック院長は、あなたはドーリィー〔法廷弁護士〕であり、〝ファールナのダカーン〟の死を調査なさるために当地においでになったのだと、おっしゃいました。でも私の生地や資格は、その件とはまったく関係ありませんでしょ？」

フィデルマは、深く考えこみつつ、相手をじっと見つめた。

グレラは緊張をみせ始めた。額の白い肌に、静脈が青く浮きだした。唇がかすかに震え、顔の筋肉が引きつっているようだ。すんなりとした片手で、首に掛けた銀の磔刑像十字架《クルシフィックス》を神経質そうにまさぐっている。

「尊者ダカーンは、かなりの時間をこの図書室で過ごしておられた、と聞いていますが」とフィデルマは、グレラ修道女の抗議には構わず、ダカーンに関する質問に移った。

「あの人は、学者でした。ロス・アラハーへ見えた目的は、研究でした。ほかのどこで、時間を過ごされましょう？」

「ダカーンは、どのくらい、こちらに滞在しておられました？」

「もちろん、院長がお話しになったのでは？」

「二ヶ月ですね」とフィデルマは、自分で補った。この一見陽気そうな司書尼僧は、進んで協力はしそうにない。守りの堅い彼女の口からなんらかの情報を引き出すには、よほどうまく質問しなければならないようだ、とフィデルマは気がついた。「そしてその二ヶ月の間、ダカーンはほとんどの時間を図書室での研究に費やしておられた。何を研究していらしたのでしょう？」

「ダカーンは、歴史学者でした」

「彼の学識には、非常に尊敬が払われていました。そのことは、承知しています」と、フィデルマは辛抱強く答えた。「でも、ここで、どういう書物を研究しておられたのでしょう？」

「閲覧される書物は、学者と司書の問題です」グレラの答えは、いたって素っ気なかった。

フィデルマは、自分の権威を持ち出さねばなるまい、と悟った。

「シスター・グレラ」というフィデルマの声は、囁くように低かった。それを聴きとるために、グレラは椅子から身を乗り出さねばならないほど、静かな口調だった。「私は、殺人事件を捜査しているドーリィー、法廷弁護士です。アンルーつまり上位弁護士という資格も持っております。これは、私が質問する必要があると考えるなら、それが誰であろうと、私には訊ねる権利があり、相手はそれに答える義務がある、という地位です。あなたはセイという司書資格を持っているからには、このような義務のことも十分に知っているはずですね。私が訊ねる質問に、曖昧な言い抜けをこれ以上続けることは止め、はっきりと答えてもらいます」

グレラ修道女は、フィデルマの声が鋭さを増すと、はっと背筋を伸ばし、身を固くして坐りなおした。彼女は目を少し大きく見開き、隠しきれない怒りがきらめく目で、若いフィデルマを見つめた。グレラがこのようにあからさまに非難されつけていないことは、赤い血の色が頬に広がったのを見ればわかる。彼女は音を立てて息をのんだ。

「ダカーンは、ここでどういう本を研究しておられましたか？」とフィデルマは繰りかえした。

「ダカーンが……彼が興味を持っていたのは、私どもの蔵書の中でも、歴史でした……オスリガ小王国の歴史です」

またもや、オスリガだ！　フィデルマは、今は無表情な仮面となったグレラの顔を、じっと見つめた。

「オスリガ？　コルコ・ロイグダの土地に建つこの修道院が、なぜ遙か彼方の王国に関する書物を、大量に所蔵しているのです？」

グレラ修道女の口許が、このとき初めて優越感に歪んだ。そのせいで、顔付きが意地悪く変わった。

「どうやら、法律に関する資格をお持ちであっても、この国の歴史については、何もご存じないようですね、〝キルデアのフィデルマ〟殿」

フィデルマは顔色を変えもせずに、ただ軽く肩をすくめた。

「ほかの人の専門に関しては、誰でも初心者です。私は、法律で十分。歴史の研究は歴史学者にお任せします。この問題について、私が知っておくべきことがあるのでしたら、その知識を教えてください」

「二百年前、オスリガ小王国にロンガという族長がいました。彼はこのコルコ・ロイグダ小王国を訪れた折に、リアダーンというこの地の族長の娘に会い、しばらくの間、この沿岸の島の一つで彼女と暮らしていたのです。二人の間に、キアラーン(2)という息子が生れました。のちに、アイルランドにおけるキリスト教の偉大なる使徒となられた方です」

フィデルマは、グレラの物語に、注意深く耳を傾けた。

「福者キアラーンの生誕伝説は、聞いたことがあります。ある夜、キアラーンの母上が眠っておいでの間に、星が一つ空から降ってきて、口から体内に入った。そして母上は懐妊された、という話でしたっけ」

司書は憤然とそれを否定した。

「語り部たちは、空想でもって物語を飾り立てるものです。でも、いま言いましたように、キアラーンの父上は、オスリガのロンガであった、というのは真実です」

「あなたに異を唱えているわけではありませんわ」とフィデルマは、彼女を宥《なだ》めた。「ただ、アイルランドの偉大な使徒がたについては、いろいろ伝説が語られている、というだけです」

「私は、オスリガとコルコ・ロイグダとの関係を説明しているところです」と、グレラの答えは不機嫌だった。「本当にお知りになりたいのですか？」

「では、先を」

「キアラーンは成人の年齢に達すると、すでに父上は亡くなっておられたので、まず父上の生地であるオスリガ小王国の人々をキリスト教に改宗させようと、その地へと旅立たれました。二百年前のその当時、多くの人々はまだキリストのお言葉に触れたことがなかったのです。彼はオスリガ小王国の人々をキリスト教に改宗させ、それでオスリガの守護聖人として知られるようになりました。もっとも、修道院を設立なさったのは、国境の少し北のサイアという土地でした。彼が〝サイアのキアラーン〟と呼ばれるのは、そういう事情からです」

フィデルマも、このことはよく承知していた。だが、ここでは口をつぐんでおくことにした。

「キアラーンの父上はオスリガの出で、母上はコルコ・ロイグダの方だった、という点は、わかりました。ダカーンが調べていたのは、そのことだったのですか？　つまり、キアラーンの生涯についてだったのですか？」

「問題は、次の事情にあるのです。キアラーンがオスリガへキリスト教を布教にいらしたとき、コルコ・ロイグダから大勢の信者を連れてこられました。未亡人となられた母上のリアダーンも、その一人で、のちにサイアの近くに、女子修道院を建てられました。キアラーンの親友で肉親でもあるクークラード・マク・ディーもこの信奉者の中にいまして、キアラーンは異教徒のオスリガ王を敗退させたあと、その王位に、このクークラードを据えたのです」

フィデルマの、興味は次第に搔き立てられてきた。

「では、それ以降オスリガの歴代の王は、このコルコ・ロイグダの族長たちと同じ家系に属するわけですね?」

「そのとおりです。二百年もの間、オスリガ小王国は、コルコ・ロイグダの族長一族によって支配されてきたのです。この支配権は不当であると、しばしば考えられてきました。過去百年間にも、寝ている間に殺されたフェラダッハをはじめ、コルコ・ロイグダ出身の王が何人も、オスリガ人によって暗殺されています」

「サルバッハの従兄のスカンドラーン王も、やはりコルコ・ロイグダの出身ですか?」

「いかにも」

「今もなお、王位継承の紛糾が続いていると?」

「オスリガ人が自分たちと同じ血が流れる王をふたたび王座に迎えるまで、紛糾は常に続きましょう」

グレラの声には、激したものがかすかに認められた。それがフィデルマの注意をひかずにすむはずはなかった。

「ダカーンがオスリガとコルコ・ロイグダの関係に関心を持って調べていたのは、そのためだったのですか?」

ふたたびグレラはさっと守りを固めた。

「ダカーンはオスリガとその王たちの歴史に関する文書を研究していた――私の知っているのは、それだけです」

フィデルマは苛立って、深い吐《と》息《いき》をついた。

「どうでしょう、こう考えることは、理屈に合っていますか？　ダカーンは、ラーハン王国の人である。ラーハンはオスリガに対する支配権を長年要求してきた。おそらくラーハンは、もしもオスリガ系の王たちがキャシェル（モアン王国）ではなくラーハンに忠誠を誓うことにするなら、オスリガ人の本来の王の末裔《まつえい》をふたたび玉座に据えるのに手を貸してやってもいい、と考えた。つまり、オスリガの本来の王家の復位を助けてやることによって、オスリガ小王国に対する宗主権を、モアンから奪いかえせるかもしれない、と考えた。ダカーンがオスリガ王統の歴史に関心を持っていた理由は、これだった、とは考えられませんか？」

グレラの頬が赤らみ、唇がきゅっと結ばれた。

フィデルマは気がついた、自分の今の推論は正しかったのだ、グレラはあの老学者が何を探《さぐ》っていたのか、はっきりと知っていたのだ、と。

「ダカーンは、ラーハン王国の新王フィーナマルによって、あるいは兄でありラーハンの新王の私的な顧問でもある〝ファールナのノエー〟修道院長によって、オスリガ王統に関する情報を集めるようにと、このロス・アラハーにおくられてきた――オスリガ小王国に関する問題を大王《ハイ・キング》の〈大集会〉において、コルコ・ロイグダ側に、つまりはキャシェル側に、突きつける材料としようと。きっと、そういうことなのでしょう？」

グレラは黙《もだ》したまま、挑むようにフィデルマを凝視している。

フィデルマは、突然、この司書尼僧に微笑みかけた。

「あなたは、このコルコ・ロイグダにおいて、少し難しい立場ですね、グレラ。自国の歴史を知るオスリガ出身の女性として、廃位を強いられてきたオスリガ人の王たちへの支援を、定めし心に抱いておいでなのでしょうから。ともかく、これで尊者ダカーンがロス・アラハーへやってきた理由が明確になってきました。となると、ダカーンはなぜ殺されたのか？　この知識をラーハンへ持ち帰らせないためだったのでしょうか？」

グレラ修道女の表情は、変わらなかった。

「さあ、話してください、グレラ」と、フィデルマは促した。「我々は誰しも自分の意見を持つ権利があります。あなたは、オスリガの女性です。かならず、この政情について自分の意見を持っているはずです。もしあなたがオスリガ系の本来の王の復位を支持しているのであれば、ダカーンを殺害する動機はあなたにはない、ということにもなります」

突然、グレラの目に怒りが閃いた。

「私が？　私がダカーンを殺す？　なんということを……」彼女は唇をかみ、怒りを抑えようと努めた。その上で、静かに言葉を続けた。「ええ、もちろん、意見は持っています。キアラーンがなさったことは、後世への遺産として、そののちの私どもオスリガ人の首に碾《ひ》き臼《うす》のように重く吊り下がっているのです。(3)でも私は、事態を変革しようとする人間ではありませんわ」

フィデルマは、椅子の背に寄りかかるように坐りなおした。彼女は、一歩前進したと思った。しかし、さらに多くの謎が出てきて、彼女を戸惑わせる。

「そこであなたは、大王《ハイ・キング》の御前での〈大集会〉においてラーハンの新王がオスリガの返還を要求できるようにと、そのための資料を集めていたダカーンに、必要な古文書を全て出してあげたのですね？」

グレラ修道女は、わざわざ答えるまでもないと、考えたらしい。しかしまた別の考えが、フィデルマの胸に閃いた。

「ダカーンは古文書を研究し、ラーハンに持ち帰る報告を文書にしたためていた。そうですね？」

「それはもう、申し上げました」

「では書き記していたはずの文章や覚書きなどを、ダカーンはどこに置いていたのでしょう？」

グレラ修道女は、眉根を寄せながら言った。

「多分、来客棟の自分の部屋にでは？」

「そこには、何も書かれていてないヴェラムが数枚と文房具類しか残されていなかった。私がこう言いましたら、意外に思われますか？　それから、もう一つ……」

そう言いながら彼女は、ダカーンの部屋の隅で見つけた棒の棒《ロッド》を、長衣《ローブ》の襞《ひだ》の陰からとり出した。

グレラはそれを受けとり、裏返したりしながら、刻まれている文字に目を凝《こ》らして、フィデルマに告げた。

「これは、〝モガンの唄〟の一部です。モガンは、コルコ・ロイグダの人間として最初にオスリガ王となったクークラード・マク・ディーの娘です。この唄は、オスリガ人の本来の王たちの系譜の中に挿入されていたものです。紛失していたとは、気がつきませんでしたけど」

そう言うと、彼女は立ち上がり、部屋の奥へ行って、〝モガンの唄〟が収納されていた鞄をとり出し、中に入っているいくつかの〈詩人の木簡〉の束を調べ始めた。彼女はその一つに目をつけ、その束を紐解くと、すぐに舌打ちをした。

「そうです。これは、この束の中の一本です」

「この文体は、変わっていますね。系譜というより、むしろ遺言のようですが」と、フィデルマは指摘した。

グレラは、ぎゅっと目を細めた。

「オガムをご存じなのですか？」と、グレラは鋭くフィデルマに問いかけた。

「知っていますわ」

「でも、これ、遺言などではありませんよ」グレラは挑むような口調で、そう答えた。「韻文に用いられる象徴的な文体ですわ」

「どうやらダカーンは、この〈木簡〉の束を自室に持ち帰って書き写し、いざ返却しようとしたときに、床にこぼれ落ちたこの一本を見逃して返却し損ねたようですね。彼は資料をよく自室に持ち出していたのですか？」

グレラは首を横に振った。

「例のないことです。ダカーンは、そのような研究態度をとってはおりませんでした。自分が何を調べているか、誰にも知られたくなかったのです。ですから、古文書を図書室から持ちだすことなど、ありませんでした。いつもは、いま私どもが坐っているこの部屋で、調べ物をしていました。ここは、司書尼僧としての私の執務室です。何一つ、この部屋から持ち出されることはありませんでした」

「それでは、ダカーン以外の何者かが、少なくともこの〝モガンの唄〟の中の一本を持ち出したことになりますね」と、フィデルマは指摘した。「そうでなければ、どうしてこれがダカーンの部屋から見つかるでしょう？」

「その質問、私にはお答えできませんわ」

「それに、ダカーンは覚書きやヴェラムの原稿など、いっさいここに置いていなかった、というのですね?」

グレラ修道女は、フィデルマの前に強《こわ》ばった姿勢で腰をおろした。

「はっきり申し上げます、私はこのことについては、何も知りません」

「商人のアシードを知っていましたか?」

この話題の変化があまりに急だったので、グレラ修道女は答える前に、フィデルマにもう一度質問を繰りかえしてくれるよう、問いなおさねばならなかった。

「ダカーンが亡くなった日の夕食のとき、アシードを見かけました。その人が、この件にどう関わっているのです?」と、グレラは問い返した。

「ダカーンがアシードと面識があった様子に、気がついていましたか?」

グレラの顔には、なんの反応も浮かばなかった。

「アシードはラーハンから来た男です。ラーハン王国では、ほとんどの人間は、ダカーンを知っています。少なくとも、その名声を聞いています」

「ダカーンの死を直接ラーハンの都ファールナに伝えたのはアシードであったと、私は信じています」と、フィデルマは先を続けた。「ダカーンの死の情報は、ファールナに速やかに伝えられた。沿岸航路をゆく船足の速いバルクでなければ、ごく短期日のうちにこの情報をファールナの王宮にもたらすことは、できなかったはずです」

「私には、その点、なんとも申し上げられません」

「では、ダカーンの書き物はアシードが持ち去ったのかもしれない、という点については、どうです？」

「アシードが盗んだとおっしゃるのですか？」と、グレラは反問した。驚いた様子も激怒の色もない。

「あり得《う》る解釈です」

「多分、あり得ましょう」と、グレラ修道女は認めた。「でも、そうすると、アシードがダカーンを殺害したと仄めかしておいでになる、ということになります」

「そのような結論にまでは、まだ達しておりませんよ」

そう言うと、フィデルマは椅子から立ち上がった。

グレラ修道女は、無表情に彼女を見守った。

「そのような解釈は、キャシェルの王が責任という釣り針から身を振りほどいて逃れるには、都合がいいことでしょうね」

フィデルマは、かすかに笑みの浮かぶ顔で、グレラを見下ろした。

「どのように？」

「もしダカーン殺しの犯人がラーハンの者であれば、ラーハン王国はダカーンの〈名誉の代価《オナー・プライス》〉として、オスリガ小王国をモアン王国に要求できないことになりますから」

「まさに、そのとおりです」とフィデルマは、重々しく同意した。

そう言うとフィデルマは、まだ椅子に坐ったままのグレラ修道女に背を向け、吐息とヴェラムのページを繰るかすかな音と紙面を走る羽根ペンのかすれたきしりしか聞えない図書室の静寂の中を、引きかえした。

書物の収納鞄が吊るされている〝本棚〟の列の間に、フィデルマの目はちらりと気になる人影を捉えた。明らかに、フィデルマに見つかりたくない素振りだ。それがかえって、彼女の注意を惹いたのだ。単に何か調べ物をしている人物であれば、彼女の注意をひきつけることはなかったろう。だがその人影は、読書に夢中になっている素振りを、あまりにもあからさまに見せている。フィデルマに二度目の一瞥を投げかけさせるに十分な奇妙さだ。まあ、その人物がそれほどフィデルマに見つかりたくないのであれば、フィデルマも自分が気づいたことを、その人物に気づかせないほうがいいだろう。

その人影は、あの熱心な若い修道女ネクトであった。

蠟燭の灯った仄暗《ほのぐら》い図書室の外へ出てみると、天候は変わっていた。突如、西の空から、嵐もよいの群雲《むらくも》が、烟《けむ》るような時雨《しぐれ》をともなって、次々と押し寄せ始めていた。

フィデルマはそっと呻《うめ》き声をもらし、来客棟へ向かって足を速めた。

入り口の広間の大きな炉には、すでにルーマン修道士の配慮で火が入っており、穏やかに燃えていた。なんと、ありがたい。外は、本当に意気阻喪するような惨めさだったから。フィデルマは、エシュタン修道女と子供たちはもう戻っているだろうかと気にしながら、彼らの部屋へ向かった。扉は開いたままだ。中は、無人だった。

フィデルマは、一瞬、下唇をかんだ。子供たちが部屋にいなかっただけではなく、彼らがそこを使用していた痕跡すら、残っていないことに気づいたのだ。

フィデルマは眉をひそめながら、執事のルーマン修道士が執務室としている部屋へと、廊下を急いだ。丸々と肥った修道士は、ブランダヴの遊戯盤を前に坐っていた。駒の動きに、頭を絞っているらしい。

フィデルマが扉をノックするのももどかしく部屋へ入ってゆくと、修道士はびっくりして彼女を見上げた。

「ああ、フィデルマ修道女殿」と彼は、顔に皺を寄せて微笑みかけ、視線を盤に戻した。「約束どおり、私に一勝負挑もうと、お出でになったので?」

フィデルマは、急いで頭を振って、それを否定した。

「それは、またいずれ、ブラザー・ルーマン。それよりも今は、子供たちの行方のほうを気にしています」

「子供たちの?」

「レイ・ナ・シュクリーニャの子供たちです」

彼の笑みくずれた顔が、今度は戸惑いの顔へと変わった。

「おや、子供たちなら、昼食のあと、ミダッハ修道士のところへ連れて行かれましたぞ。あの子らが出発する前に、お会いになりたかったのですかな?」

「出発? どこへ?」

「子供たちに疫病の兆候がないか、最終的に確認するために、ミダッハ修道士が診察なさって、そのあと、海岸沿いに建っている孤児院へアーブナット修道女が連れて行くことになりましてな。マルア修道士が信仰厚い尼僧で女房のアーブナットと二人で営んでいる施設でしてね。もう出発したと思いますよ」

「全員、出ていったのですか?」

「そうだと思いますが。ミダッハ修道士が知っておりましょう」

フィデルマは、心急かれるままに、自分でそうと気がつく間もなく、修道院の主席医師を探そうと、足ばやに歩きだしていた。

ミダッハ修道士は、医師という言葉がふつう連想させるであろう容姿とは、違っていた。むしろ、丸まるとした顔立ちの芸人を思わせた。だが、その顔には笑い皺がいっぱい刻まれていて、医師は皆ユーモアの持ち主だという、なんとなくフィデルマが抱いている先入観には、ちゃんと合っている。髪はかなり薄くなりかけているので、彼の剃髪がどこから始まっているのか、どこが自然の禿頭なのか、見定めがたい。唇は薄く、目は温かな褐色で、ユーモラスなきらめきがのぞいている。髭剃りには無頓着らしく、あちこちに剃り残しが見える。

フィデルマは、扉を叩きもせずにミダッハの部屋に入っていった。医師は一人だった。何種類かの薬草を調合していたらしい。彼は顔をしかめて、視線を上げた。

「〝キルデアのフィデルマ〟と申します」と、彼女は話しかけた。

医師は、答える前に、しばらく彼女をしげしげと見つめた。しかし、手は休みなく作業を続けている。

「同僚のトーラ修道士が、あなたのことを話しておりました。トーラをお探しですかな？」

「いいえ。あなたが、今日の午後、レイ・ナ・シュクリーニャの子供たちを診察されたと聞きました。そうなのですか？」

医師は、褐色の茂みのような眉を吊り上げた。

「そのとおり。子供たちはマルア修道士の許で面倒をみてもらうのが一番よかろうと、院長が考えられましてな。海岸のほとりに孤児院を開いている人物です。アーブナット修道女が、子供たちをそこへ連れてゆくように命じられました。私も、子供らが連れてゆける状態にあるかどうかを診察するよう、頼まれたのです」

フィデルマの顔に、失望の色が浮かんだ。

「では、みんな行ってしまったのですね？」

ミダッハは乳鉢の薬草を乳棒ですり潰す作業に気をとられていて、上の空で頷いた。

「ここには、子供らのための施設が何もありませんからね」と、彼は呑気な口調で続けた。「二人の女の子たちは、申し分ない健康状態でしたよ」と、彼は微笑を浮かべた。「小さな男の子トラサッハのほうも、ほかの男の子たちの間で暮らすようになれば、みるみる幸せになっていくでしょう。そう、子供らは、マルアの家で、ずっと幸せになりますよ」

フィデルマは、扉へ向かおうとした。そのとき、ふとためらって眉をひそめ、主席医師を振りかえった。

「二人の兄弟――ケータッハとコスラッハのことは、何もおっしゃいませんでしたね？」

ミダッハは乳鉢から顔を上げた。急にその目が暗く、測りがたくなった。

「二人の兄弟とは、なんのことですかな？　二人の姉妹なら――」

「黒髪の男の子たちです」とフィデルマは、もどかしげにさえぎった。

ミダッハは、もの憂げに、顔をしかめた。

「黒い髪の少年など、知りませんな。二人の女の子と、まだ幼い八歳ぐらいの男の子を診るように言われただけですからな」

「十四歳と十歳ぐらいの少年たちは、診察なさらなかったのですか？」

「まさか、ルーマン修道士が何か勘違いをしていた、少年があと二人、マルアのところへ送られるはずだった、と言われるのではありますまいな？　私はそんな少年たちなど、診てはおりませんぞ……」

フィデルマは、すでに来客棟へ急いで向かいつつあった。

ルーマン修道士は、フィデルマがふたたびつかつかと入ってきたのを見て、びっくりして立ち上がった。

「黒い髪をした二人の少年たち、ケータッハとコスラッハは？　あの子たち、どこにいます？」

ルーマン修道士は情けない顔をして彼女を見つめ、その視線をブランダヴの盤に落とした。駒がすっかり乱れている。もちろん、フィデルマが飛びこんできたのに驚いて、思わず立ち上がったときに、散らばってしまったのだろう。

「やれやれ、修道女殿、もう少し落ち着いてくだされ。私は、新しい攻め手をほとんど思いつこうとしていましたのになあ。実にいい手で……」

彼は口を閉ざした。その時初めて、フィデルマのただならぬ様子に気づいたのである。

「何か、ありましたかな？」

「二人の黒い髪をした少年たちはどこにいるのかと、お訊ねしているのです――ケータッハとコスラッハです」

ルーマン修道士は散らばった駒をゆっくりと集め、ブランダヴの盤上に並べつつ、話しだした。

「アーブナット修道女は、子供らをミダッハのもとへ連れてゆくようにと、言いつかっていましたよ。そして、もしミダッハが皆健康だと保証したら、アーブナットが子供たちを引き連れて、海岸沿いの道をとおって、マルアの家へ出かけることになっていました」

「ミダッハ修道士は、キアルとケラの二人の女の子と、八歳ぐらいのトラサッハという男の子しか診ていない、と言っています。ほかの二人の少年は、どうなったのでしょう?」

ルーマン修道士は、手にブランダヴの駒をいくつか持ったまま、煩わしげな顔をして、立ち上がった。

「その二人、本当にアーブナット修道女と一緒ではなかったのでしょうな?」と、彼はかなり疑わしげに問いかえした。

「ミダッハ修道士は、二人のことは何も知りませんでした」フィデルマは、苛立つ思いをあらわにして、それに答えた。

「では、勝手に隠れてしまったのですかな。我儘な、馬鹿なちび共だ。アーブナット修道女と一緒に出かけねばならなかったのに。となると、その二人をマルアの孤児院へ送りとどけるのに、第二陣を手配せねばなりますまい」

「あの子たちを最後に見たのは、いつでした?」

「覚えとりませんなあ。多分、サルバッハがここへやって来たときでしたろう。ああ、そうです、若い修道女のネクトが子供らの部屋で、ちび共と話をしていましたよ。ちびたちを孤児院へ送るようにとの院長様からの指示が届いたのは、そのすぐあとでしたよ」

「どこか、あの子たちが簡単に身を隠せるような場所がありますか？」と訊ねながら、フィデルマは、ケータッハがどんなにサルバッハを怖がっていたかを思い出していた。彼ら兄弟は、サルバッハが修道院から帰ってゆくのを、どこかに隠れて待っていた、ということだろうか？サルバッハはすでに立ち去ったことを知らずに、兄弟はまだ隠れ処《が》に身をひそめているのだろうか？

「隠れる場所なら、いくらでもありますわ」と、ルーマンは断言した。「でも、ご心配なく、修道女殿。もうすぐ晩禱《ヴエスパー》です。晩禱の鐘とひもじさにつられて、二人とも隠れ場所から出てきますよ」

フィデルマは、それほど確信をもてなかった。

「昼食の鐘は、あの子たちを誘い出してはくれませんでしたよ。エシュタン修道女にお会いになったら、私が話したがっていると、伝えてください」

ルーマン修道士は、ブランダヴの一人勝負のほうに気をとられながら頷くと、早くも盤上に駒を改めて並べ始めていた。

部屋に戻ると、フィデルマは疲れきって、寝台に身を横たえた。レイ・ナ・シュクリーニャからの子供たちは、彼女がこの事件を解決するまではこの修道院で預かっていて欲しいと、ブロックに言っておくべきだった。まさかブロックがこのように手早く子供たちを他所《よそ》へ移すとは、思ってもいなかった。一つ謎が解明されると、すぐにまた別の謎が立ち現れる。なぜケータッハ少年は、フィデルマに、自分と弟のコスラッハのことをサルバッハに言わないでくれと、懇願したのだろう？　そのあと、あの兄弟は、どうして姿を消したのか？　サルバッハは、インタットに対するフィデルマの訴えをとり上げるのに、どうしてあれほど気乗り薄だったのだ？　そして、これらの状況は、彼女がまず解明しなければならないはずのダカーンの死と、なんらかの関わりを持っているのだろうか？

両手を頭の後ろに組んで、仰向けに横たわりながら、フィデルマはもどかしい思いに、鼻を鳴らした。

これまでのところ、この調査で、何一つ筋が通った解釈には行き当たっていない。むろん、二つほど、突きつめてゆく価値がありそうな仮説がないことはない。しかし、老ブレホンのモラン師は、全ての証拠を把握する前に仮説を立てることを、戒《いまし》めておられた。師のお好きな諺があったではないか。〝牝牛の乳を搾る前に、チーズを作ろうとするなかれ〟だ。そうは言っても、フィデルマは、痛いほど鋭く自覚せずにはいられなかった、刻々と恐ろしい速さで経過しつつある自分の最大の敵を――〝時〟の流れを。

今、モアン王国の国王となった兄コルグーは、どのような思いを胸に抱えていることだろう。フィデルマは、兄のことも、気がかりでならなかった。

崩御された先王、彼ら兄妹の叔父であるカハル・マク・カヒルを悼む暇は、ほとんどなかった。今なすべき最重要事は、さしせまっている戦争の危機を回避することだ。そしてその責任は、全面的に彼女の肩にかかっている。

フィデルマは、ふたたび〝サックスムンド・ハムのエイダルフ〟が今かたわらにいてくれたら、と願っている自分に気がついた。自分の考えや疑念を、一緒に論じあえるだろうに。だが、そのような思いに、後ろめたさも覚えるのだった——どうしてだか、よくわからないが。

突然、来客棟の正面入口の扉が激しく開閉する音がして、彼女は身を起こした。重い足音が階下の石敷きの廊下を駆けてきて、二階へ上ってくる。この種の足音は、決して朗報ではあるまい。足音はすぐに彼女の部屋までやって来て、扉の前で止まった。そのときには、フィデルマはもう寝台から跳ね起きて、扉を前にして立っていた。

申しわけに扉を叩き、それを押し開けて入ってきたのは、カースであった。駆けつけてきた彼の息づかいは、荒かった。

彼は部屋の中央でぴたりと止まり、肩を激しく上下させながら、フィデルマの前に立った。

「シスター・フィデルマ!」彼は、息を整えるため、そこで言葉をきらねばならなかった。

フィデルマは、若い戦士を何がこうも興奮させているのか訝《いぶか》りながら、彼をじっと見守った。そして、素早く判断した。このような状態でここに到着したことから見て、カースは、歩きにくい道を、かなりの距離、走ってきたに違いない。彼のような戦士は、そう簡単に息をきらしたりしないものだ。

「さあ、カース」フィデルマは静かに問いかけた。「どうしたというのです？」

「エシュタン修道女です。彼女が、発見されました」

フィデルマは、彼の目に浮かんでいるものを読みとった。

「遺体で、発見されたのですね？」彼女は、そっと訊ねた。

「そうです！」カースが厳しい面持ちで、それを肯定した。

訳　註

第一章

1　キルデア＝現在のアイルランドの首都ダブリンの南に位置する地方。聖ブリジッドによって建てられたとされる女子修道院で有名。

2　聖ブリジッド＝四五三？～五二五年頃。ブリギット、ブライドとも。アイルランドで聖パトリックに次いで敬慕されている聖職者。若くして宗門に入り、めざましい布教活動を行なった。アイルランド最初の女子修道院をキルデアに設立。アイルランド初期教会史上、重要な聖女。詩、治療術、鍛冶の守護聖者でもある。
　フィデルマはモアン王国の人間であるが、ラーハン王国のキルデアに建つ聖ブリジッド修道院に所属して、ここで数年間暮らしていたため、〝キルデアのフィデルマ〟修道女と呼ばれる。

3　キャシェル＝現在のティペラリー州にある古都。町の後方に聳《そび》える巨大な岩山〈キャシェルの岩〉の頂上に建つキャシェル城は、モアン（マンスター）王国の王城であり、のちには大司教の教会堂ともなって、古代からアイルランドの歴史と深く関わってきた。現在も、この巨大な廃墟は、町の上方に威容を見せている。このシリーズの主人公フィデルマは、数代前のモアン王ファルバ・フランの娘であり、このあと間もなくモアンの王となる兄コルグーと共に、このキャシェル城で生れ育った、と設定されている。

4　アイルランド五王国＝あるいはエール五王国。原文では、ほとんど〝アイルランド五王国〟が使われているので、混乱を避けて、訳文は以下、アイルランド五王国に統一する。七世紀のアイルランドは、五つの強大なる王国、すなわちモアン（マンスター）、ラーハン（レンスター）、オラー（アルスター）、コナハトの四王国と、大王《ハイ・キング》が政《まつりごと》を行なう王都タラが存在する大王領ミースの五王国に分かれていた。〝アイルランド五王国〟は、アイルランド全土をさす時によく使われる表現。またマンスター、レンスター、アルスター、コナハトの四王国は、大王を宗主に仰ぎ、大王に従属するが、大王位に就くのも、主としてこの四王国の国王であった。

5　モアン王国＝現在のマンスター地方。古代アイルランドの五王国中、最大の王国。

6　古くからの伝統の教育＝七世紀のアイルランドでは、すでにキリスト教が広く信仰されており、修道院を中心として新しい信仰と共に入ってきたキリスト教文化やラテン語による新しい学問もしっかりと根付いていた。しかしその一方で、アイルランド古来の文化である独自の学問や教育も、まだ明確に残っていた。その古い伝統を残した社会では、女性も、多くの面で男性とほぼ同等の地位や権利を認められており、男女共学の最高学府で学ぶことができ、高位の公的地位に就くことさえできた。古代・中世のアイルランド文芸にも、このような古代アイルランド社会の女性の地位をうかがわせる描写がよく出てくる。最高の教育を受け、ドーリィー〔弁護士〕の中でもアンルー、すなわち〝上位弁護士・裁判官〟という高い公的資格を持ち、国内外を舞台に縦横に活躍するこの《修道女フィデルマ・シリーズ》の主人公、尼僧フィデルマは、むろん作者が創造した女性ではあるが、決して空想的なスーパー・ウーマンといった荒唐無稽な存在ではなく、実際にあり得た女性像なのである。

フィデルマは、キルデアの聖ブリジッド修道院で新しい教育、つまりキリスト教文化の教育を受け、神学、ヘブライ語、ギリシャ語、ラテン語等の言語や文芸にも通暁しているが、その一方、アイルランド古来の文化伝統の中でも、恩師〝タラのモラン〟の薫陶を受けた〈ブレホン法〉の学者であり、それもきわめて高位の資格を持つ法律家なのである。

7　ブレホン＝古いアイルランド語で、ブレハヴ。古代アイルランドの〝法官、裁判官〟で、〈ブレホン法〉に従って裁きを行なう。彼らは非常に高度の専門学識をもち、社会的に高く敬われていた。ブレホンの長《おさ》ともなると、大僧正や小国の王と同等の地位にあるものとみなされた。

〈ブレホン法〉は数世紀にわたる実践の中で洗練されながら口承で伝えられ、五世紀に成文化されたと考えられている。しかし固定したものではなく、三年に一度、大王の王都タラにおける祭典の中の〈大集会〉で検討され、必要があれば改正された。〈ブレホン法〉は、ヨーロッパの法律の中できわめて重要な文献とされ、十二世紀後半に始まった英国による統治下にあっても、十七世紀までは存続していた。しかし、十八世紀には、最終的に消滅した。現存文書には、民法を扱う『シャンハス・モール』、刑法を扱う『アキルの書』（第七章訳註1参照）があり、両者とも、『褐色牛の書』に収録されている。

8 タラ＝現在のミース州にある古代アイルランドの政治・宗教の中心地。〝九人の人質取りしニアル〟により、大王の王宮の地と定められたとされる。遺跡は、紀元前二〇〇〇年よりさらに古代にさかのぼるといわれる。

9 アーマー＝アルスター地方南部の古都で、多くの神話や古代文芸の舞台となってきた。聖パトリックによって大聖堂が建立（四四三～四四五？年）され、その付属神学院は学問の重要な拠点となっていった。

10 ドゥルイド＝古代ケルト社会における、一種の〈智者〉。語源は、〈全《まった》き智〉を意味する語であったといわれる。あるいは、彼らの聖なる木である樫の古称ドゥルスに由来するとも。きわめて高度の知識を持ち、超自然の神秘にも通じている人とされた。アイルランドにおけるドゥルイドは、預言者、占星術師、詩人、学者、医師、王の顧問官、政の助言者、裁判官、外交官、教育者などとして活躍し、人々に深く崇敬されていた。しかし、キリスト教が入ってきてからは、異教、邪教のレッテルを貼られ、民話や伝説の中では〝邪悪なる妖術師〟的イメージで扱われがちであるが、本来は〈叡智の人〉である。

11 聖なるパトリック＝三八五～三九〇年頃の生れ。没年は四六一年頃。聖《セント》パトリック。アイルランドの守護聖人。ブリトン人で、少年時代に海賊に捕らえられて六年間アイルランドで奴隷となっていたが、やがて脱出してブリトンへ帰り、自由を得た。四三二？年アイルランドに戻り、アーマーを拠点としてキリスト教を伝え、多くのアイルランド人を入信させた。

12 泥炭＝薪や石炭に乏しいアイルランドで用いられていた燃料。ピート。アイルランドでは、ターフと呼ばれている。夏に、泥炭湿地で切り出した泥炭の塊《かたまり》を、そのまま天日で乾燥させ、夏の終わりに家に運んで、一年分の燃料とした。

13 オーン＝〝輝かしきオーン〟、オーエンとも。アイルランド南部に強大な勢力を確立し、モアン王国のオーガナハト王家の祖とされる。

14　ファルバ・フラン＝モアンのオーガナハト王統の一員。六二二（六二八とも）～六三三年に在位。《修道女フィデルマ・シーズ》においては、コルグーとフィデルマ兄妹の亡父という設定になっている。

15　キャシェルの王＝すなわちモアン王。キャシェルはモアン王国の首都であるが、モアン王国の王をキャシェル王と称することも多い。これは他の王国においても同様で、隣接する大国ラーハン王国の王も、その首都の名を冠して、よくファールナ王と呼ばれる。

16　ラーハン＝現レンスター地方。モアンと絶えず対立関係にある強大王国。

17　ファールナ＝ラーハン王国の首都。〝榛《はしばみ》の木（ハンノキ、オールダー）の繁る土地〟の意。現在のウェクスフォード州のファーンズの町。

18　ノーサンブリア王オスウィーの王宮で……＝《修道女フィデルマ・シリーズ》の第一作、*Absolution by Murder* で描かれている事件への言及。

19　ローマにおけるご活躍ぶり＝《修道女フィデルマ・シリーズ》の第二作、*Shroud for the Archbishop* で描かれている事件への言及。

20 〈黄金の首飾り戦士団《ゴールデン・カラー》〉＝古代アイルランドでは、四王国の王や、その上に位置する大王《ハイ・キング》はもちろん、さまざまな規模の小王や族長たちも、それぞれ精鋭戦士団フィアナを抱えていた。これらの中でもっとも有名なものは、無数の英雄伝説においても活躍するアルスター王直属の〈赤枝勇士団〉や、大王コーマック・マク・アルトに仕えた、フィンを首領とする〈フィニアン勇士団〉である。一八六七年の独立運動におけるフィニアンの蜂起や、現在の政党フィアナ・フォールの名称も、これに由来する。この〈黄金の首飾り戦士団〉も、マンスター王に仕えた、実在の由緒あるエリート戦士団であった（著者トレメイン氏の教示）。

21 コロムキル＝五二一？～五九七年。しばしば〝アイオナのコロムキル〟、あるいは〝アイオナのコロンバ〟と呼ばれる。アイルランドの聖人、修道院長。王家の血をひく貴族の出。デリー、ダロウ、ケルズなどアイルランド各地に修道院（三十七箇所とも言われる）を設立したが、五六三年、十二人の弟子と共にスコットランドへ布教に出かけた（一説には、修道院内の諍《いさか》いの責任をとっての出国とも）。彼はスコットランド王の許可を得て、その西岸の島アイオナに修道院を建て、三十四年間、その院長を務めた。さらにスコットランドや北イングランドの各地で修道院の設立や後進の育成などに専念し、あるいは諸王国間の軋轢《あつれき》を仲裁するなど、旺盛な活躍ぶりをみせ、その生涯のほとんどをスコットランドでおくった。とりわけアイオナの修道院は、アイルランド（ケルト）教会派のキリスト教とその教育や文化にとって重要な中心地となっていった。数々の伝説に包まれたカリスマ的な聖職者であり、また古代アイルランド文芸に望郷の思いを詠《うた》った詩を残す詩人でもある。祭日は、六月九日。〝コロムキルの島〟は、アイオナ島をさす。

22 〈黄色疫病《イエロー・プレイグ》〉＝黄熱病《イエロー・フィーバー》。きわめて悪性の流行病で、よく肌や白目が黄色くなる黄疸症状をともなうため、アイルランドではブーイ・コナル〔黄色のぶり返し〕と称された。五四二年、エジプトで発生し、商船によってヨーロッパへ伝播して猛威をふるい、五四八～五四九年にはアイルランドにまで及んだ。アイルランドは、五五一～五五六年に、とりわけはなはだしい大流行にみまわれた。

　六六四年に、ヨーロッパは再度この疫病の猛威にさらされ、一説によればヨーロッパの人口の三分の一が失われたという。アイルランドでも、六六四年から八年にかけて、全人口の三分の一が死亡したと見られる。大王や諸国の王たち、高名な聖職者たちも、大勢この疫病に斃《たお》れた。より安全な地域への脱出を求める人々も多く、コルマーン僧正が弟子を連れてモアンを去ったのも、この疫病からの逃避行であった、とも言われる。その一方、アーマーの修道院長オルトーンのように、〈黄色疫病〉にかかりながらも回復し、人々の救済に献身した人々もいた。オルトーンは両親を失った子供たちのために孤児院を設立し、先端に小さな穴を開けた牛の角に牛乳を入れ、それを飲ませて乳飲み子たちを育てた、と伝えられる。

　この六六四～六六八年のアイルランドにおける猖獗《しょうけつ》期が、六六五年に時代を設定した

本書『幼き子らよ、我がもとへ』の背景である。（『ブレホン』誌に掲載されたトレメイン氏の「黄色疫病」その他より）

23 大王《ハイ・キング》＝アイルランド語では、アルド・リー。〝全アイルランドの王〞、あるいは〝アイルランド五王国の王〞とも呼ばれる。紀元前からあった呼称であるが、強力な勢力を持つようになったのは、二世紀の〝百戦の王コン〞、その子である三世紀のアルト・マク・コン、アルトの子コーマック・マク・アルトの頃。大王の確乎たる権力を掌握したのは、十一世紀初めの英雄王ブライアン・ボルーとされる。大王は、ミースの王都タラで、政治、軍事、法律等の会議や、文学、音楽、競技などの祭典でもあった〈タラの祭典〉（〈タラの大集会〉）を主催した。

しかし、アイルランドのこの大王制度は、一一七五年、英王ヘンリー二世に屈したロリー・オコナーをもって、終焉を迎えた。

24 〝アルドブラッカンの修道院長オルトーン〞＝？～六五七年。アイルランドの聖人、学者。ミースの大司教だったともいわれる。学問所の設立、貧しい学生への援助と教育、装飾写本の作成等、多方面で活躍した。聖ブリジッドの資料を集め、『聖ブリジッド伝』を著している。アーマーのオルトーンとは別人。

オルトーンという名前の聖者は数人いるが、その中でもっとも高名なのが、この〝アルドブラッカンのオルトーン〞。子供の守護聖人。祭日は、九月四日。

25　聖フィンバル＝五六〇？～六一〇？年。アイルランドの司教、福者、聖者。彼が修道院を設立したコークは、その後大きな町へと発展していった（現在のコークは、アイルランド共和国第二の大都市）。その後彼は近くの湖畔で隠遁生活を始めたが、そこへも大勢の学生が集まってきて、やがて有名な学院へと成長していった。聖職者として、また教育者として、高名。祭日は、九月二十五日。

第二章

1　〈詩人の木簡〉＝原文では、〈詩人の棒《ロッド》〉、あるいは〈オガム文字の棒〉。榛《はしばみ》、櫟《いちい》、ハコヤナギなどの細い板や枝、あるいは樺《かば》などの樹皮に、オガム文字を刻んだようである。これらを〈詩人の棒〉、〈オガムの杖〉と直訳しても書物としてのイメージが浮かびにくいので、形状はいささか異なるが、著者の了解を得て、本書の中では〈木簡〉という単語を使わせていただいた。

ただ、日本の〈木簡〉は主として実務的な用途に用いられていたかと思われるが、この古代アイルランドの木片は、学術、法律、文学等、広い分野にわたる古文書であった。また、オガム文字は、野外の石造十字架や石碑などにも、よく刻まれていた。〈詩人の木簡〉という、この古代の〝書物〟は、修道院の図書館などでは、本作品に描かれているように、一冊分をまとめて袋や鞄に入れ、壁の釘《ペッグ》の列に吊るされていた、と考えられている。

なお、古くは、詩人〔フィリヤ〕は学者でもあり、またさらに古くは、言葉の魔力をとおして超自然とも交信をなし得る神秘的能力を持った人でもあり、社会的に高い敬意や畏怖をもって遇された存在であった。

2 オガム文字＝石や木に刻まれた古代アイルランドの文字。三〜四世紀にもっとも発達したとも考えられている。オガムという名称は、アイルランド神話の中の雄弁と文芸の神オグマに由来するとされる。

一本の長い縦線の左側や右側に、あるいは横線の上部や下部に、直角に短い線が一〜五本刻まれる。あるいは、長い線をまたぐ形で、短い直角の線（あるいは、点）や斜線が、それぞれ一〜五本刻まれ、これら二十の形象が、オガム文字の基本形となる。この文字でもって王や英雄の名などを刻んだ石柱・石碑は、今日《こんにち》も各地に残っている。石柱や石碑の場合は、石材の角が基線として利用された。古文書には、かなり長い詩や物語もオガム文字で記されていた、との言及があるという。しかし、キリスト教とともにラテン文化が伝わり、ラテン語アルファベットが導入されると、オガム文字はそれにとって代わられた。

3 シャムローグを例に……＝シャムロック。聖パトリックがアイルランドにキリスト教を伝えたとき、足許に生えていたシャムロックを摘み取って、一本の茎に三枚の葉というその形態でもって三位一体の教義を説いた、という広く流布している伝説から、シャムロックはアイルランドの国花となっている。

聖パトリックの祭日の三月十七日に、国内外のアイルランド人はシャムロックか、何か緑色のものを身につけて、この聖者を祝う。ニューヨークの聖パトリック・パレードは有名であるが、近年日本でも、このアイルランドの祭日は祝われ楽しまれるようになっている。

4　三つの神格を一体として＝たとえば、神話・伝説でアイルランドに渡来した最初の人間たちとされるミレシアン（第八章訳註3参照）がアイルランドの島に上陸してすぐに出会ったデ・ダナーン神族の三人の女神、エリュー、バンバ、フォーラ、あるいは戦いと死の女神、モリガーン、バーブ、マッハ、工芸の三人の男神、クレーニャ、ゴブニュー、ラハタなど。

5　デルフィニャ＝血縁でつながれた集団やその構成員。デル（デルヴ）は〝真の、血のつながった〟を、フィニャは〝家族集団〟を意味する。男系の三世代にわたる〈自由民〉である全血縁者。あるいは、四世代、五世代、などと言及されることもある。

6　〈選択の年齢〉＝自《みずか》らの判断を許される年齢。男子は十七歳、女子は十四歳で、その資格を与えられた。

7 尊者《ヴェネラブル》＝法王庁が公認する尊称。福者《ブレッシド》（第四章訳註4参照）に列せられる前段階になる。

8 〈名誉の代価《オナー・プライス》〉＝ローグ・ニェナッハ。地位、身分、血統、資力などに応じて、慎重に定められる各個人の価値。被害を与えたり与えられたりした場合など、この〈名誉の代価〉に応じて損害を弁償したり、弁償を求めたりする。

9 コルコ・ロイグダ＝モアン王国の南西部。現在のコーク州バントリー湾に近い一帯に広がる小王国（大族長領）。

10 聖ファハトナ＝？〜六〇〇？年。アイルランドの聖者、修道院長。ロス・アラハーに修道院を設立。

11 ロス・アラハーの修道院＝聖ファハトナ修道院。六世紀に、コークの西のロス・アラハー（〝巡礼の岬〟の意。現ロスカーベリィー）に、聖ファハトナによって設立された。付属の神学院も有名であった。しかし現在は、わずかに僧院の石壁などが残るのみ。

12 弁償金＝〈ブレホン法〉の際立った特色の一つは、古代の各国の刑法の多くが犯罪に対して〝懲罰〟をもって臨むのに対し、〝償い〟をもって解決を求めようとする精神に貫かれている点であろう。各人には、地位、血統、身分、財力などを考慮して社会が評価した〝価値〟、あるいはそれに沿って法が定めた〝価値〟が決まっていて、殺人という重大な犯罪さえも、被害者のこの〈名誉の代価〉を弁償することによって、つまりは〈血の代償金《ブラッド・マネー》〉を支払うことによって、解決されてゆく。

この精神や慣行は、神話や英雄譚の中にも、しばしば登場している——たとえば、アイルランドの三大哀歌《エレジー》の一つといわれる『トゥーランの子らの運命』も、有力な神ルーの父を殺害したためにルーから過酷な弁償を求められたトゥーランの三人の息子たちがたどる悲劇を物語る。

13 カマル＝古代アイルランドにおける〝富〟を計る単位の一つ。牧畜国のアイルランドでは、貨幣（金、銀）ではなく、家畜や召使いを〝富〟を計る基準とし、シェードとカマルの二つの単位が用いられていた。一シェードは若い牝牛一頭分の価値、一カマルは六シェード、すなわち若い牝牛六頭分（乳牛であれば、三頭分）の価値となる。また、土地の広さを測る単位としては、一カマルは一三・八五ヘクタールとなる。

フィデルマの時代（七世紀中葉）には、貨幣も若干流通するようになってきていた。（第十九章の訳註4参照）

14 トゥリッド・スキアギッド＝語義は、〝楯による戦い〟。武器を用いず、楯で身を守る戦い方、武器を使わない護身術。《修道女フィデルマ・シリーズ》では、第五作『蜘蛛の巣』*The Spider's Web*（既刊）、日本ではまだ刊行されていない *Shroud for the Archi-*

bishop などに、出てくる。

第三章

1 〝サックスムンド・ハムのエイダルフ〟修道士＝現在海外で刊行されている《修道女フィデルマ・シリーズ》のほとんどの作品に登場する若いサクソン人。アイルランド（ケルト）教会派のフィデルマとは違ってローマ教会派に属する修道士ではあるが、常にフィデルマのよき助手、優れた協力者として行動し、彼女とともに謎を解明してゆく。このシリーズの中のワトソン役。

2 レイ・ナ・シュクリーニャ＝〝社《やしろ》の輪〟の意味で、現在のコーク州ロスカーベリィー郊外の丘に立つ有史前の環状列石《ストーン・サークル》に由来する地名。

3 〈猛り立つ闘争心《バトル・フュアリー》〉＝戦場や、何か激しい怒りをかき立てられた状況において、英雄や戦士たちが抑制のきかぬばかりの激情にとらえられる場面が古い文芸の中によく出てくるが、時には身体的変身（ねじれの発作など）も引き起こしてしまうようだ。古代長編叙事詩『クーリィーの家畜略奪譚』は、激昂した英雄クーハランの肉体に関して、古代アイルランド文芸ならではの、奇想天外なまでに大袈裟でユーモラスな、生きいきとした描写が登場する。

4　アイルランドふう十字架＝長い縦軸と短い横軸を十文字形に交叉させたローマ型十字架と異なって、アイルランド（ケルト）十字架は交差部分に円環を重ね合わせた形をしている。

第四章

1　彼の剃髪は……＝この時代、カソリックの修道士は剃髪をしていたが、ローマ教会派のものは頭頂部のみを丸く剃る形式であり、アイルランド（ケルト）教会派の剃髪は、ここに描写されているような形式で、〝聖ヨハネの剃髪〟とも呼ばれていた。

2　目には目を……＝『新約聖書』の「マタイ伝」第五章三十八節。〝目には目を、歯には歯をと言へることあるを汝ら聞けり〟。『旧約聖書』の「出エジプト記」第二十一章二十四節や、「レビ記」第二十四章二十節にも、〝目には目を、歯には歯を〟という言葉が出てくる。しかし「マタイ伝」のほうは、この後の三十九節で、〝されど我は汝らに告ぐ、悪しき者に抵抗《てむか》ふな。人もし汝らの右の頰を打たば、左をも向けよ〟というイエスの言葉が続く。

3　イータ＝？～五七〇？年。アイルランドで、聖ブリジッドに次いで敬愛されている尼僧、聖女。王家の出。宗門に入り、のちに西部のリメリックに小さな尼僧院を設立した。〝アイルランドの聖者たちの育ての母〟と称される。

4　福者《ブレッシド》＝法王庁が死者の聖性を公認した人物への尊称。のちに聖者《セイント》に公認されることが多い。しかし〈聖なる人〉という意味で、もっと広義に用いられることもよくある。たとえば、聖《セイント》パトリックも、ブレッシド・パトリックという呼ばれ方をすることがある。

第五章

1　聖書もギリシャ語で……＝ヘブライ語聖書のギリシャ語訳が、紀元前三世紀に現れて以来、西ヨーロッパでは長くギリシャ語が信仰の言語であった。やがて古ラテン語による聖書が現れ、四〇五年には平易なラテン語による完訳聖書（ウルガタ聖書）が出て、信仰の言語は次第にギリシャ語からラテン語に変わってゆく。アイルランドでは、フィデルマの時代、その過渡期にあった。

2　パブリリウス・シーラス＝紀元前一世紀頃のマイム作者で、マイム俳優。また、広く読まれていたストア哲学的な大部の格言集の著者とも言われている。

第七章

1 『アキルの書』＝優れた〈ブレホン法〉の法典。主として、身体、名誉、財産等に被害を与えた不法行為に関する法律を収録。

2 ムィル・ブレハ＝〈海に関する定め〉。すでに古文書自体は消失しているが、二点の古文献（*Di Chetharshlicht Athgabala* と *Cormac's Glossary*）の中で言及されているとのこと。主として、海や河口において、水中に流出、沈下した船荷に関する法律。しかし、〝裁判官は、海難や深海に関して、深く通暁していなければならない〟とも記されていたらしいので、海に関するさまざまな掟《おきて》を、広く扱っていたのであろう。

3 アナムハラ＝〈魂の友《ソール・フレンド》〉、〝心の友〟と表現されるような友人関係の中でも、さらに深く友情、信頼、敬意で結ばれた、精神的支えともなる唯一の友人。《修道女フィデルマ・シリーズ》のほかの作品中でも、よく言及される。

4 ブランダヴ＝〝ブラン〟は〝烏〟、〝ダヴ〟は〝黒〟。第八章に、このゲームが具体的に描かれているが、大王とそれを支える四箇国の王、さらにその臣下、という駒の構成は、チェスよりももっと具体的に、当時のアイルランドの政治的な勢力や政治機構を反映しているようで、盤上の覇権とそれを巡る戦略や闘争は、そのまま現実世界に重なる。単なるゲームではなく、王侯貴族の子弟たちに、兵法や政治手腕を教えこむ教育手段としての役割を果たしていた、というのも頷ける。

5　聖ブレンダン＝航海者ブレンダン。四八四？～五七七年頃。六世紀に、主としてアイルランド西部で活躍したアイルランド人聖職者。〈約束の地〉を求めて、弟子僧たちと航海を続けたとされる。この幻想的な島巡りの物語は、中世文芸に『聖ブレンダン航海記』を生んだ。また、アメリカ大陸を発見したのは、コロンブスではなく、このブレンダンであったとの伝承もある。祭日は、五月十六日。

6　聖エンダ＝あるいは聖エンナ。？～五三〇年頃。六世紀のアイルランドの聖者。各地に修道院を設立したが、特にアラン三島とは関わりが深く、その一つのイニシュモア島に設立された修道院には、多くの神学生が集まった。その遺跡が、今も島に残っている。祭日は、三月二十一日。

7　ウバザメ＝寒帯、温帯の海に生息する大型の鮫。海流に乗って、時どきアイルランドの西海岸にやって来る。漁師たちにとっては、食用や灯油用になくてはならない貴重な獲物であった。

ドキュメント映画の名作「アラン」（ロバート・フラハティ監督。一九三四年）は西海岸のアラン島の生活をほとんど科白《せりふ》なしで描出した作品であるが、その中にウバザメと木の葉のような小舟カラックに乗り組んだ数人の男たちの激闘シーンが描かれている。

8　コナハト＝古代アイルランド五王国の一つ。アイルランドの北西部を占める。古代叙事詩『クーリィーの家畜略奪譚』を始め、数々の英雄譚や伝説にしばしば登場する地方。現在の西部五州（ゴルウェイ、メイヨー、スライゴー、リートリム、ロスコモン）。

9　クロー・パトリック＝現メイヨー州にある二五一〇フィートの山。四四一年に、聖パトリックがこの山頂でアイルランド人のために四十日間断食を行ない、神に祈ったとされているため、アイルランドの聖地となっている。今も、毎年七月の最後の日曜に、多くの人々が巡礼にやってくる。

第八章

1　ケイリヤ＝〈自由民〉。古代アイルランド社会で、人々は〈自由民〉と〈非自由民〉の二種に大別された。〈自由民〉は、全て土地所有者で、財産（土地）の大小によって、〝最上位自由民〟から最小のオカイラ〔小農〕までの数段階の身分に区分されていた。

2　〈英雄の取り分〉＝宴《うたげ》の席で、ご馳走の肉料理の最上の箇所は、その場の最高の勇者に供される、という習慣。食べ物と限らず、最大の敬意が一座の中のもっとも秀でた人物に捧げられた。

〈英雄の取り分〉は、古代文芸の中にもよく表れるが、もっとも有名なのは、『ブリクリューの宴』であろう。ブリクリューは、アルスター伝説群の中で活躍する〈赤枝勇士団〉の一員であるが、毒舌家で、不和の扇動者である。この物語の中で、彼は自分の館の新築祝いに英雄たちを招くのだが、その中の優れた英雄たち、クーハラン、コナル・ケルナッハ、リアリィーの三人に、それぞれ秘《ひそ》かに〈英雄の取り分〉を約束しておき、宴席で彼らの間に争いが起こるようにと目論《もくろ》む。W・B・イエーツの韻文劇『緑の兜《かぶと》』(散文劇『黄金の兜』)でも、この物語が扱われている。

3　ミール・イーシュパン＝スペインのミール、ミレシウス、ミーリャとも。伝説によれば、古代のエジプトやスペインの王に仕えた一族の長《おさ》。彼の息子たちが率いるミレシアンたち(〝ミールに従う者たち〟)は、アイルランドに侵攻し、デ・ダナーン神族と戦って勝利者となった。彼らミールの息子たちが、アイルランドにおける最初の人間の支配者であり、アイルランド人の先祖であると、伝説は伝える。

4　オラヴ＝〈詩人の長《おさ》〉。本来は、詩人の七段階の資格の中での最高の位であり、九年から十二年間の勉学と、二百五十編の主要なる詩、百編の第二種の詩を暗誦によって完全に習得した者に授けられた位。しかしフィデルマの時代には、各種の学術分野の最高学位を指すようになっていた。現代アイルランド語では、〝大学教授〟を意味する。

5　アマァギン＝ミール（ミレシウス）の子（あるいは、弟、甥とも）。戦士、詩人、アイルランドの最古のドゥルイド（第一章訳註10参照）とも称される。ミールの子エレモンをミレシアン（のちのアイルランド人）の最初の王と定めたのが、このアマァギンだったと、伝説は伝える。

『侵寇の書』の中に、彼の詩とされるものが三編載っているが、その中で一番有名なのが、アイルランドへの呼びかけの詩（呪文）。ミレシアンたちが上陸しようとすると、アイルランドの先住の神々は激浪と濃霧と強風で、それを妨げようとした。しかし、アマァギンが舳《へ》先《さき》に立ちこの詩を唱えると、嵐は鎮まり、ミレシアンたちは無事アイルランドの地に足を踏み入れることができた、と描かれている。

6　女神エリュー＝エール。ミレシアンたちを迎えたデ・ダナーン神族の三人の女神の一人（第二章訳註4参照）。

7　ネメディアン＝〝ネメドに従う者たち〟。ネメドに率いられてスキシア（スキタイ）から三十二隻の船団でアイルランドに渡来したが、ネメドの没後は、フォーモーリイ神族の支配のもと、苦難を強いられた、と伝説は語る。やがて彼らはフォーモーリイに戦いを挑み、いったんはその王コナンを斃《たお》したものの、モルカ・マク・デラに率いられた新たなフォーモーリイ軍勢の反撃を受けて惨敗を喫し、わずかに生きのびたネメディアンの半数は北の国へ、残りの半数はギリシャへ新天地を求めた、と『侵寇の書』は述べている。

第九章

1　ロンガローン＝〝ジュリーヴ・マーギイのロンガローン〟。六世紀の高名な学者。彼が亡くなった夜、聖コロムキルの修道院でも、全ての書物が棚や木釘から落ち、その大音響に、修道院内にいたコロムキルたちは声を呑んだ、との伝説もある。

2　キアラーン＝五、六世紀頃の聖者。修道院長。アイルランドのほぼ中央部のサイア（現オファリー州）に修道院を建立。聖パトリックによって司教に任じられたと、伝えられている。狐、狼、穴熊などの野生動物も彼の許に集い、修道院の作業を手伝った等の伝説も多い。

3　首に碾《ひ》き臼《うす》のように重く……＝『新約聖書』「マタイ伝」第十八章六節。〝されど、我を信ずるこの小さき者の一人を躓《つまづ》かする者は、むしろ大いなる碾き臼を頸《くび》にかけられ、海の深処《ふかみ》に沈められんが益《えき》なり〟。

検印
廃止

訳者紹介　早稲田大学大学院博士課程修了。英米演劇，アイルランド文学専攻。翻訳家。主な訳書に，C・パリサー『五輪の薔薇』，P・トレメイン『蜘蛛の巣』，『アイルランド幻想』，共訳に『J・M・シング選集』I・IIなど。

幼き子らよ、我がもとへ 上

2007年9月28日　初版
2010年9月3日　3版

著　者　ピーター・トレメイン

訳　者　甲《か》斐《い》萬《ま》里《り》江《え》

発行所　(株)　東京創元社
代表者　長谷川晋一

162-0814/東京都新宿区新小川町1-5
電　話　03・3268・8231-営業部
03・3268・8204-編集部
URL　http://www.tsogen.co.jp
振　替　00160-9-1565
工友会印刷・本間製本

ISBN978-4-488-21809-6　C0197

ミネット・ウォルターズ（英　一九四九―　）

幼少期から頭抜けた読書家であったウォルターズは、雑誌編集者を経て小説家となる。一九九二年にミステリ第一作『**氷の家**』を発表。いきなりCWA最優秀新人賞を獲得する。続いて第二作『**女彫刻家**』でMWA最優秀長編賞を、第三作『**鉄の枷**』でCWAゴールド・ダガーを受賞。現在に至るまで、名実ともに現代を代表する〈ミステリの新女王〉として活躍中。

Minette Walters

ミネット・ウォルターズ
成川裕子訳
氷の家
〈本格〉

十年前に当主が失踪した邸で、胴体を食い荒らされた無惨な死骸が発見された。はたして彼は何者なのか？　迷走する推理と精妙な人物造形が伝統的な探偵小説に新たな命を与え、織りこまれた洞察の数々が清冽な感動を呼ぶ。現代の古典と呼ぶにふさわしい、まさに斬新な物語。ミステリ界に新女王の誕生を告げる、CWA最優秀新人賞受賞作！

18701-9

ミネット・ウォルターズ
成川裕子訳
女彫刻家
〈本格〉

母と妹を切り刻み、それをまた人間の形に並べて、台所に血まみれの抽象画を描いた女。彼女には当初から謎がつきまとった。凶悪な犯行にもかかわらず、精神鑑定の結果は正常。しかも罪を認めて一切の弁護を拒んでいる。わだかまる違和感は、いま疑惑の花を咲かせた……本当に彼女が犯人なのか？　MWA最優秀長編賞に輝く戦慄の第二弾！

18702-6

ミネット・ウォルターズ
成川裕子訳
鉄の枷
〈本格〉

資産家の老婦人は血で濁った浴槽の中で死んでいた。睡眠薬を服用したうえで手首を切るというのは、よくある自殺の手段である。だが、現場の異様な光景がその解釈に疑問を投げかけていた。野菊や刺草で飾られた禍々しい中世の拘束具が、死者の頭に被せられていたのである。これは一体何を意味するのか？　CWAゴールドダガー賞受賞作。

18703-3

ミネット・ウォルターズ
成川裕子訳
昏《くら》い部屋
〈本格〉

見知らぬ病室で目覚めたジェイン。謎の自動車事故から奇跡的に生還したものの、彼女は事故前後十日分の記憶を失っていた。傷ついた心身を癒やす間もなく、元婚約者と親友がその空白の期間に惨殺されたこと、自分が容疑者であることを、相次いで知らされる。誰を、何を信用すればいいのか。二転三転する疑惑が心を揺さぶる鮮烈な第四長編。

18704-0

ミネット・ウォルターズ
成川裕子訳
囁く谺　〈本格〉

ロンドンの裕福な住宅街の一角で、浮浪者の餓死死体が見つかった。取材に訪れたマイケルは、家の女性から奇妙な話を聞かされる。男はみずから餓死を選んだに違いないというのだ。だが、それよりも不可解なことは、彼女が死んだ男に強い関心を抱いていることだった。彼女を突き動かすものとは何なのか？　ミステリの女王が贈る傑作長編。

18705-7

ミネット・ウォルターズ
成川裕子訳
蛇の形　〈本格〉

ある雨の晩、ミセス・ラニラは隣人が死にかけているのに出くわしてしまう。警察の結論は交通事故死。だが、彼女には、死に際の表情が「なぜ私が殺されなければならないのか」と訴えていたように思えてならなかった。そして二十年後、ミセス・ラニラは殺人の証拠を求め、執念の捜査を開始する。人の心の闇を余す所なく描き出す傑作長編。

18706-4

ミネット・ウォルターズ
成川裕子訳
病める狐上下　〈サスペンス〉

ドーセットにある寒村、シェンステッドを不穏な空気が覆う。何者かによる動物の虐殺、村の老婦人の不審死に関してささやかれる噂、そして村の一角を占拠した移動生活者の一団。それらの背後には、謎の男フォックスの影があった。高まり続けた緊張はクリスマスの翌日、頂点に達し……。二度目のCWA最優秀長編賞を受賞した、圧巻の傑作。

18707-1/18708-8

フレッド・ヴァルガス
藤田真利子訳
死者を起こせ　〈本格〉

ボロ館に住む三人の失業中の若き歴史学者たち。中世専門のマルク、先史時代専門のマティアス、第一次大戦専門のリュシアン。隣家の元オペラ歌手は、突然庭に出現したブナの木に怯えていた。これは脅迫ではないか？　夫はとりあわず、三人が頼まれて木の下を掘るが何も出ない……そして彼女が失踪した。ミステリ批評家賞受賞の傑作長編。

23602-1

フレッド・ヴァルガス
田中千春訳
青チョークの男　〈本格〉

夜毎パリの路上にチョークで描かれる円。中にはガラクタの数々が置かれている。しかし、ある朝そこには喉を切られた女性の死体が。そして、事件は続いた。警察署長アダムスベルグが事件に挑む。CWAインターナショナル・ダガー受賞作『死者を起こせ』で読者を魅了したフランス・ミステリ界の女王ヴァルガスの擁するシリーズご開幕！

23603-8

サラ・ウォーターズ
中村有希訳
半《はん》身《しん》　〈サスペンス〉

一八七四年の秋、監獄を訪れたわたしは、ある不思議な女囚と出逢った。ただならぬ静寂をまとったその娘は……霊媒。戸惑うわたしの前に、やがて、秘めやかに謎が零れ落ちてくる。魔術的な筆さばきの物語が到達するのは、青天の霹靂のごとき結末。サマセット・モーム賞に輝いた本書は、魔物のように妖しい魅力に富んだ、ミステリの絶品！

25402-5

サラ・ウォーターズ
中村有希訳
荊《いばら》の城 上下
〈サスペンス〉

十九世紀半ばのロンドン。十七歳になる孤児スウに、顔見知りの詐欺師が新たな儲け話を持ちかけてくる。さる令嬢をたぶらかして結婚し、彼女の財産を奪い取ろうというのだ。スウの役割は、令嬢の新しい侍女。スウはためらいながらも、その話にのることにするのだが……。CWAのヒストリカル・ダガーを受賞した、ウォーターズ待望の第二弾。

25403-2/25404-9

サラ・ウォーターズ
中村有希訳
夜《や》愁《しゅう》 上下
〈サスペンス〉

一九四七年、ロンドン。第二次世界大戦の爪痕が残る街で毎日を生きるケイ、ジュリアとその同居人のヘレン、ヴィヴとダンカンの姉弟たち。そんな彼女たちが積み重ねてきた歳月を、夜は容赦なく引きはがす。過去へとさかのぼる人々の想いと、すれ違い交錯するいくつもの運命。無情なる時が支配する、夜と戦争の物語。ブッカー賞最終候補作。

25405-6/25406-3

エレイン・ヴィエッツ
中村有希訳
死ぬまでお買物
〈ユーモア〉

やむをえない事情から、すべてをなげうち陽光まぶしい南フロリダへやってきたヘレン・ホーソーン。ようやく手に入れた仕事は、高級ブティックの雇われ店員だった。店長もお得意様も、周囲は皆整形美女だらけのこの店には、どうやら危険な秘密があるようで……？　ふりかかる事件にワケありヒロインが体当たりで挑む、痛快シリーズの登場。

15006-8

エレイン・ヴィエッツ
中村有希訳
死体にもカバーを
〈ユーモア〉

ワケあって世をはばかる身のヘレンは、ただいま〈ページ・ターナーズ〉書店で新米書店員として奮闘中。困ったお客や最低オーナーに振り回される毎日だ。ところが、そのオーナーが殺されてしまい、しかも容疑者として逮捕されたのは意外な人物で……？　南フロリダで働く崖っぷちヒロインの、仕事と推理と恋の行方は？　お待ちかね第二弾。

15007-5

バロネス・オルツィ
深町眞理子訳
隅の老人の事件簿
〈本格〉

隅の老人の活躍！　フェンチャーチ街の謎、地下鉄の怪事件、ミス・エリオット事件、ダートムア・テラスの悲劇、ペブマーシュ殺し、リッスン・グローヴの謎、トレマーン事件、商船〈アルテミス〉号の危難、コリーニ伯爵の失踪、エアシャムの惨劇、《バーンズデール荘園》の悲劇、リージェント・パークの殺人、隅の老人最後の事件、を収録。

17701-0

キャロル・オコンネル
務台夏子訳
クリスマスに少女は還る
〈サスペンス〉

クリスマスも近いある日、二人の少女が失踪した。刑事ルージュの悪夢が蘇る。十五年前に殺された双子の妹。だが、犯人は今も刑務所の中だ。まさか？　一方、監禁された少女たちは奇妙な地下室に潜んで、脱出の機会をうかがっていた……。一読するや衝撃と感動が走り、再読しては巧緻なプロットに思わず唸る。新鋭が放つ超絶の問題作！

19505-2

氷の天使
キャロル・オコンネル
務台夏子訳
マロリー・シリーズ1
〈警察小説〉
キャシー・マロリー。NY市警巡査部長。ハッカーとして発揮される天才的な頭脳、鮮烈な美貌、そして、癒しきれない心の傷の持ち主。老婦人連続殺人事件の捜査中、父親代わりの刑事マーコヴィッツが殺され、彼女は独自の捜査方法で犯人を追いはじめる。ミステリ史上もっともクールなヒロインの活躍を描くマロリー・シリーズ、第一弾！
19506-9

アマンダの影
キャロル・オコンネル
務台夏子訳
マロリー・シリーズ2
〈警察小説〉
マロリーが殺された？　しかし、検視局に駆けつけた刑事ライカーが見たのは、彼女のブレザーを着た別人だった。被害者の名はアマンダ。彼女の部屋に残されていたのは、未完の小説原稿と空っぽのベビーベッド、そして猫一匹。彼女を死に追いこんだ「嘘つき」とは誰なのか？　上流階級の虚飾の下に澱む策謀と欲望をマロリーが容赦なく暴く！
19507-6

死のオブジェ
キャロル・オコンネル
務台夏子訳
マロリー・シリーズ3
〈警察小説〉
画廊で殺されたアーティスト。若き芸術家とダンサーの死体をオブジェのように展示した、十二年前の猟奇殺人との関連を示唆する手紙。伏魔殿のごときアート業界に踏みこんだマロリーに、警察上層部の執拗な捜査妨害が。マーコヴィッツの捜査メモを手掛かりに事件を再捜査する彼女が見出した、過去に秘められたあまりにも哀しい真実とは？
19508-3

天使の帰郷
キャロル・オコンネル
務台夏子訳
マロリー・シリーズ4
〈警察小説〉
これは確かにマロリーだ！　彼女の故郷で墓地に立つ天使像の顔を見て驚くチャールズ。一方のマロリーは、カルト教団教祖の殺害容疑で勾留された。ひそかに帰郷した彼女の目的は？　いま、石に鎖された天使が翼を広げる——過去の殺人を断罪するために！　確執もつれ合う南部に展開する鮮烈無比なヒロインの活躍を描く！　シリーズ第四弾。
19509-0

魔術師の夜 上下
キャロル・オコンネル
務台夏子訳
マロリー・シリーズ5
〈警察小説〉
伝説の奇術師マックス・キャンドルが遺したイリュージョンを演じる旧友が、ステージで矢に射抜かれた！　老マジシャンたちが胸に秘める第二次大戦下の出来事とは？　その一人、マラカイを狂気に駆り立てた愛妻の死の真相は？　事件を追うマロリーを嘲笑うかのように、新たな罠を仕掛ける殺人鬼。幾つもの陥穽が待つ、マロリー最大の事件。
19510-6/19511-3

Robert Goddard

ロバート・ゴダード（英　一九五四—　）

ハンプシャー州に生まれたゴダードは、ケンブリッジ大で歴史を専攻後、公務員をへて、一九八六年に小説の醍醐味溢れるデビュー作『**千尋の闇**』を上梓。特に初期長編の幾重にも折り畳まれたような変幻自在の物語の妙味は比類がないが、『**永遠に去りぬ**』ではこれに人生の苦みが加わり、味わいは深みを増した。当代随一の語り部として今後も目が離せそうにない。

千《ち》尋《いろ》の闇 上下
ロバート・ゴダード
幸田敦子訳
〈サスペンス〉

悪友からの誘いに乗って、元歴史教師のマーチンはポルトガル領マデイラへ気晴らしの旅に出た。ところが到着の翌日、友人の後援者である実業家に招かれたマーチンは、謎めいた失脚を遂げた半世紀以上前のある青年政治家にまつわる、奇妙な逸話を聞かされることに……。稀代の語り部が二重底、三重底の構成で贈る、騙りに満ち満ちた物語。

29801-2/29802-9

惜別の賦《ふ》
ロバート・ゴダード
越前敏弥訳
〈サスペンス〉

姪の結婚披露宴に、少年時代の親友が闖入してきた。落魄した友は、三十四年前の秋、殺人罪で絞首刑になった父親の無実を訴えた末、翌朝自殺を遂げる。罪悪感に突き動かされたわたしは、疎遠にしていた人々を訪ねる旅に出たが……。錯綜する物語は失われたものへの愛惜と激しい悔恨をたたえ、万華鏡さながらに変転してゆく。円熟の逸品。

29803-6

鉄の絆 上下
ロバート・ゴダード
越前敏弥訳
〈サスペンス〉

「あなたがどんな命令を受けているかはわかっています」老婦人は侵入者にそう告げた。彼女はすべての計画を見抜き、死を覚悟したうえで待ち受けていたのだ。高名な詩人の姉であったこの女性に何があったのか？　当初、居直った夜盗の犯行と片づけられたこの事件は、やがて、背後に張り巡らされた策謀を浮かび上がらせることになるのだった。

29804-3/29805-0

永《と》遠《わ》に去りぬ
ロバート・ゴダード
伏見威蕃訳
〈サスペンス〉

夏の盛りの黄金色の日暮れ時に、私は四十代半ばの美しい女性と出逢った。しばし言葉を交わした見知らぬ旅人。だが後日、私は思いがけない報に接する。あのひとが無惨な二重殺人の犠牲者になったというのだ……！　揺曳する女性の面影は、人々の胸にいかなる傷痕を残したのか？　重厚な物語が深い感銘を呼ぶ、当代随一の語り部の真骨頂。

29806-7

ロバート・ゴダード
越前敏弥訳
石に刻まれた時間
〈サスペンス〉

最愛の妻が逝った。悲しみと驚きに打ちひしがれた僕は、親友夫婦に誘われ、二人の新居に滞在することになる。だが、そこで掻き立てられたのは、新たな悲劇の予感だった。第一次世界大戦直前に建てられ、忌まわしい来歴に彩られた奇妙な石造りの家……そこで錯綜する疑惑と不思議。世にも恐ろしい物語を描きだす、鮮やかなはなれわざ！

29807-4

カート・コルバート
小田川佳子訳
ラット・シティの銃声
〈ハードボイルド〉

朝食の最中に事務所に押し入り、いきなり発砲した見知らぬ大男を、わたしは一弾で倒した。なぜわたしの命を？　有能な美人助手と海兵隊時代の仲間たちの協力で調査に乗り出すと、浮かびあがってきたのは警察の腐敗と謎の女。〝ドブネズミの街〟シアトルを、減らず口を武器に探偵ロシターが行く。シェイマス賞候補の痛快ハードボイルド！

16004-3

ウォルター・サタスウェイト
植草昌実訳
名探偵登場
〈本格〉

奇術師フーディーニは、とある貴族の屋敷を訪れた。知友コナン・ドイル卿も招かれ、降霊会が催されるのだ。実は敵から身を隠すためでもあった。護衛はピンカートン社の探偵だ。すると、たちまち幽霊騒ぎが、謎の狙撃が、ついには密室での怪死が。相次ぐ事件にロンドンから敏腕警部も到着するのだが……推理合戦の妙、探偵小説の粋！

19202-0

ウォルター・サタスウェイト
大友香奈子訳
仮面舞踏会
〈ユーモア〉

調査依頼を受けパリを訪れたピンカートン社のフィル。アメリカ人出版者の変死事件の状況は自殺を示しているが、調査するうちに怪しい人物が続々と現れる。イギリスから来た女流ミステリ作家。パイプをくわえた敏腕警視。ヘミングウェイ、サティら文化人たち。華やかな一九二〇年代のパリにあの名探偵たちが再登場する痛快時代ミステリ。

19203-7

ジョルジュ・シムノン
宮崎嶺雄訳
男の首　黄色い犬
〈サスペンス〉

サンテ監獄の厳戒房舎第十一号監房は、異常な緊張に包まれていた。二名の婦人を殺害したため、その日の朝、死刑を宣告された凶悪な殺人犯が、無名の手紙に誘導され、いま脱獄しつつある。五十メートル背後の闇の中ではメグレ警部の一行が、犯人の背後にひそむ真犯人を捕えるために監視している。歴史的名作『男の首』に『黄色い犬』を併載。

13901-8

ジョルジュ・シムノン
三輪秀彦訳
猫
〈サスペンス〉

エミール七十三歳、マルグリット七十一歳。再婚同士だった二人が式を挙げて八年、会話が途絶えてから四年になる。相手の存在を痛いほど意識しながら互いに無視しあい、一つ屋根の下で際限のないゲームに飽かず興じる。理解しがたいようでいて妙に頷ける夫婦の執念。屈折した愛と呼べなくもない二人の駆け引きは、飼い猫の死に始まった。

13904-9